커피점 탈레랑의 사건 수첩 1

다시 만난다면
당신이 내린
커피를

COFFEE TEN TAREERAN NO JIKENBO 1
by Takuma Okazaki

Copyright© 2012 Takuma Okazaki
Original Japanese edition published by TAKARAJIMASHA, Inc.
Korean translation rights arranged with TAKARAJIMASHA, Inc.
Through JM Contents Agency Co., Korea.
Korean translation rights © 2025 O'FAN HOUSE

오카자키 다쿠마 지음

양윤옥 옮김

커피점 탈레랑의
사건 수첩 1

다시 만난다면
당신이 내린
커피를

차례

프롤로그 009

제1장 사건은 두 번째 방문 때 011
제2장 비터스위트 블랙 057
제3장 유백색에 하트를 숨기다 105
제4장 바둑판 위의 추격전 157
제5장 past, present, f*****? 201
제6장 Animals in the closed room 259
제7장 다시 만난다면 당신이 내린 커피를 307

에필로그 365
옮긴이의 말 379

일러두기

— 본문의 괄호 안 문장은 옮긴이 주입니다.
— 본문의 볼드 서체는 원서에서 방점으로 강조된 부분입니다.
— 인명과 지명을 비롯한 고유명사의 외래어 표기는 국립국어원 외래어표기법에 따랐으며, 관례로 굳어진 것은 예외로 두었습니다. 특히 커피에 관한 용어는 익숙한 입말을 살리기도 했습니다.

좋은 커피란 악마처럼 검고, 지옥처럼 뜨겁고,
천사처럼 순수하고, 그리고 사랑처럼 달콤하다.

샤를 모리스 드 탈레랑

프롤로그

―만났다!

하마터면 나도 모르게 크게 외칠 뻔했다.

고풍스러운 커피점에 손님은 달랑 나 하나뿐이다. 재즈 배경음악이 안타깝게 허공을 맴도는 것 말고는 이곳에 울리는 소리는 카운터 안을 서성거리는 노인―마스터, 라고 부르고 싶은 풍채다―이 그릇을 달그락거리는 정도였다. 즉 내가 큰 소리를 냈다가는 이 고즈넉한 분위기는 당장 깨져버린다.

말하자면 그런 상황조차 잠깐 잊어버렸을 만큼 심대한 충격이었다. 자신의 시각을 믿을 수 없을 때 눈을 비빈다면 자신의 미각을 믿을 수 없을 때는 혀를 비비면 될까. 나는 그런 심경으로 테이블에 시선을 떨구었다.

백자 찻잔에서 아련한 김이 피어오른다. 그 안에 누운 검은 액체에서 방금 감지한 맛이 이 독특한 커피점 분위기에 현혹되어 발생한 착각은 아닌지 다시 한번 확인할 필요가 있었다. 나는 머뭇머뭇 잔을 들어 두 눈을 감고 조심스럽게 마셔보았다.

두 모금째에 충격은 확신으로 바뀌었다.

입술을 타고 흘러든 순간, 콧구멍에 화하게 퍼지는 향기. 뒤이어 감지되는 것은 살그머니 혀를 쓰다듬는 달콤함이다. 정성껏 볶은 원두만이 빚어낼 수 있는 절묘한 청량감이 씁쓸해지기 쉬운 뒷맛을 멋지게 페이드아웃시킨다.

틀림없다. 이것이 바로 그 유명한 말씀을 통해 꿈꾸어온 커피 맛이다.

오랫동안 찾아 헤맨 최상의 커피.

그걸 드디어 만났다!

뒤미처 덮쳐든 감개무량함을 날숨으로 바꿔 발산하면서 나는 천천히 턱을 들고 두 눈을 번쩍 떴다. 그러자 거기에 커피를 내왔던 직원이 은빛 쟁반을 품에 안고 서 있었다. 번쩍 뜬 내 눈과 시선이 마주치자, 그녀는 빙긋 미소를 지었다.

아아, 그때 나는 이미 포로가 되었다.

하나의 이별과 그것을 뛰어넘을 감동적인 만남을 똑같은 날에 마련해 주신 운명의 멋진 주선에 의해.

제1장

두 번째 방문 때 사건은

1

"아오야마 씨지요?"

그녀가 말했다. 보드랍고 따듯한 목소리로.

두 번째로 이 커피점을 찾아오는 동안, 그녀와 내가 직원과 손님으로서 나눈 잠깐의 대화를 빼고, 그 말은 그녀가 나를 향해 던진 기념할 만한 첫 발언이었다. 그러니 내가 적잖이 으스스하게 느낀 것도 무리는 아니다.

"어, 어떻게 그 이름을?"

예상치 못한 상황 탓에 나는 가까스로 말을 내뱉었다. '아오야마 씨지요?'라고 확인한 것을 보면 내 쪽에서 이름을 밝히지 않은 건 분명하다. 이 카페에서는 일개 손님에 지나지 않는 내가 직원인 그녀에게 일부러 내 정체를 밝힐 이유는 없었다.

"정확히 맞힌 모양이네요. 실은 이거예요……."

태연한 얼굴로 사정을 설명하며 그녀가 앞치마 주머니에서 꺼낸 것은 한 장의 카드였다. 그것을 보고 내가 벌레 씹은 표정이 된 것은 지금으로부터 일주일 전, 즉 6월 말의 한 사건이 그 발단이었다.

교토 최고의 번화가에서 그리 멀지 않은 좁은 골목길에 은밀히 자리 잡은 '문' 앞에 나는 서 있었다.

끔찍한 휴일이었다. 사귀던 여자 친구와 그 전날 밤 만나기로 약속을 잡았다. 평범한 데이트라고 안일하게 생각했다. 집에서 나오며 하늘을 올려다봤을 때, 구름 상태가 어째 수상쩍었는데도 나는 평온한 시간이 계속되리라는 것을 믿어 의심치 않으며 현관 앞에 놓인 우산조차 무시했다.

오후, 약속 시각보다 십 분쯤 빠르게 가와라마치 산조의 햄버거 가게에 도착했다. 여자 친구는 먼저 와 있다가 내 모습을 보자마자 두 팔 벌려 달려왔다.

설마 이렇게 많은 사람들 앞에서 껴안으려고? 하지만 피할 수도 없어서 나는 두 다리로 버티고 섰다. 그녀는 내 품에 힘차게 뛰어들더니 갑자기 멱살을 움켜쥐고…….

제대로 먹혔다. 깨끗한 안다리후리기 한판이었다.

수많은 사람들 앞에서 햄버거 가게 바닥에 쭉 뻗어버리는 것보다는 그나마 포옹이 나았을 텐데. 끄으응, 상반신을 일으킨 내 바로 옆에 그녀는 쪼그리고 앉아 잔뜩 토라진 얼굴을 들이대며 말했다.

"누구야, 그 여자?"

쿡쿡 찌르는 주위의 시선이 아팠다.

"그 여자라니, 대체 누구?"

"어제 점심시간에 내가 학교에서 봤어. 어떤 여자하고 카페에서 신나게 얘기했잖아."

하늘을 우러렀다. 그녀는 기필코 나를 바람피우는 남자로 만들어야 직성이 풀릴 모양이다.

"카페에서는 직원과 손님이 말을 주고받을 수도 있어. 그 여자라니, 대체 그게 누군지 난 정말 모른다니까……."

"더 들을 것도 없어, 이 바보야!"

내 말을 중간에서 자르며 벌떡 일어서더니 그녀는 가게를 뛰쳐나가 북쪽을 향해 횡하니 달려가 버렸다.

또 시작이구나. 눈물까지 글썽한 눈으로 나는 부스스 일어섰다. 이제 그녀를 뒤따라가 가까스로 붙잡을 것이다. 그다음에는 "헤어질 거야!"라고 백 번쯤 소리 지르는 그녀를 어르고 달래며 용서를 청하지 않으면 안 된다. 그녀는 이따금 이런 식으로 질투를 드러내며 자신의 가학성을 만족시킨다. 벌써 만 2년째 이런 일을 수없이 되풀이해 온 것이다.

누구에게랄 것도 없이 머리 숙여 사과한 뒤에 여전히 쿡쿡 찔리는 시선을 등짝으로 질질 끌며 햄버거 가게를 나왔다. 그런 나를 비웃기라도 하듯이 하늘에서 후드득 비가 떨어지기 시작했다. 아아, 그나마 상점가 천장이 길게 이어진 남쪽으로 갔으면 얼마나 좋았을까. 나는 절절한 희망 사항을 내뱉었다.

오이케 길로 접어들 즈음에는 어디로 사라졌는지, 완전히 놓쳐버렸다. 빗발이 초 단위로 점점 강해져서 어서 빨리 집에 돌아가고 싶었지만, 착실히 뒤따라오지 않았다는 걸 들켜서 불에 기름을 붓는 꼴로 발전하는 것도 큰일이다. 눈에 띄지 않는 걸 보니 직진한 건 아니겠다 싶어서 물에 빠진 생쥐 꼴이 될 각오를 하고 나는 변덕스럽게도 가까운 도미노 코지 길로 목표를 정하고 북쪽을 향해 뛰었다.

문득 발을 멈춘 것은 니조 길과의 교차점을 조금 지났을 때였다. 복고풍 전기 간판이 내 눈에 들어왔다. 높이는 내 허리쯤, 폭이 두툼하고 받침대에는 작은 바퀴가 달렸다. 뒤쪽으로 연결된 플러그는 어디에도 꽂히지 않은 채 바닥에 흘러내렸고 불은 꺼졌지만 '영업 중'이라는 표시는 한눈에 알아보았다. 그 간판이 가리키는 바는 이러했다.

커피점 탈레랑 이쪽 ☞

대담한 그 이름을 보자마자 커피 애호가의 피가 사이펀(플라스크 위에 깔때기 모양의 유리구를 붙이고 증기의 압력을 이용해 물을 끌어 올려 커피를 추출하는 기구.) 속처럼 부그르르 끓어올랐다.

예전에 프랑스의 한 백작께서 말씀하셨다.

―좋은 커피란 악마처럼 검고, 지옥처럼 뜨겁고, 천사처럼 순수하고, 그리고 사랑처럼 달콤하다.

그 백작의 이름이 샤를 모리스 드 탈레랑이다. 프랑스 혁명기에 주로 외교 분야에서 뛰어난 역량을 발휘하여 저 유명한 나폴레옹 황제도 한 수 위로 쳐주었다는 위대한 정치인이다. 미식가로도 유명했던 그가 남긴 문구는 최상의 커피를 말할 때마다 빠지지 않는 잠언으로서 후세에 길이길이 회자되기에 이르렀다.

지금으로부터 10여 년 전, 어린애 입맛이라고 할 만큼 유치한 미각의 소유자였던 나는 커피를 그저 쓰디쓴 차 정도로만 인식했다. 그러던 중에 백작의 잠언을 접하고 큰 충격을 받았다. 검고 뜨겁고 순수하다는 건 그렇다 치자. 하지만 그 시커먼 커피가 달콤하기까지 하다니!

내가 아직 만나지 못한 최상의 커피는 필시 달콤한 맛인 게 틀림없다, 나도 언젠가는 그런 커피 한 잔을 마셔보리라. 강한 소망을 품고 그 이후로 백작께서 말씀하신 이상향에 정확히 맞아떨어지는 커피를 찾아 헤매는 나날이 시작되었다.

나중에야 알았지만, 탈레랑의 조국 프랑스를 포함한 유럽 국가에서는 커피라고 하면 대부분 일본에서 널리 사랑받는 드립 커피가 아니라 에스프레소를 가리키는 말이었다. 즉 탈레랑 백작이 말한 달콤함의 정체는 에스프레소에 넣는 설탕의 맛이다. 그런 건 알지도 못했던 소년 시절의 나는 성급하게도 최상의 커피라는 것을 내 마음대로 머릿속에 그려버렸다. 각지의 커피 전문점을 찾아다니고 한편으로는 커피 원두며 기구를 준비해 직접 만들어보기도 했다. 하지만 번번이 뭔가 부족했다. 애초에 잘못 짚었기 때문이라고 한다면 더 이상 할 말이 없지만, 어떻든 결국 최상의 커피 한 잔은 여태까지 만나지 못한 채 무심한 세월만 흘러갔다.

그래서 감히 탈레랑이라는 이름을 내건 그 카페는 내게는 일종의 도발이었다. 좋아, 마침 잘됐다, 비도 그을 겸 잠깐 들러보자고 생각했다.

이렇게 되면 여자 친구와의 복잡 미묘한 다툼 따위, 내 사고 영역 밖으로 밀려난다. 간판 아래쪽 손가락이 가리키는 방향을 바라보니 쌍둥이처럼 나란히 선 두 채의 낡은 가옥 틈새가 처마로 뒤덮여 좁은 터널이 만들어졌다. 발밑에는 붉은 벽돌이 징검돌처럼 점점이 묻혀 있었다.

이게 정말로 탈레랑으로 가는 '문'이라고? 하지만 그밖에 다른 입구나 가게 같은 곳은 눈에 띄지 않았다.

약간의 망설임은 있었지만, 비는 그 사이에도 내 어깨를 적시며 세차게 쏟아져서 에잇, 나도 모르겠다, 하고 필요 이상으로 고개를 숙이며 신중하게 그 터널 속으로 들어갔다.

그리고 건너편에 펼쳐진 것은, 참으로 신묘한 광경이었다. 도로변 집들 뒤에 숨듯이 갑작스럽게 펼쳐진 공간. 공원이라기에는 작고 마당이라기에는 훨씬 널찍한 부지에 잔디가 빈틈없이 깔렸다. '문'에서부터 띠처럼 이어진 붉은 벽돌 길은 부드러운 곡선을 그리며 안쪽 깊숙이 자리한 건물까지 이어진다. 아담한 목조 단층 주택이다. 연륜 깊은 거무스레한 판자벽과 뾰족한 지붕에 군데군데 얽힌 담쟁이, 만일 이곳이 숲속이라면 마녀의 둥지라고 해도 고개가 끄덕여질 만한 분위기다. 마주 보고 오른편으로 중후한 문짝에 세로로 걸린

길쭉한 청동 판에는 '커피점 탈레랑'이라고 새겨져 있었다.

나는 잠시 이곳이 교토 시내 한복판이라는 것을 잊었다. 일상에서 멀리 떨어진 또 다른 세계의 카페……. 낡은 가옥과 가옥 틈새의 터널은 그곳으로 인도하는 '문'이었다.

벽돌 길을 따라가 문의 손잡이를 당겼다. 딸랑, 종소리가 울리며 '커피점 탈레랑'은 처음 찾아온 손님을 맞아주었다.

가게 안을 둘러보았다. 그리 넓지 않은 공간에 빛바랜 나무 탁자가 크고 작은 것 모두 합해 네 개. 천장에 달린 조명의 흐릿한 빛 외에도 정원이 내다보이는 큼직한 붙박이창으로 초록색 유리 빛을 담은 바깥의 햇살이 들어왔다. 안쪽에 카운터 자리가 있고 그 너머가 조리실인 모양이다.

"어서 오세요."

내가 마침 조리실 쪽으로 시선을 던진 순간, 이런 분위기의 카페에는 어울리지 않는 고급 에스프레소 머신 뒤에서 한 소녀가 얼굴을 내밀며 인사를 건넸다.

여고생인가. 하얀 셔츠에 검은색 바지, 그 위에 남색 앞치마를 걸친 모습은 그야말로 아르바이트생 유니폼 같다. 소녀는 카운터에서 나와 창가 테이블 자리로 안내했다. 손님 하나 없는 한산함에 일말의 불안이 뇌리를 스쳤다.

"커피 주세요, 뜨거운 걸로."

자리에 앉자마자 주문했다. 마음속으로는 '이 가게에서 가장 맛있는 커피를'이라고 덧붙이면서.

"네, 알겠습니다."

소녀는 미소를 지으며 건너편을 흘끗 바라보았다.

그곳에 뭔가 존재한다는 건 나도 이미 알고 있었다. 다만 크게 펼친 신문에 가려져 있었는데 주문하는 소리를 듣고는 천천히 그 신문을 접고 일어섰기 때문에 나는 그가 노인이라는 것을 알았다. 코와 입 주위에 은빛 수염을 길렀고 모스 그린 색깔의 니트 모자를 썼다. 날카로운 눈빛은 그야말로 인생의 쓴맛 단맛을 죄다 섭렵한 듯한 풍모였다.

커피의 쌉싸래함과 그것을 내려주는 사람의 쌉싸래함은 아마도 관계가 없을 것이다. 그래도 나는 그 멋진 노인의 솜씨를 믿어보기로 하고, 미리 봐둔 입구 옆 화장실로 향했다. 젖은 머리며 옷을 닦고 써늘한 아랫배의 호소에도 귀를 기울여 준 것이다.

돌아와 보니 기다렸다는 듯 소녀가 커피잔을 쟁반에 얹어 내게로 가져왔다. 기대와 긴장 속에서 우선 한 모금……. 그리고 바로 그 '만났다!'를 체험한 것이다.

처음에는 그 엄청난 충격에 대처하는 것만으로도 벅찼다. 뒤를 이어 드디어 최상의 커피를 마주했다는 감동과 오랜 염원이 이루어진 흡족함이 카페인처럼 온몸으로 스며들었다. 그 끝에 눈을 번쩍 뜨자마자 소녀가 미소를 건네주었으니 나는 그저 황홀함에 머리가 멍해질 수밖에 없었다. 그리고 그 순간, 주머니 속 휴대전화가 부르르 진동하는 바람에 정신이 멍해진 채로 휴대전화를 꺼내 들었다.

"어디야?"

크윽. 목구멍에서 괴상한 소리가 터졌다.

"비, 비가 와서 잠깐 카, 카페에 들어왔어. 너야말로 지금 어디?"

"어머, 말도 안 돼. 그래도 난 걱정이 되어서 다시 햄버거 가게로 왔는데, 너는 혼자서 태평하게 커피를 마신다고? 이번엔 정말로, 진짜로, 끝이야!"

"알았어, 알았어. 지금 내가 바로 그쪽으로 갈 테니까……."

"흥, 그 카페에서 못 나올걸? 네 지갑, 나한테 있거든."

얼굴에서 핏기가 싹 가셨다. 엉덩이의 주머니를 더듬어 봤다. 없다.

"햄버거 가게에 떨어뜨리고 갔더라. 바보, 지갑이나 흘리고 다니고."

"네가 안다리후리기로 나를 쓰러뜨리니까 그렇지."

옆에서는 소녀가 눈이 둥그레져서 나를 보고 있었다. 울고 싶었다.

"열 셀 때까지 오지 않으면 이 지갑 어떻게 되든 난 몰라. 자, 센다, 하나……."

"아, 잠깐잠깐, 그게 없으면 내가 커피값을 못 내잖아."

"그거야 자업자득이지. 둘, 셋……."

"알았어, 갈게, 간다니까."

다급하게 뛰쳐나가려 했으나 카페 문을 밀어젖히기 직전에 소녀의 목소리가 내 발목을 잡았다.

"저어, 손님!"

그야 당연하다. 하지만 계산하려 해도 지갑이 없었다.

나는 뻣뻣해진 고개를 간신히 돌려 뒤를 보았다. 문 옆 작은 카운터에 열 때마다 찌르릉 소리가 날 듯한 금전출납기와 함께 커피점 탈레랑의 주소와 전화번호 등을 기재한 명함 크기의 카드가 있었다. 그리고 분명히 있을 것이라는 생각에 둘러보니 역시나 금전출납기 옆구리 쪽에 작은 볼펜이 누워 있었다.

잽싸게 그 볼펜과 커피점 탈레랑의 카드를 집어 뒷면의 백지에 내 연락처를 갈겨썼다.

090-0000-0000 / blue-mountain_truth.nogod31@xxxxxx.ne.jp

언뜻 생각나서 메일 주소까지 함께 적었다. 빈 부분을 가득 채우는 것으로 카드에 이름을 써넣지 않은 부자연스러움을 대충 얼버무리자는 내 나름의 책략이었다.

"정말 미안한데, 내가 여기 오는 도중에 지갑을 떨어뜨렸거든요."

카드를 쥐여주며 나는 소녀에게 말했다.

"이건 내 연락처. 나중에 꼭 갚으러 올게요."

그러고는 대답도 기다리지 않고 커피점 탈레랑을 뛰쳐나와 여자 친구가 기다리는 햄버거 가게를 향해 냅다 뛰었다. 나를 불러 세우는 목소리는 더 이상 들려오지 않았지만, 그건 어쩌면 빗소리에 지워진 탓인지도 모른다.

그 뒤에 어떻게 되었는가. 전혀 예상치 못한 방향으로 일이 전개되었다. 다시 한번 젖은 생쥐 꼴이 되어 햄버거 가게에 도착하자 여자 친구는 "헤어질 거야!"라는 말에 순순히 "알았어"라고 대답한 나를 매우 꾸짖었다. 굳이 해명하지 않은 것은 새로운 만남의 흥분이 효과를 발휘한 결과인지도 모른다. 평소와는 뭔가 다른 반응에 여자 친구는 붉으락푸르락 화를 내며 지갑을 내동댕이치고 "굿바이"라는 말을 남긴 채 사라졌다. 그 뒤로 연락도 안 되는 걸 보니 아마도 우리는 헤어진 모양이다. 남자로서 매정한 일인지도 모르지만, 나는 이제 순순히 받아들이는 수밖에 없다고 생각했다.

"……그러니까 그 메일 주소를 보고 내 이름을 추측했다는 겁니까?"

입속에서 파삭 씹은 벌레를 내뱉듯이 나는 물었다.

커피값도 내지 않고 내빼버린 일에 대해서는 내내 꺼림칙했다. 신속 정확하게 빚을 갚으러 와야 했지만, 도무지 시간이 나지 않았다. 아이, 재촉 전화도 없었는데, 뭘. 그러면서 일주일이 획 지나갔다. 아차차 하고 얼굴이 새파래질 즈음에야 겨우 커피점 탈레랑을 다시 찾아올 수 있었다. 그런 나를 창가 자리로 안내한 뒤에 소녀 직원이 내게 말한 것이다.

아오야마 씨지요?

"네, 맞아요." 그녀는 자못 자랑스러운 얼굴로 웃었다. "메일 주소라면 대개 이름이나 생일을 넣는 경우가 많죠. 손님의 메일 주소를 보면, 우선 'nogod31'이 있는데 일본에서는 10월을 신무월神無月, 신이 없는 달이라고 해요. 즉 'nogod31'은 10월 31일을 가리키는 것이고, 이건 생일이라고 봐도 무방하겠죠? 그렇다면 앞부분도 마찬가지로 영어 표기라고 추측할 수 있어요. 'blue-mountain'이라면 우리는 커피 브랜드를 떠올리기 쉽지만, 이걸 보통 일본어로 바꾸면 '아오야마靑山'라는 성씨예요. 언더바로 성과 이름을 나눠서 표기했다고 하면, 'truth'는 '진眞'이나 '성誠', 즉 이름은 마코토, 그래서 아오야마 마코토 씨, 어때요?"

"와, 대단히 총명한 분이시군요, 라는 말을 듣고 싶으시겠지만, 이건 좀 무섭군요, 순수하게."

나는 입가를 바짝 긴장시키며 대답했다. 당신의 신원 따위 훤히 알아, 라는 위압적인 말씀은 무전취식을 방지하는 데는 매우 효과적이겠지만 돈을 갚으러 온 사람에게 써먹어 봤자 역효과만 나는 거 아닌가.

"아, 실례했습니다. 남에게 이름을 묻기 전에 우선 자신의 이름부터 밝히는 게 예의겠죠?"

아니, 그런 얘기는 아닌데요.

하지만 그녀는 공손하게 배 위에 두 손을 포개고 얌전한 미소를 지으며 말했다.

"저는 커피점 탈레랑의 바리스타, 기리마 미호시라고 합니다."

2

"……바리스타라고요?"

뜻밖의 말이었기 때문에 무례하게도 나는 한참이나 그녀를 빤히 바라보았다.

윤기 나는 까만 보브 컷. 너무 가늘지 않은 눈썹, 너무 높지 않은 코, 너무 두툼하지 않은 입술, 단정하지만 평범하고, 그러나 동그스름한 얼굴에 검은 눈동자가 선명한 눈이 어딘지 애교 있는 인상을 빚어냈다. 자그마한 몸에 걸친 유니폼은 지난번과 다름이 없었다.

"네, 바리스타라는 호칭은 이탈리아의 바르—야간 영업의 바를 겸한 카페—에서 나온 말이라네요. 이탈리아는 에스프레소의 탄생지, 널리 대중에게 사랑받는 이 차를 만들어낸 이탈리아 바르 지역의 전문적인 장인을 바리스타라고 부른 것이죠. 와인에는 소믈리에, 칵테일에는 바텐더, 그리고 커피에는 바리스타라는 식으로."

"그건 나도 아는데요."

나 역시 커피 문화에는 남 못지않은 지식이 있다고 자부한다. 바리스타의 어원이 이탈리아어의 '바르에서 일하는 사람$^{bar+ista}$'이며, 영어로 말하면 그대로 '바텐더$^{bar+tender}$'가 된다는 지식 또한 줄줄이 읊을 수 있고, 일본에서는 스타벅스로 대표되는 시애틀계 커피점—미국에서는 워싱턴 주 시애틀에서부터 시작되어 에스프레소를 바탕으로 제조한 여러 음료를 주요 상품으로 하는 커피점의 총칭이다.—이 유행하면서 바리스타라는 직업이 발전하는 데 큰 역할을 했다, 라는 보충 설명까지 덧붙일 수 있다.

"아니, 그보다……그러면 지난번에 내가 마신 커피는 당신이?"

그녀는 짤막하게, 하지만 자랑스럽게 고개를 끄덕였다.

끄응, 하는 신음이 터졌다. 커피 내리는 장면을 놓쳐버린 탓도 있지만 나는 그녀를 깜빡 아르바이트 여고생으로만 인식했다. 그 대신 커피 한 잔에도 범상치 않은 열정을 쏟아부을 것 같은 저 노인, 지금 카운터 안에서 뭔가 부루퉁한 얼굴로 서 있는 저 영감님이야말로 최상의 커피 맛을 재현해 낸 인물이라고 굳게 믿었다. 그런데 설마 얼굴에 아직 어린 티가 줄줄 흐르는 이 소녀 바리스타의 손에 의한 것이었다니.

"저기 계시는 마스터께서 내려주신 커피인 줄 알았는

데요?"

"마스터? 아, 우리 아저씨요?"

바리스타는 카운터를 흘끔 쳐다보았다.

"저분은 커피점 탈레랑의 오너이자 조리 담당, 그리고 제 아저씨이기도 해요. 정확히 말하면 외할머니의 남동생. 아저씨라기보다 이제는 완전히 할아버지 같은 느낌이죠? 영업 중에 아저씨라는 호칭은 손님께 실례가 되겠지만, 오래 전부터 익숙해져서 그런지 다른 이름으로 부르면 항상 투덜거리세요."

"뭐랄까, 분위기가 있으신데요. 그야말로 맛있는 커피를 내려주실 듯한."

"아이, 그런 거 없어요." 그녀는 목소리를 낮춰 말을 이어갔다. "우리끼리만 하는 얘기지만, 아저씨가 내려주는 커피는 왠지 맛이 없거든요. 원두며 기구도 완전히 똑같은 걸 쓰는데도. 정말 신기해요."

거기서 멋지게 미소를 지으니 나는 쓴웃음으로 응할 수밖에 없었다.

"그렇군요. 전문 바리스타가 계시니까 저런 근사한 에스프레소 머신도 있었네요. 솔직히 이 커피점의 규모에는 어울리지 않는다고 생각했어요."

"저건 내가 강력히 주장해서 구입했죠. 바리스타라는 이름을 걸고 싶었거든요."

"왜요?"

"그래야 뭔가 폼이 나잖아요."

너무 직설적으로 대답하는 바람에 인과관계의 역전을 지적할 마음도 나지 않았다. 에스프레소를 만들어내기 때문에 바리스타라고 불리는 것인데, 바리스타라고 불리기 위해 기계를 도입했다니.

나 말고도 다른 손님이 있었지만, 그녀는 아직 내 테이블 앞을 떠나지 않았다. 유난히 내게만 신경을 써주는 것 같아 의아해하던 참에 아직 그녀가 목적을 달성하지 못했기 때문이라는 것을 퍼뜩 깨달았다.

"아차, 지난번과 똑같이 뜨거운 커피. 계산은 두 잔으로 해주시고요."

"네, 알겠습니다."

7월인데도 뜨거운 커피를 주문한 것은 최상의 커피를 다시금 맛보기 위한 목적도 있었지만, 아직도 창밖에서 잔디를 두드리는 늦은 장맛비가 내 체온을 앗아갔기 때문이다. 아침부터 주룩주룩 내린 덕분에 오늘은 잊지 않고 우산을 들고나왔다. 그래도 미처 빗발을 다 막아내지 못했다. 험난한 전투를 마친 내 모스그린 색 우산은 입구 바로 안쪽, 철제 장식 받침대에서 먼저 온 손님들의 우산 몇 개와 섞여 축 늘어져 있었다.

커피를 기다리는 동안, 등 뒤 테이블에 앉은 여대생들의 수다가 내 청각을 점거했다. 세 명 일행으로, 그중 두 명과 마주 바라보는 형국이 될 것 같아 나는 미호시 바리스타가 처음 안쪽 자리를 안내해 주었을 때, 슬쩍 건너편으로 바꿔 앉았다. 어떻게든 마주 보는 것만은 피하고 싶었기 때문이다.

여자 셋이 모이면 접시가 깨진다는 속담에 충실한 그녀들의 수다에 가로막혀서 그 말은 굳이 내 귀에 들어오지 않아도 좋았을 것이다. 하지만 드립에 접어든 바리스타가 곁에 서 있는 영감님에게 무심코 중얼거린 한마디가 분명하게 내 귀를 사로잡았다.

"거봐, 돈 안 내고 도망친 거 아니잖아요."

영감님은 거드름을 피우며 천천히 고개를 들었다. 부숭한 눈꺼풀 아래로 쏘아보는 시선은 실로 날카로웠다. 수염으로 감춰진 입가에서 흘러나올 그다음 말을 나는 몸을 바짝 긴장시킨 채 기다렸다.

"흥, 그러면 여자 꽁무니나 쫓아다니는 녀석인 모양이구먼."

최악이다.

"아니, 그런 거 아니라니까요!" 나는 허둥지둥 카운터로 다가갔다. "제가 말씀드렸잖습니까, 지갑을 떨어뜨린 것뿐이에요. 돈을 안 내고 도망친 것도 아니고, 더구나 여자 꽁무니를 쫓아다닌다니."

"대놓고 전화번호를 물어볼 배짱이 없어서 그런 요상한

짓을 한 거잖어. 우리 바리스타가 전화를 걸어주면 자네는 핑 잡는 거고, 게다가 다시 우리 커피점을 찾아올 핑곗거리가 되겠지. 아직 젊은 사내가 생각함 직한 꾀이기는 하구먼. 근데 우리 바리스타한테 굳이 그렇게 절절맬 거 없어. 백전노장인 내가 한마디 충고하겠는데, 여자한테는 강하게 밀어붙이는 게 최고여. 부딪쳐 보지도 않고 미리 주눅이 들어서야 쓰나."

말문이 턱 막혔다. 여대생 삼인조의 킥킥거리는 웃음소리가 내 귓전을 간질였다.

이 영감님, 카리스마 넘치는 생김새와는 전혀 딴판으로 목소리는 낭랑하고 말투는 가볍고 내용 또한 경박하기 짝이 없다. 진한 교토 사투리도 어딘가 살살거리는 말처럼 들렸다. 그가 내려주는 커피가 맛없다는 말이 이해되었다. 분명 쌉싸래한 성분인 클로로겐산은 기척도 없을 게 분명하다.

"아저씨, 손님에게 무슨 쓸데없는 소리를!" 바리스타가 표변하여 얼굴이 벌게진 채 소리쳤다.

"어라, 네 꽁무니를 쫓아와 주니까 새새거리는 거여?"

"새새거린 적 없어요!"

점점 더 화가 난 기색이었지만 나는 그 '새새거린다'라는 말이 무슨 뜻인지 선뜻 알아듣지 못했다. 좋아서 덩달아 함께 신바람을 낸다, 라는 정도의 뜻인가.

"저기, 괜찮으세요? 이런저런 의미에서."

내가 머뭇머뭇 끼어들자 바리스타는 그제야 진정이 된

모양이었다.

"나까지 이성을 잃어서 미안해요. 바라건대 방금 들은 말은 모두 잊어주세요. 아저씨도 깊이 반성하실 거예요."

"응, 용서해 주게……라고 할 줄 알았지? 그런 건 꿈도 꾸지 말아."

절대로 용서할 수 없어, 라고 나는 생각했다.

"아저씨, 입 닥쳐요! 대체 왜 이러세요? 아, 아오야마 씨, 그런 얼굴 하시지 말고, 네, 아저씨라고 해도 아주 먼 친척이라 거의 남이나 마찬가지고……. 하지만 이래 봬도 아저씨가 만든 애플파이는 최고예요. 한 입 드셔보시면 분명 관대한 마음을 되찾을 거예요."

절대로 먹지 않겠어, 라고 나는 생각했다.

서비스 정신이 투철한 그녀를 무시하고 나는 카운터 너머로 영감님의 손 밑을 들여다보았다. 그곳에는 꽤 두툼한 파이 반죽이 뱃속에 사과 필링을 듬뿍 담고 지금 당장이라도 오븐을 향해 떠나려 하고 있었다.

"아까부터 얼굴이 부루퉁했던 거, 파이를 만드느라 그랬군요?"

"요즘 들어 눈이 영 시원찮아. 금세 미간에 주름이 생겨버리니, 사내다운 내 얼굴 다 망가진다니까."

그래도 가벼운 입을 놀릴 때만큼은 아니다.

"반죽은 아침 일찍 해두신 건가요?"

"그렇지. 파이 반죽은 냉장고에서 한참 재워둬야 돼."

"그러면 그 사이에 필링을?"

"아냐, 그건 어제저녁에 준비했어. 하룻밤 물을 바짝 빼줘야 바삭한 파이가 되거든."

정말 바리스타가 적극 추천할 만큼 애플파이에는 온갖 정성을 기울이는 모양이다. 이건 믿어도 괜찮을 것 같다.

"파이 다 구워질 때까지 좀 기다려도 괜찮지요?"

바리스타에게 말하자, 내 양보에 안도했는지 마치 자신이 칭찬받은 것처럼 만면에 웃음을 지으며 대답했다.

"실은 스파게티도 아주 맛있는데, 어떠세요?"

……참 잘도 새새거리는구나, 이런 상황에서.

3

노인은 이름이 모카와 마타지라고 했다. 나는 〈커피 룸바〉라는 번안 가요 속에 나오는 예멘 산産 원두 모카 마타리가 떠올랐다.

파이가 구워지기를 기다리는 동안, 미호시 바리스타가 내 이야기 상대가 되어주었다. 모카와 씨의 무례함을 사죄한다는 뜻도 있었을까. 어쨌거나 기분이 나쁠 것은 없었지만, 대화 내용은 어떤가 하면 광고를 겸한 이 커피점의 소개였다.

"놀라셨죠? 교토의 번화한 상점가 뒤편에 이런 커피점

이 있어서."

"예, 속된 말인지 모르지만, 땅값도 비싼 곳에서 무척 호사를 부리고 있다고 생각했어요."

커피를 조금씩 마시며 나는 대답했다. 한 모금 마실 때마다 첫 만남 때와 전혀 다르지 않은 감동이 밀려왔다. 기적의 커피 한 잔은 단순한 기적이 아니었다는 것을 새삼 깨달았다.

"원래 아저씨의 돌아가신 부인이 하던 가게였어요. 대대로 넓은 토지를 소유한 집안이었는데 상속을 받으면서 취미와 실익을 겸해 이 커피점을 열었대요. 아저씨는 타지에서 데릴사위로 들어온 분이라 나중에야 커피점 일을 돕게 되었죠."

"그럼, 이 지역 출신이 아니시군요?"

"네, 눈치채셨겠지만 나도 교토 출신은 아니에요."

"그래서 이쪽 사투리가 없군요. 근데 모카와 씨는 왜 교토 사투리를?"

"이상하죠? 남자인데도 이따금 여성스러운 교토 사투리를 섞어 쓴다니까요."

바리스타는 손으로 입가를 가리고 웃었다.

"예전에는 아주 조용한 분이었대요. 명랑한 부인에게 점점 물들었다나 봐요. 그 바람에 부인에게서 배운 교토 사투리가 입에 배어버렸어요. 그 부인이 돌아가신 뒤로 갑자기 끈이 풀린 것처럼 자꾸 젊은 여자들한테 말을 걸고……. 부인을 먼저 떠나보낸 외로움을 달래려는 건가……. 아니, 꼭 그렇지는 않은 거 같기도 하고…….”

감상에 젖은 바리스타에게는 미안한 말이지만, 조용하던 시절의 모카와 씨를 상상하기는 상당히 어려웠다.

“내가 커피점 탈레랑에서 일하게 된 건 전분대학에 다니려고 교토에 온 다음부터예요. 처음에는 아르바이트로 부인에게서 많은 것을 배웠죠. 재능이 있다고 평가해 주셔서 나중에는 아예 가게를 나한테 주겠다는 말씀까지 하셨어요. 2년 전에 부인이 갑작스럽게 돌아가셨을 때는 나도 정말 마음이 아팠지만, 망연자실한 아저씨에게 이런 말씀을 드렸어요. 내가 부인 대신 일할 테니까 커피점 탈레랑은 계속하자고요. 때마침 대학을 졸업하려던 참이기도 했고.”

세상 어느 누구도 대신할 수 없는 고인과의 추억, 그 추억이 가득한 이 커피점을 지키려는 결단. 흠, 이건 상당한 미담이로군. 고인의 유지는 이런 식으로 면면히 다음 세대로 이어지고…….

아니, 근데 대학이라고? 졸업을 했어? 2년 전에?

“실례지만, 바리스타께서는 나이가 어떻게 되시는지요.”

“정말 실례되는 질문이군요.” 웃는 얼굴에 흔들림이 없으니 도리어 더 무섭다. “올해로 벌써 스물세 살인데 아직도 배울 게 너무 많아요.”

“연상이잖아!”

너무 놀란 나머지 섬세한 배려를 놓쳐버렸다. 내가 올해 10월이면 스물두 살이니까 한 살 차이라도 그녀는 연상의 여인인 셈이다. 여고생인 줄 알았는데. 여자들의 나이에 속아 넘어가는 건, 마치 마술이나 사기 같다.

내가 섬세한 배려를 놓쳐버린 것에 비례하여 그녀는 적잖이 기분이 상한 모양이다. 당연히 그렇겠지만, 그것이 겉모습보다 나이가 많기 때문인지 아니면 실제 나이보다 어려 보이기 때문인지, 미묘한 나이인 만큼 사과의 말을 둘러대기도 힘들었다. 나는 서둘러 화제를 돌렸다.

"저런, 무척 힘들었겠어요. 갑작스럽게 두 분이 영업까지 떠맡아야 했으니."

"그렇지도 않아요. 조금 전에도 말했지만, 부인에게는 상속받은 토지가 많아서 커피점 탈레랑은 그냥 취미 삼아 하셨거든요. 그렇게 마음 편히 장사하는 분위기는 지금도 변함이 없어요. 이렇게 영업을 소홀히 하다가는 나중에 내가 힘들어지겠지만, 매주 수요일과 연말연시, 추석 전후 일주일, 거기에 부정기적으로 쉬는 날도 있어서 다른 곳에 비하면 우리는 미안할 만큼 편하게 장사하고 있죠."

뭘 미안할 것까지야. 분명 이 정도로 고급 커피를 내주는 곳인데도 이 근처 커피점 사정에 빠삭한 내가 미처 알지 못했을 만큼 영업에 소홀했다는 건 부정할 수 없는 사실이다. 하지만 말을 바꿔보면 그만큼 위협적인 곳이 될 수 있다는 뜻이다. 다른 커피점 직원이 이곳 커피를 마셔볼 기회가 있다면 예외 없이 이런 생각을 할 것이다.

부디 이대로 조용히 처박혀 있어다오.

"다른 커피점들이 인기를 끌든 말든 이곳은 마이페이스로군요."

"지금 인기 있는 곳이라면 이노다 카페와 이마데가와 록온 카페 말인가요?"

술술 나오는 커피점 이름에 나는 가슴이 뜨끔했다. 이노다 카페는 교토의 커피 애호가라면 모르는 사람이 없는 원두커피 전문점이고, 록온 카페는 교토에서도 대학생 수가 가장 많기로 유명한 국립대학 바로 앞이라는 입지를 살려 급성장한 인기 커피점이다. 그리고 일주일 전에 헤어진 여자 친구가 다른 여자와 시시덕거리는 내 모습을 봤다는 곳이, 이제 새삼 뭘 감추고 말고 할 것인가, 바로 그 대학 앞 록온 카페여서 나 혼자 뜨끔한 것이었다.

"글쎄요, 물론 교토 시내를 걷다 보면 이따금 커피점에 들어가게 되지만 질투심이나 부러움 때문에 다른 가게에 가서 스파이 짓을 할 생각은 없어요. 나는 부인에게서 전수받은 맛을 충실히 지켜나갈 뿐이죠."

그녀의 웃음은 부드럽다. 그런데도 고인을 향한 정결한 마음이 저절로 배어 나왔다.

"어이, 파이가 다 구워졌어."

모카와 씨의 느긋한 목소리가 날아와 대화는 중단되었다. 커피 맛의 비결을 캐내는 건, 안타깝지만 다음 기회를 노려야 할 것 같다.

오븐이 열리고 갈색으로 잘 구워진 파이의 달콤한 냄새가 가게 안에 퍼졌다. 이건 정말 못 견디겠다. 꽃향기에 취한 벌의 심정이 이럴 거라고 황홀해하는데, 이럴 수가 있나, 뒤에 앉은 여자 세 명은 자리에서 일어나 계산대로 향했다.

"늬들 파이 안 먹고 그냥 갈 거여?"

섭섭한 기색으로 물어보는 모카와 씨에게 갈색 머리의 여자가 대답했다.

"제가 지금 다이어트 중이거든요? 아저씨, 정말 너무해요. 이렇게 고소한 냄새를 풍기면 우리 정신 건강에 좋지 않다니까요."

킥킥 웃는 그녀의 통통한 몸매를 바라보며 '쳇, 입만 살아서'라고 투덜댄 건 비밀이다.

여자 셋이 돌아가자, 바리스타는 테이블 정리에 들어갔고 나는 애플파이 조각에 덤벼들었다. 필링은 달콤한 가운데서도 새콤한 맛이 남아서 버터 향과 잘 어우러졌다. 반죽은 너무 얇지도 두툼하지도 않아 맛뿐만 아니라 입안에서 바사삭 씹히는 즐거움도 있었다. 조심스럽게 풍미를 잡아준 사과주, 지나치게 끈적거리지 않는 계핏가루의 배합도 절묘하다.

"와, 맛있는데요!"

눈 깜짝할 사이에 접시를 비워버렸다. 완전 항복, 이라고 말해주고 싶었지만 안타깝게도 모카와 씨는 조금 전에 재료를 구입하기 위해 시장에 나가서 카운터 안에 없었다.

"너무 오래 있었군요. 일하시는 데 방해가 될 테니 오늘은 이만 실례하겠습니다."

"네, 저희 커피점을 찾아주셔서 고맙습니다." 바리스타는 계산대로 이동했다. "괜찮으면 또 오세요. 나는 절대로 아저씨처럼 이상한 생각은 안 하니까."

쓴웃음을 짓는 것으로 대답을 대신했다.

"잘 마셨습니다."

"고맙습니다."

대답에 담긴 진심과 배려가 교토에서 타향살이 중인 나에게는 흐뭇하게 다가왔다. 그래서 아주 작은 이질감을 미처 깨닫지 못한 채 가게를 나서려고 했던 것인데…….

"아오야마 씨."

다시금 그녀가 나를 불러 세웠다. 바리스타는 작은 카운터 너머에서 문 옆을 가리키고 있었다. 둘째 손가락을 앞뒤로 흔드는 몸짓이 코믹하다.

"아!"

그 손끝이 가리키는 곳을 바라보다 나는 깜빡 잊은 물건이 있다는 것을 알았다. 문 옆의 우산 받침대. 이질감의 정체는 그토록 거세게 내리던 비가 어느새 그쳤다는 것이었다.

하지만 방금 내가 뱉은 짧은 탄식은 우산을 깜빡한 나 자신을 부끄러워했기 때문이 아니다.

"왜요?"

바리스타가 고개를 갸우뚱했다. 나는 우산 받침대에 딱 한 개 남은 우산을 집어 들고 말했다.

"바리스타, 이게 내 우산처럼 보입니까?"

한산해진 가게 안에서 최대한 조용하게 펼친 자동 우산. 그것은 마치 애플파이가 되기 전의 사과처럼 빨간색이었다.

4

"……의외로 잘 어울리는데요? 좀 지나치게 화려하긴 해도."

당황스러운 웃음을 지을 거라면 억지로 칭찬해 줄 것까지는 없다.

"그게 아니죠. 이건 내 우산이 아니라니까요."

"하지만 그렇다면……." 그녀는 우산 받침대 쪽으로 시선을 옮긴 참에 말을 멈췄다.

그렇다. 발밑의 우산 받침대에는 이제 우산이 하나도 없다. 즉 내 우산은 사라지고 그 대신 이 빨간 우산이 남겨졌다는 얘기다.

"그 우산, 내가 꽤 아끼던 거였는데."

"죄송해요, 저희가 제대로 관리를 못하는 바람에."

"아니, 바리스타에게 책임지라는 건 아니에요. 손님이 우산을 바꿔 가는 건 어지간히 신경 쓰지 않는 한, 미리 어떻게 할 수 없죠."

다행히 비는 그쳤다. 언제 또 쏟아질지 몰라서 그만 포기하고 나가려는 나를 바리스타가 다시 불러 세웠다.

"아끼던 우산이라면, 빨간색을 좋아하시는 모양이지요?"

"아니, 글쎄 이건 내 우산이 아니라니까요."

"그래도 비슷한 색깔이었겠죠, 깜빡하고 바꿔 간 걸 보면."

눈이 번쩍 뜨인 듯한 기분이었다.

"그러고 보니 전혀 비슷한 구석도 없는 우산이네? 내 우산은 모스그린 색이었어요. 값싼 비닐우산이지만 흔하지 않은 세련된 색깔이라 마음에 들었죠. 내 우산을 이런 빨간 우산과 착각할 리가 없어요."

바리스타는 뺨에 손을 얹고 빙긋이 웃으며 나를 바라보았다.

"그러면 추리를 좀 해볼까요? 아오야마 씨가 아끼시던 그 우산을 다시 찾을 수 있을지."

그리고 안쪽 카운터로 들어가더니 등을 돌리고 뭔가 부스럭거리기 시작했다.

"다시 찾아요? 어떻게요?"

"모스그린 우산과 빨간 우산이라면 단순한 착각으로 바꿔 갈 일은 없어요. 하지만 그 빨간 우산은 내가 보기에는 거의 새것이니까 일부러 바꿔 갈 만한 이유도 없을 것 같군요. 그렇다면 왜 우산이 바뀌었는지, 그 점에 대해 고찰해 볼 필요가 있어요. 결론에 따라서는 되찾을 가능성도 있으니까요."

"네에……. 근데 바리스타, 지금 거기서 뭐 하십니까?"

바리스타는 빙글 돌아섰다. "이거요."

손에서 드르륵 소리가 났다.

수동식 핸드밀이었다. 나무로 된 상자 위에 원형 호퍼—원두를 넣는 부분이다—가 얹힌, 그야말로 클래식한 모델이었다. 누구 것인지도 모를 우산을 들고 쩔쩔매는 나를 아랑곳하지 않고 그녀는 커피 원두를 갈기 시작한 것이다.

"핸드밀?"

"드립 커피에 사용하는 원두는 모두 제가 직접 갈아서 써요. 수동식은 원두를 갈 때 마찰열이 적어 향이 날아가지 않는다고 하죠? 더구나 에스프레소라면 아주 곱게 갈아야 하기 때문에 외국제 전동밀을 쓰고 있어요."

지금 그런 얘기를 할 때가 아니잖아, 라고 생각하면서도 흥미 깊은 얘기에 귀가 솔깃했다.

"주문을 받고 그때부터 원두를 갈자면 너무 번거로울 텐데요?"

"그래도 커피를 내리기 직전에 갈지 않으면 풍미가 떨어지니까요. 손님을 기다리시게 하는 건 미안하지만, 그리 힘들진 않아요. 제가 이 작업을 좋아하거든요. 이렇게 열심히 돌려 원두가 갈리는 소리를 들으면 어쩐지 머릿속이 말끔해지고 마음도 깨끗해지는 느낌이 든답니다."

뒤로 밀리지 않도록 묵직하게 만든 수동식 핸드밀을 카운터에 놓고 핸들을 수평으로 돌리고 있는 바리스타의 모습은 마치 '맛있는 커피가 되어라' 하고 원두에 마법을 거는 것처럼 보였다.

"카페인이 사고력과 집중력을 높여준다는 말이 있지만, 나는 오히려 이 손동작에서 그런 효과를 기대하죠. 생각이 멋지게 정리되면 이 커피 한 잔으로 한숨 돌리고 싶군요."

그녀의 미소에는 빈틈이 없었다. 나는 일단 원래의 주제로 돌아가기로 했다.

"비가 그쳤으니까 이 우산은 누군가 깜빡 잊고 간 것일 수도 있어요. 그리고 아직 비가 내릴 때, 내 우산은 누군가 훔쳐 갔다거나."

"그럼, 그 우산 도둑의 우산은 어디로 갔죠?"

"예?" 무슨 말인지 모를 소리를 한다. "자기 우산이 없으니까 훔쳐 갔겠죠."

"아침부터 비가 내렸는데요?"

바리스타는 핸드밀을 돌리는 동작을 멈추지 않았다.

"보시다시피 우리 커피점은 입지상, 차를 현관 앞에 댈 수 없어요. 지금이야 비가 그쳤지만, 오늘 내린 비는 상당히 강했어요. 우산도 없이 여기까지 왔다고 생각하기는 어렵죠. 물론 이 우산 받침대는 오늘 아침까지 비어 있었고, 아저씨가 손님 우산을 말없이 들고 가는 일은 있을 수 없어요."

"아, 그런가? 그렇다면 집에 이 새빨간 우산뿐이어서 어쩔 수 없이 들고 나왔는데 아무래도 창피해서 내 우산으로 바꿔치기했다든가?"

"아오야마 씨의 우산, 남성용 아니었나요?"

"그렇긴 한데, 그게 왜요?"

"잘 보세요, 그 우산은 여성용이고 분명 주인은 여자예요. 남성용 우산은 여자가 들기에는 손잡이 부분이 너무 굵고 크기도 커서 의외로 사용하기 힘들어요. 게다가 너무 눈에 띄죠. 빨간 우산을 들고 다니기가 창피해서 남의 우산을 훔칠 만한 여자가 하필 남성용 우산을 가져간다는 건 적잖이 일관성이 떨어지는 추리겠지요?"

정말 그런가, 하고 고개를 갸웃거렸지만, 여자라는 성별을 이유로 내세우니 남자인 나로서는 반론을 할 수 없었다.

하지만 그렇다면 어째서 내 우산은 사라졌는가. 우산에 발이 달렸나, 하는 어이없는 상상까지 했지만 아무리 생각해도 우산에 발이 달릴 리는 없다. 혹시 이 녀석이 발 달린 우산인가, 하고 나는 손에 든 우산을 찬찬히 살펴보았다. 크기로 보면 여성용인 건 틀림없다. 게다가 유치원 여자애들이 들고 다님 직할 만큼 눈이 시릴 정도로 새빨갛다. 나이도 먹을 만큼 먹은 여자가 이런 걸 들고 다녔다면 그 색채 감각이 심히 의심스럽다. 기왕이면 내 우산처럼 수수한 모스그린 색이었다면 얼마나 좋았을까.

엇, 이것 봐라? 빨간색과 초록색. 크리스마스를 상징하는 두 가지 색이다.

"아, 이제 알겠네요, 바리스타."

나는 턱을 슬슬 문지르며 이번에야말로 확신을 갖고 말했다.

"이 우산의 주인, 적록색맹 아닐까요?"

"색맹?"

바리스타의 빙글빙글 돌던 손이 뚝 멈췄다. 됐다, 드디어 걸렸구나.

"그런 얘기를 들은 적이 있어요. 선천적인 색맹 중에 가장 많은 것이 적록색맹인데 붉은 계열 색깔과 초록 계열 색깔을 구별하지 못한다는군요. 일본에 약 300만 명이 있다고 하니까 결코 적은 수가 아니죠."

바뀐 우산이 바로 빨간색과 초록색이다. 적록색맹인 사람이라면 둘 다 비슷한 색으로 보였을 것이다.

"디자인은 서로 전혀 다르지만 둘 다 성인용이고 인간의 뇌가 가장 먼저 신속하게 판단하는 것은 형태보다 색깔이라고 하니까요."

 일본에서 다음과 같은 실험을 한 적이 있다. 남녀 화장실을 식별하기 위한 일반적인 마크가 있는데, 남자 화장실은 파란색의 직립한 사람 모양, 여자 화장실은 빨간색 치마를 입은 사람 모양이다. 어느 날, 나란히 자리한 남녀 화장실 입구에 남자용 화장실에는 빨간색 남자용 마크를, 여자용 화장실에는 파란색 여자용 마크를 붙였다. 그러자 사람들이 어떤 반응을 보였는가. 거의 모든 사람이 잘못된 성별의 화장실에 들어갔다고 한다. 즉 마크의 모양이 아니라 색깔을 보고 남녀 화장실을 판단했다는 얘기다.

"이 우산의 주인은 여기서 나가는 길에 우산 받침대를 얼핏 보고 무의식중에 내 우산을 집어 갔어요. 색깔에 의한 선입견이 손잡이나 크기 차이를 파악하지 못하게 한 것이죠. 어때요, 그럴싸하지요?"

 그런 거라면 우산이 되돌아올 가능성이 높다. 내 추리에 크게 감탄했는지 바리스타는 빙긋이 웃었다. 그리고 덩달아 터진 내 흐뭇한 웃음소리에 맞춰 다시 핸드밀을 빙글빙글 돌리기 시작했다. 그녀는 말했다.

"전혀 잘못짚으셨어요."

드르륵드르륵.

"……뭘 잘못짚었다는 겁니까?"

"한 가지 묻겠는데요, 만일 아오야마 씨가 적록색맹이라면 빨간색이나 모스그린 색 우산을 들고 다닐까요?"

아, 그런 얘긴가.

"아마 그런 색은 들고 다니지 않겠죠."

"이건 상상일 뿐이지만 색맹인 사람이 우산을 살 때, 그러잖아도 착각하기 쉬운 터에 굳이 자기 눈으로 구별하기 힘든 색을 선택할까요? 내 생각에는 전혀 아닐 것 같아요."

일정한 속도로 손을 빙글빙글 돌리며 그녀는 설명을 이어갔다.

"말이 나온 김에 좀 더 덧붙이자면, 적록색맹은 압도적으로 남자들이 많다더군요. 남자는 20명 중 한 명이 색맹으로 태어나지만, 여자는 대략 600명에 한 명꼴이에요. 빨간 우산의 주인이 여자인 게 분명하다면, 그녀가 색맹일 가능성은 남자보다 훨씬 낮다는 것을 알 수 있죠."

문득 마음에 걸리는 게 있었다.

"아, 잠깐만. 이 우산이 여성용이라고 해서 주인이 반드시 여자라고 할 수는 없잖아요. 오히려 조금 전의 얘기를 다시 떠올려보면 빨간 우산을 들고 다니기가 창피했던 것은 주인이 남자였기 때문일 수도 있어요. 크기나 손잡이의 차이도 그런 경우에는 문제가 되지 않죠."

그러자 바리스타는 일순 진지한 표정이 되었다가 피식 웃어버렸다.

"내가 뭔가 이상한 말을 했습니까?"

"아, 미안해요. 실례했습니다. 하지만 나는 당연히 그건 안다고 생각했는데……. 여기서 우산을 들고 나갈 사람이라면 당연히 아오야마 씨가 오신 다음에 우리 커피점에서 나간 그 세 사람뿐이잖아요."

드륵드륵드르륵.

나는 힘이 쭉 빠졌다.

"그걸 미리 생각하지 못하다니, 내가 바보였네요. 말씀하신 대로 그 여대생 중에 범인이 있겠군요."

바리스타는 후후 미소를 지었다.

"아오야마 씨, 역시 그 여자 손님들 중에 아는 사람이 있었죠?"

크윽. 목구멍 속에서 기묘한 소리가 울렸다.

"그, 그걸 어떻게?"

"간단해요. 아는 사람이 아니라면 그녀들이 여대생이라고 단정할 수는 없겠죠."

"그거야 분위기로 대충 알죠. 교토는 대학생의 도시잖아요." 나도 모르게 불끈해서 별 의미도 없는 반론을 했다. "게다가 바리스타는 방금 '역시'라고 했지요?"

"제가 저 테이블 안쪽 의자로 안내해 드렸을 때, 아오야마 씨는 굳이 그 맞은편 의자로 돌아가서 앉았어요. 일부러 옆 테이블 손님들과 가까운 자리를 선택한 건 등을 돌리고 앉아서 그녀들 중 누군가를 피하려고 했기 때문이 아닌가요? 난 그렇게 생각했는데."

날카로운 통찰에 일순 오싹했다. 그때 옆자리 손님과 마주 앉는 것을 피했던 것은, 아는 얼굴, 그것도 되도록 얼굴을 마주치고 싶지 않은 사람이 그곳에 있었기 때문이다. 나는 항복의 뜻을 담은 포즈를 취했다.

"대단한 통찰력이군요. 나가면서 모카와 씨와 잠깐 몇 마디 나눴던 여자가 있었죠? 도베 나미코라는 여대생인데 나하고 조금 아는 사이예요."

"같은 대학 친구예요?"

나는 다시금 허둥거렸다. "내가 나를 대학생이라고 말했던가요?"

"우리 커피점에 온 게 두 번 다 평일 낮이었고, 정식 명함이 아니라 메모지에 연락처를 적어주셨어요. 거기에 여대생 친구까지 있다면 일단 대학생이라고 보는 게 타당하겠죠. 나이도 나보다 한 살 어리다고 하셨고……. 게다가 교토는 대학생의 도시라면서요."

그녀의 의기양양한 윙크를 나는 슬쩍 받아넘겼다.

"정확히 말하면 친구의 친구일 뿐이에요. 몇 번 본 적은 있지만 친구라고 할 만한 사이는 전혀 아니고……."

내가 먼저 발견했을 때, 도베 나미코는 한창 수다를 떠는 중이었다. 나는 잘됐다 하고 얼른 자리를 옮겨 앉았다. 그대로 들키지 않으면 좋았을 텐데 모카와 씨와 바리스타가 그토록 귀에 쏙쏙 들어오는 대화를 주고받았으니 도베 나미코도 나를 알아보지 않을 수 없었을 것이다.

"아, 그러세요?"

바리스타는 깔깔 웃으며 빙글빙글 돌리던 손을 멈췄다. 그리고 핸드밀 아랫부분의 서랍을 꺼내더니 반달눈이 되어 막 갈아낸 원두의 향기를 맡았다. 황홀하다는 듯한 그 표정에 가슴을 두근거리고 있으려니 그녀가 내게 환한 미소를 보였다.

"그 수수께끼, 이제 잘 갈아졌어요."

"예?"

원두가 잘 갈아져 가루로 변하듯이 의문이 말끔히 해소되었다는 뜻인가. 나는 아직 뭐가 뭔지 도통 모르겠는데.

"아오야마 씨도 만만치 않은 분이시네요."

"그건 또 무슨 말이죠?"

그때였다. 딸랑하고 종이 울리더니 내 등 뒤에서 문이 벌컥 열렸다.

"실례합니다……. 앗!"

나는 더욱더 당황스러웠다. 커피점 탈레랑의 문을 열고 들어선 사람이 다름 아닌 도베 나미코였던 것이다.

경악과 곤혹이 뒤섞인 채 나도 모르게 바리스타의 표정을 살펴보았다. 미소였다. 도대체 그녀는 왜 흐뭇한 얼굴인지 알 수가 없었다.

"아, 이것 참, 오랜만이야."

연극도 분수가 있어야지, 라고 생각했지만 일단 나는 도베 나미코에게 인사부터 건넸다.

"미안해, 우산을 잘못 가져가서. 그쪽이 가진 그거, 내 우산이야."

그러면서 도베 나미코는 들고 있던 내 모스그린 우산을 내밀었다.

"그랬구나. 다시 찾아서 다행이네."

나도 손에 든 빨간 우산을 도베 나미코에게 내밀었다. 두 개의 우산이 두 사람을 이어주었다. 교환을 마치고 도베 나미코는 나를 빤히 바라보며 피식 웃었다. 나도 덩달아 뺨을 헤실헤실 풀며 헤헤 웃었다.

뭐야, 의외로 우호적이잖아.

그런 감촉에 내가 그만 한순간 방심했는지도 모른다. 그 순간을 노린 듯 약간 허스키한 도베 나미코의 목소리가 내 고막을 찔렀다.

"이런 나쁜 놈!"

커피점 탈레랑 안에 뺨따귀를 올려 치는 소리가 울려 퍼졌다.

5

왼쪽 뺨이 얼얼하게 아프다.

눈물을 글썽이며 손등으로 식히고 있으려니 바리스타가 물수건을 내주었다.

"고맙습니다, 아하하. 여자의 마음이란 참 알 수가 없다니까요."

애써 웃어봤지만, 헛되도다. 바리스타는 이삼 초쯤 걱정스러운 얼굴빛을 보이더니 측은하다는 듯이 말했다.

"그 여자 어머니하고도 아는 사이예요?"

"어머니요? 아뇨, 왜요?"

"아까 '마미'에게 다 말해버리겠다고 하던데요."

도베 나미코가 불과 몇 분 전에 힘껏 내 뺨을 찰싹 올려친 뒤에 그런 말을 내뱉고 탈레랑을 떠나갔던 것이다.

정말로 그렇게 착각하는 건가, 아니면 나를 놀리려는 건가.

"아까는 내가 아무 말도 안 했는데요." 물수건의 차가움에 한사코 매달리며 나는 말했다. "도베 나미코는 며칠 전에 헤어진 전 여자 친구의 친구예요."

전 여자 친구, 라는 단어가 풍기는 느낌이 별로 마음에 들지는 않았지만, 그밖에 적당한 말이 떠오르지 않았다. 그 전 여자 친구와 도베 나미코는 대학도 학과도 동아리도 같고,

게나가 아르바이트까지 함께하는, 연인 이상으로 친한 사이다. 그런 인연 덕분에 나도 도베 나미코를 알고 있었다. 그나저나 두 사람은 난폭한 성격까지 똑 닮았다. 이건 명백한 집단 괴롭힘 아닌가.

"아까 이곳에서 나눈 이야기를 듣고 도베 나미코가 뭔가 오해한 모양이에요. 이제 막 여자 친구와 헤어졌는데 벌써 다른 여자에게 집적거린다는 식으로."

바리스타는 미간을 찌푸렸다. 내 말에 불쾌감을 드러낸 건 아닌 모양이다.

"나는 그 도베 나미코가 아오야마 씨에게 호감이 있다고 생각했는데?"

"도베 나미코가? 에이, 설마."

"실은 이미 알고 있었거든요. 도베 나미코가 우리 가게로 돌아오리라는 거."

나는 물수건을 들지 않은 쪽 손이 아직도 쥐고 있는 것을 쳐다보았다.

"그러면 이 우산을 일부러 바꿔 들고 갔다고요?"

"그렇죠. 아오야마 씨를 따로 만나려고 다시 돌아올 구실을 만든 거예요."

결과만을 보자면 그 말이 옳다는 건 명백하다. 하지만 아직 의문점이 있었다.

"우산을 다시 찾으러 오려면 그냥 자기 우산을 놔두고

가면 되잖아요. 근데 왜 하필 내 우산을 가져갔을까요? 그 여자들이 탈레랑을 나갈 때, 이미 비는 그쳤는데 말이에요."

만일 비가 계속 내렸다면 남의 우산을 펼치자마자 함께 있던 친구들이 그 점을 지적했을 것이다. 비가 그친 덕분에 태연히 우산을 바꿔 갈 수 있었다. 하지만 그런 상황이기 때문에 더더욱 자기 우산을 모른 척 놓고 가기에 안성맞춤 아닌가. 비가 그쳐서 내 우산을 깜빡 놓고 왔다고 하면 아무 문제도 없을 터였다.

바리스타의 미소에는 여전히 빈틈이 없었다.

"가능하면 아오야마 씨를 이곳에 오래 붙잡아두고 싶었겠죠."

"점점 더 이해를 못 하겠군요. 그렇다면 얼른 이쪽으로 돌아오면 되잖아요? 도베 나미코가 다시 나타나기까지 상당한 시간이 걸렸어요. 그사이 나는 우산을 포기하고 집에 돌아가려고 했고요. 당신이 붙잡지만 않았다면."

"곧바로 돌아오기는 어려웠을 거예요. 친구들이 옆에 있었으니까."

"친구들? 그야 친구들 앞에서 남자의 따귀를 올려 칠 수는 없겠지만, 그건 일단 여기서 나간 다음에 혼자 돌아온 이유였지 곧바로 돌아오지 못한 것과는 별 관계가……."

"우리 카페에서 나가자마자 다시 돌아오면 친구들도 따라오지 않겠어요?"

말귀를 못 알아듣는 학생에게 친절하게 가르쳐주듯이 바리스타는 말했다.

"이 주변에는 그녀들이 시간을 때울 만한 장소가 별로 없어요. 우산을 깜빡 바꿔 왔다고 말하면 가까운 거리니까 친구들도 당연히 따라오겠죠. 하지만 큰길까지 나가버리면 그쪽에는 다른 가게도 많으니까 거기서 기다리라고 하면 돼요. 거기까지 갔다가 돌아오는 동안에 아오야마 씨가 탈레랑에 남아 있도록 조금이라도 확실히 하기 위해 그녀는 당신의 우산을 들고 간 거예요."

그렇게까지 찬찬히 설명해 주니 받아들일 수밖에 없었다. 한마디로 도베 나미코는 우연히 미호시 바리스타와 내가 친밀하게 노닥거리는 듯한 모습을 발견하고, 마치 백 년 만에 만난 원수처럼 친히 내 따귀를 때려주시고자 교묘히 친구들을 따돌리고 나와 마주할 방책을 세웠다. 그 방책이 바로 우산을 바꿔치기하는 것이었다.

기껏해야 따귀 한 대를 때리기 위해 그토록 큰 수고를 감수하실 줄이야. 여자의 마음이란 참으로 알다가도 모르겠다. 그런 느낌은 눈앞에 있는 바리스타께서도 마찬가지였던 모양이다.

"고백까지는 아니어도 그 비슷한 뭔가를 할 거라고 예상했는데……."

마지막 예상이 빗나간 게 안타깝기 짝이 없다는 표정

이었다.

따귀를 맞은 내 처지에서는 그런 건 아무려나 상관없었다. 게다가 우산이 돌아온 것으로 바리스타의 추측이 옳았다는 건 증명되었다. 알 도리 없는 동기를 잘못짚은 것 정도로 내 판단이 흔들리지는 않는다.

새삼 나는 감탄했다. 참으로 총명한 분이시구나, 하고.

그렇게 위안을 해드리려고 하는 참에 바리스타가 먼저 말했다.

"가장 큰 오산은 아오야마 씨가 예상 밖으로 여자들을 울리는 분이었다는 거네요."

괜히 엉뚱한 화풀이를 하는지라 나는 불끈해서 대꾸했다.

"여자 꽁무니나 쫓아다니는 사람이라는 말인가요? 유감스럽지만 나는 전혀 그런 사람이 아니거든요? 부디 그런 착각으로 새새거리지는 마시기를."

"지금 그 얼굴, 좌우 균형이 안 맞군요. 오른쪽 뺨도 내가 빨갛게 해드릴까요? 조금 전의 그 우산 색깔처럼."

그건 자칫하면 생사가 오락가락할 수 있는 일이다. 바리스타가 높이 치켜든 왼손에 힘껏 저항하고 있으려니 모카와 씨가 돌아와 내 얼굴을 보자마자 썰렁한 개그를 날렸다.

"어라, 아오야마青山 낯짝에 단풍이 들었구먼."

바리스타에게도 점잖게 한마디 던졌다.

"아무리 여자 꽁무니나 따라다니는 사내라지만 그래도

손님인데 때리면 쓰겄어?"

"아저씨, 이건 내가 때린 게 아니에요."

"네, 그리고 저는 여자 꽁무니나 따라다니는 사내가 아닙니다."

"아무튼 사과해. 안 그러면 이 손님 다시는 안 와."

그러자 바리스타는 난처한 듯 고개를 떨구고 침묵에 잠겼다.

애초에 사과할 이유 따위가 없으니 그녀의 이런 반응은 당연하다. 하지만 나는 왠지 거기서 약간 일그러진 섭섭함을 느꼈다. 내 성격 탓인가, 아니면 그녀의 태도 어딘가에서 그렇게 느껴지게 하는 점이 있었는가. 마치 다음과 같은 말을 들은 듯한 느낌이었다.

안 와도 별수 없죠. 아니, 오히려 안 오는 게 더 나아요.

"저기, 탈레랑에 또 와도 괜찮을까요?"

그런 말이 저절로 내 입에서 튀어나왔다.

고개를 든 순간, 바리스타는 여전히 난처한 듯 망설이는 듯 표정이 애매했지만 그래도 미소를 보이며 대답해 주었다.

"네, 언제든지. 기다릴게요."

"오호, 역시 여자는 강하게 밀어붙이는 게 최고여."

곁에서 또다시 가벼운 입을 놀리는 모카와 씨의 뺨을 노리고 바리스타가 손바닥을 번쩍 쳐들었다.

블랙 비터스위트

제2장

1

"……오빠, 지금 내 얘기 듣고 있어?"

참으로 미안하지만, 전혀 듣고 있지 않았다.

지긋지긋한 장마도 마침내 걷힌 7월 중순. 천 년이 넘는 오랜 옛날부터 고도 교토를 색칠해 온 기온 축제祇園祭(일본 3대 축제 중의 하나. 교토 야사카 신사八坂神社의 제례祭禮로, 매년 7월 1일부터 7월 31일까지 한 달 동안 교토 시내에서 다채로운 행사가 열린다)는 내일 14일부터 사흘 동안 계속되는 요이야마宵山 전야제와 그다음 17일의 야마보코 순행山鉾巡行에 의해 그 절정을 맞이한다. 거리도 갑작스럽게 고운 단풍이 드는 계절, 하지만 '커피점 탈레랑'을 흘러가는 시간은 바깥의 소란스러움과는 무관해서 나는 오랜만에 휴일을 틈타 최상의 커피와 재회하는 즐거움을 누리고 있었다.

청명한 여름날의 우아한 한때, 라고 하면 더할 나위 없이 좋겠지만 실제로는 그렇지 못했다. 이유는 크게 두 가지, 첫째는 동행이 있다는 것, 그리고 또 하나는 카운터 자리에 앉아 '새새거리는' 남자 때문이었다.

"정말이지 당신이 내려주는 커피는 최고예요."

너덜너덜 넝마 같은 옷을 입은, 중년 반걸음 직전의 남자가 말했다. 그 간살 떠는 목소리가 창가에 앉은 내 귀에도 쏙쏙 들어오는 통에 짜증이 나서 견딜 수가 없었다.

"대체 어떤 원두를 쓰면 이런 맛이 나지요? 그 비밀을 좀 알고 싶어. 물론 커피를 내려준 바리스타에 대해서도."

"원두 말씀이세요? 아라비카 아니면 로부스타."

……우와, 아무렇게나 하는 대답. 탈레랑 커피의 모든 것을 담당하는 바리스타 기리마 미호시의 태도는 매정하기 짝이 없다.

아무렇게나 대답했다고 한 것은 딱히 남자의 말에 상대도 하지 않고 담담히 작업을 계속하는 모습을 가리키는 것만은 아니다. 방금 그녀가 내던진 '아라비카 아니면 로부스타'라는 말은 전 세계의 원두를 크게 두 가지 품종으로 나눴을 때의 명칭이다. 아라비카는 상업적 가치가 높은 원두로, 독특한 풍미가 있어서 스트레이트로 마시기에 적합하고 로부스타는 질병과 해충에 강하고 가격이 저렴해 인스턴트커피나 블렌드에 주로 사용한다. 하지만 생산국이나 등급 등에 따라 당연히 원두의 향미는 천차만별이라서 그 상품명이나 블렌드를 좀 더 세분해서 말해주지 않으면 커피 맛의 비밀은 그 꼬리조차 잡을 수 없다. 그녀의 대답은, 이번 모임에 누가 참석하느냐는 질문에 '남자 아니면 여자'라고 대답한 것이나 마찬가지다.

"대답 좀 제대로 해봐!"

문득 귀를 울리는 부르짖음에 나는 흠칫 놀라 얼굴을 앞으로 돌렸다.

"오빠, 내 얘기 듣고 어떻게 생각했냐고."

"그, 그야 리카 말이 맞다고 생각했지."

"오 마이 갓, 그러면 바람을 피운 거구나……."

죽느냐 사느냐는 질문에 대한 내 대답이 죽으라는 쪽이었던 모양이다. 고스다 리카는 금세 눈물이 글썽해져서 손으로 얼굴을 가려버렸다.

고스다 리카는 외가 쪽 여동생이다. 부모의 직장을 따라 인생 대부분을 미국에서 보내다 올봄, 교토의 대학에 입학을 결정하면서 일본으로 돌아왔다. 국내에 아는 사람이 거의 없어 불안해하던 차에 어린 시절에 몇 번 봤을 뿐인 내가 같은 동네에 산다는 소리를 어디서 듣고는 느닷없이 연락해 온 지 몇 개월째, 라는 사이다.

순수 토박이 일본인을 부모로 두었고 집안에서는 일본어를 쓰면서 자랐으나, 어느 쪽인가 하면 영어가 더 능숙해서 평소의 대화에 이따금 혀 짧은 억양이 섞였다. 눈에 띌 만큼 미인이랄 것까지는 없고, 다만 나는 그녀의 주근깨가 매력적이라고 생각하는데 본인에게 그 말을 하면 화를 낸다.

"엇, 미안해, 리카. 그래서 내가 뭘 어떻게 해주면 될까?"

어찌 됐든 이야기를 밀고 나갔다. 오늘은 리카가 새삼스럽게 정색하고, 오빠한테 긴히 부탁할 것이 있다길래 만남의 장소로 이곳 탈레랑을 알려주었다. 핑계 김에 탈레랑을 다시 찾는다는 속셈도 있었고, 어려운 문제일 때는 바리스타의 지혜를 빌리려는 노림수도 있었다. 부탁할 일에 대해 리카가 미리 언질을 주었기 때문이다. 탐정 비슷한 일이야, 라고.

"내일 기온 축제 때, 오빠가 내 남자 친구를 미행해서 바람을 피우는지 어떤지 알아봐 줘."

"바, 바람을 피우는지 알아보라고?"

아하, 그런 쪽인가. 똑같은 탐정이라도 이건 추리가 아니라 현장에서 뛰어야 하는 일이다.

"그런 건 네가 직접 해야지. 나도 한가한 사람 아냐."

"물론 할 수만 있다면 내가 하지. 근데 내일 급한 일이 생겼어. 그리고 남자 친구는 모레부터 입주 아르바이트라서 여기에 없어. 교토 생활 1년 차는 다들 기온 축제를 구경하고 싶어 하니까 바람을 피운다면 틀림없이 내일이야."

나는 미간을 슬슬 문지르며 말했다.

"아직 만난 지 얼마 안 됐다면서 사귀네, 바람을 피우네, 무슨 주말 드라마도 아니고. 아무튼 처음 만났을 때부터 순서대로 얘기를 해줘야 할 거 아니냐."

"그래서 지금까지 계속 얘기했잖아. 오빠, 역시 내 말은 하나도 안 들었구나?"

아차, 죄송합니다.

"만난 건 4월, 어느 동아리의 신입생 환영회였어. 다른 대학에 다니는 그 사람과 금세 친해져 연락처를 주고받았어. 결국 그 동아리에는 우리 둘 다 가입하지 않았지만."

"무엇을 위한 환영회였는지를 모르겠네."

"왠지 멋있었어. 메일이며 전화를 계속했더니 그 사람이 데이트하자고 했고, 당장 그날 함께하자고 해서……."

리카는 말끝을 어물거리며 수줍게 얼굴을 숙였다. '함께 하자'는 말 뒤에 아무것도 없다고는 생각되지 않았지만, 오빠인 나는 그런 얘기는 듣고 싶지도 않아서 얼른 넘어갔다.

"그게 지난달 초?"

"예스. 그 뒤에도 만나지는 않았지만 연락은 주고받았어. 그 사람 페이스북 프로필도 '연애 중'이라고 바꿨어. 근데 열흘 전쯤인가, 마침 내가 그 페이스북을 들여다보는데 그 사람이 '집에서 혼자 커피를 마시고 있다'라는 글을 올렸더라고."

페이스북 사용자는 계정은 실명으로 만들어야 하지만, 경력이며 거주지 등과 같은 개인 정보는 임의로 등록할 수 있다. 편집이 가능한 정보 중에 '결혼/연애 상태'라는 항목도 있어서, 리카가 말한 '연애 중'이라는 건 그가 자신의 정보를 열람하는 다른 회원들을 향해 '나는 사귀는 사람이 있습니다'라고 선언한다는 의미가 있다.

서로 아는 사용자와 '친구'를 맺은 뒤 '지금 무슨 생각을 하고 있는지'와 같은 상황을 업데이트하고 '친구'와 공유하는 기능도 있다. 리카의 남자 친구는 그 기능을 이용해 '집에서 혼자 커피를 마시고 있다'는 글을 올렸다. 이 글에 '친구'는 자유롭게 댓글을 달거나 공감을 표시하는 '좋아요!' 버튼을 누르는 등 서로 교류한다.

"그 글을 보고 깜짝 이벤트를 해주려고 그 사람 혼자 사는 원룸으로 달려가 벨을 눌렀어. 금세 나오긴 했는데 왠지 난처한 얼굴로, 방이 지저분해서 들어오라고 할 수 없다는 거야. 뭔가 수상쩍어서 내가 안을 슬쩍 들여다보니까 테이블에 머그잔이 있는 게 보였어. 누군가 마시다 만 블랙커피였어."

"페이스북에 올린 그대로잖아."

"하지만 그 사람 전에 나한테 말한 적 있어. 자기는 블랙으로는 절대 안 마신다고."

이건 또 무슨 소리인가. 나는 미간을 좁혔다.

"그 방에 있던 다른 누군가가 마셨던 게 틀림없어. 방이 지저분해서, 라고 한 건 내가 만나서는 안 될 사람이 거기에 있었기 때문이지. 거짓말이라는 걸 눈치채고 너무 슬퍼서 그 길로 다시 뛰쳐나와……. 아이, 진짜, 오빠!"

그녀의 부르짖음에 대한 내 반응은 아마 놀람 교향곡의 청중 같았을 것이다. 어느새 나는 이름 없는 남자와 바리스타가 나누는 대화 쪽으로 다시 정신을 빼앗기고 있었다.

"오늘은 정말 많이 배웠어요."

남자는 바리스타가 열어준 문을 지나 한 걸음 내딛더니 한껏 거드름을 피우며 뒤돌아보았다.

"또 올게요. 다음에는 커피뿐만 아니라 당신에 대해서도 좀 더 깊이 알고 싶은데."

"안녕히 가세요."

바리스타가 냉큼 문을 닫아버렸다. 매정하지만, 나는 고소하다.

"아무튼!"

리카가 테이블을 탁 내리쳤다. 시선을 돌리자 그곳에 한 장의 사진이 있었다. 어느 주점에서 촬영한 리카와 낯선 남자의 커플 사진이었다. 아마도 파티가 한창이던 중에 누군가에게 찍어달라고 한 것이리라.

"이 사람이 내 남자 친구야. 기온 축제에서 다른 여자하고 있는 걸 발견하면 반드시 증거 사진을 찍어야 해. 알았지?"

얘기를 제대로 들어주지 않아 양심에 찔린 것을 좋은 기회로 삼아 리카는 일방적으로 자신의 요구 사항을 밀어붙이더니 말릴 새도 없이 탈레랑을 떠나버렸다. 자기 쪽에서 불러냈으면서, 더구나 이런 부탁까지 했으면서, 커피값은 나한테 내라는 모양이다. 애초에 얻어먹을 생각도 없었지만, 외사촌 여동생에게까지 이런 취급을 받는 나 자신을 잠시 가엾게 여겼다.

2

"비겁하죠, 커피 애호가인 척하면서 관심 끌려고 하는 거."

미호시 바리스타의 말에 나는 이유 없이 식은땀이 주르륵 흘렀다.

카운터로 자리를 옮겨 커피를 추가로 주문하는 한편, 바리스타에게 슬쩍 한마디를 던졌다. 엄청 열렬하게 대시하던데요, 라고. 거기에 대한 대답이 마치 나에게 던지는 말처럼 들렸다. 커피 애호가라는 점에는 추호도 거짓이 없지만······.

"그런가요? 잘 몰라서 좀 배우고 싶다고 하는 거 같던데."

그만 마음에도 없이 옹호해 버렸지만, 바리스타는 단호하게 일축했다.

"그분, 오늘 벌써 세 번째예요. 관심이 있다면 조금쯤 스스로 공부하면 되잖아요? 지난번에도 블랙으로 마시지 않으면 맛을 모른다느니 뭐니 하면서 아무것도 넣지 않은 채 에스프레소를 마시더라고요. 게다가 입맛이 써서 그런지 아니면 마냥 버틸 생각이었는지, 딱 한 잔 주문해 놓고 찔끔찔끔, 가게 문 닫는 8시까지 계속 마셨어요."

그 말에는 역시 눈살이 찌푸려졌다. 앞에서도 잠깐 언급했지만, 에스프레소의 본고장인 이탈리아에서는 데미타스demitasse(반절의 찻잔이라는 뜻으로, 30~60ml 분량의 에스프레소용 소형 잔) 커피잔을 가득 채운 소량의 에스프레소에 설탕을 듬뿍 넣고 게다가 몇 모금에 얼른 마셔버리는 게 일반적이다. 카푸치노 등으로 변화를 주는 거라면 또 모르지만, 이걸 스트레이트로 마시는 일은 거의 없다. 오히려 바닥에 녹지 않고 남은 설탕을 스푼으로 떠먹을 정도다. 드립 커피와 똑같은 감각으로 마셔서는 안 된다는 건 아니지만, 이 경우는 에스프레소에 익숙하지 않은 남자가 범한 추태라고 해도 무방할 것이다.

"그래서 비꼬는 말을? 너무 치근거려서 화가 났다는 점은 물론 딱하게 생각하지만······."

"내 태도가 바람직하지 않았다는 말인가요? 나도 때로는 자기혐오에 빠진답니다. 하지만 이 가게에서 나 자신을 지키기 위해서는 예방선을 칠 필요도 있어요."

미소를 유지한 채 그녀는 눈썹을 팔자로 늘어뜨렸다. 예방선이란 다시 말해, 미리 상대에게 창피를 줄 만한 수단을 준비해 두는 것으로, 만일의 경우 거절의 보강 재료로 쓰자는 의도일 것이다. 여성인 데다 체격도 작고 호리호리한 그녀가 열렬하게 대시하는 남자를 경계하는 마음은 어느 정도 고개가 끄덕여진다. 하지만 지나치게 신경질적인 건 아닐까. 혹시 예전에 무슨 일이 있었던 것인가.

"바리스타도 만만치 않은 분이신데요?" 아무래도 그런 것까지 물어볼 수는 없어서 나는 며칠 전 그녀가 했던 말을 흉내 냈다. "방금 그건 직접 밝힌 거나 다름없잖아요, 남자들에게 너무 인기가 많아서 피곤하다고."

그녀는 멈칫하더니 붉어진 얼굴을 숙였다. 그러고는 다 갈아낸 원두를 필터에 옮기고 추출에 들어갔다.

탈레랑에서 사용하는 추출 방법은 융 드립이다. 플란넬이라는 기모 직물을 필터로 세팅하고 금붕어 낚는 뜰채 같은 모양의 기구로 추출한다. 종이 필터에 비해 망이 성글기 때문에 커피의 지방 성분까지 추출되어 다른 어떤 것보다 깊은 맛을 즐길 수 있는 이 방식은 드립 커피의 원점이자 정점이라고도 일컬어진다. 반면 사용한 직물 필터를 끓는 물에 소독하고 물에 적셔 냉장고에 보관해야 하는 등, 손이 많이 간다는 결점도 있기 때문에 일반 가정에서는 사용하기가 쉽지 않다. 커피 맛에 정성을 기울이는 전문점만의 추출 방법이라고 할 수 있다.

"아오야마 씨야말로 오늘은 예쁜 여자분과 데이트하는 걸 자랑하러 오셨나요?"

끓인 물을 조금만 부어 원두에 뜸을 들인 뒤, 바리스타는 추출을 위해 천천히 필터 위에 물을 따랐다. 발끈해서 쏘아붙이는 모습이 매서웠지만, 나는 내심 흐뭇했다.

"질투하시는 거라면 나야 영광이죠. 하지만 오늘 같이 온 고스다 리카는 내 외사촌 여동생이에요."

"코스타리카라고 하면 스페셜리티 커피의 산지로 유명

하죠. 높은 품질을 지키기 위해 국내에서는 로부스타 종의 재배를 금지하고 있다던데요."

스페셜티 커피가 무엇인지를 한마디로 설명하는 건 쉬운 일이 아니지만, 향기나 맛에 뛰어난 특성을 가진, 생산지 등의 개성이 명확한 커피를 가리킨다. 최근에 커피의 새로운 평가 기준이 되어가고 있는 개념이기도 하다.

"남의 여동생 이름으로 말장난하실 거예요?"

"아, 실례. 그래서 오늘은 어떤 용건이에요? 단순히 커피를 마시러 온 것 같지는 않던데."

바리스타는 반성하는 기색도 없이 내 앞에 방금 추출한 커피를 내주었다. 계절상 뜨거운 커피는 한계에 이르러서 다음에야말로 아이스를 마시리라고 생각하면서도 냉방이 잘된 가게 안에 들어서면 번번이 똑같은 것을 주문하고 만다.

"리카가 탐정 비슷한 일을 부탁하겠다고 해서 여차하면 바리스타의 지혜를 빌려볼까 하고 여기로 불렀어요. 그게 설마 남자 친구가 바람피우는 걸 조사해 달라는 일일 줄이야."

"굉장히 현실성 있는 탐정 업무네요."

킥킥 웃지 말아줘요. 그거 내가 이미 혼잣말로 투덜거렸던 얘기예요.

"내일 요이야마 축제에 잠복해서 그 남자 친구가 바람피우는 현장을 카메라에 담아오라는 거예요. 전혀 내키지 않는다고 할까, 사실 그럴 시간도 없어요."

"그러면 직접 가지 않고도 해결할 방법을 모색해 봐야겠군요."

그녀가 빙긋 웃는 진의를 미처 파악할 수 없어 나는 커피잔을 쥔 채로 멈춰버렸다.

"어떻게요? 다시 리카를 불러 설득해 보라든가?"

"그런 게 아니라……. 한마디로, 남자 친구가 바람을 피우지 않는다는 확신을 얻으면 되는 일이잖아요? 검토해 보자구요, 리카 씨의 남자 친구가 정말로 바람둥이인지 아닌지."

털썩, 실망했다.

"그런 게 증명될 리가 있나요. 우선 정말로 바람을 피우지 않는다고 단정할 수도 없는데."

"하지만 간단한 토론만으로 번거로운 탐정 업무에 나서지 않아도 된다면 한번 해볼 가치가 있잖아요. 얘기해 보세요, 리카 씨가 남자 친구를 바람둥이라고 의심하게 된 이유는 뭐예요?"

혹시 단순한 호기심이 발동한 건가. 하지만 불퉁불퉁하면서도 달리 뾰족한 수가 없어서 나는 그녀의 감언이설에 넘어가기로 했다.

"시시한 얘기예요. 처음 사귀기 시작한 연인들 사이에 흔히 있음 직한 의심증이라고 할까, 남자 친구가 페이스북에 올린 글과 실제 행동 사이에 기호嗜好의 관점에서 일치하지 않는 게 있었대요."

"그 남자 친구가 페이스북에 어떤 글을 올렸는데요?"

"'집에서 혼자 커피를 마시고 있다'라고 올렸다는군요. 그걸 읽자마자 리카는 사전 연락 없이 남자 친구 집까지 달려갔는데, 거기에 남자 친구가 마실 리 없는 블랙커피 머그잔이 마시다 만 상태로 놓여 있었다는 거예요."

"그러면 리카 씨는 그 머그잔을 보고 딴 여자를 몰래 만난 게 틀림없다고 생각한 모양이네요. 근데 그 남자 친구는 집이 넓은 편이에요?"

"글쎄요, 하지만 원룸에서 혼자 살고 있다고 했으니까요."

현관에서 안에 들어가지 않고도 머그잔 속 내용물을 알아볼 정도니까 그리 넓은 집일 리는 없다.

"그렇다면 몰래 만나는 여자가 슬쩍 숨기에는 한계가 있지 않겠어요? 리카 씨는 그런 낌새는 느끼지 못했나요?"

"글쎄 그건 좀……. 리카가 남자 친구의 수상쩍은 태도에 충격을 받고 그대로 뛰쳐나왔다고 하더라고요."

"단순히 다른 누군가가 페이스북에 올라온 글을 보고 리카 씨처럼 그 남자 친구 집에 찾아갔을 수도 있잖아요. 그러다가 갑작스레 볼일이 생겨 리카 씨가 도착하기 전에 돌아갔다든가."

"하지만 리카는 그야말로 실시간으로 페이스북에 올라온 글을 보자마자 그 집에 달려갔다고 했어요."

"그러면 그 남자 친구가 최근 들어 커피를 블랙으로 마시게 됐는지도 모르죠."

"알게 된 게 길어야 석 달 전일 거예요. 맛의 기호가 그렇게 단기간에 바뀔까요?"

"석 달?" 그녀는 두 눈을 깜빡거렸다. "근데 벌써 연인 사이?"

"지난달 초에 처음으로 데이트 신청을 받았고 당장 그날부터 사귀기 시작했다던가……. 요즘에는 뭐, 그리 놀랄 일도 아니잖아요?"

하지만 바리스타는 내 옆에서 안타깝다는 듯 고개를 떨구었다.

"상대가 신뢰할 만한 인물인지 아닌지 찬찬히 시간을 갖고 확인하지 않으니까 이런 식으로 쉽게 바람을 피운다고 의심하게 되는 거 아닌가? 아차, 내가 뭔가 틀린 말을 했나요?"

당황스럽다고 할까, 쓴웃음이 난다고 할까.

"틀렸을 수도 있고 아닐 수도 있겠죠. 하지만 내게는 지나친 이상론으로 들리는데요."

"자신이 없어지는군요. 아무래도 이건 내가 해결할 만한 조건이 아니에요. 연인이란 무엇인가, 바람기란 무엇인가. 분명하게 진실을 간파하려면 그런 개념까지 파악한 다음에 처음부터 다시 생각해 볼 필요가 있겠어요. 난 항복, 백기예요."

"그건 무책임하죠. 이렇게까지 얘기를 휘저어 놓고서."

"그래서 내일은 어떻게 하실 거예요?"

자신에게 불리해지면 남의 말은 싹 무시하는 게 전략인가. 나는 식어가는 커피를 한 모금 마셨다.

"아까 말했잖아요. 안 나갑니다. 내가 할 수 있는 일이라야 사람이 너무 많아서 못 찾았다고 변명하는 것 정도죠."

"그러면 내가 가볼 테니까 걱정들 말어."

하마터면 비명을 지를 뻔했다. 정말로 꿈쩍도 안 하고 있었기 때문에 나는 가게 한쪽 구석에서 당당히 낮잠을 즐기는 모카와 씨에 대해 길가 돌멩이만큼의 주의도 기울이지 않고 있었다. 돌멩이가 느닷없이 입을 열어 말하면 누구라도 화들짝 놀란다.

"우리 얘기, 다 듣고 계셨어요?"

"요이야마 축제의 북적거리는 사람들 틈에서 한번 본 적도 없는 사내를 찾아내려는 거잖어. 보통 사람이라면 정신이 까마득해질 부탁이구먼. 근데 그런 일이라면 나한테 맡겨. 장사를 오래 해온 터라서 사람 얼굴 알아보는 데는 내가 선수여."

"흥, 장사를 오래 하기는 무슨? 젊은 여자애하고 새새거릴 때가 아니면 아무 도움도 안 되잖아요, 아저씨는."

특히 이성 교제에 관해서만 말하자면, 바리스타와 모카와 씨는 실제 나이를 바꾸는 편이 나을 것 같다.

"거대한 배를 탔다는 심정으로 출정하면 돼. 내가 요령껏 전리품을 물고 올 테니까 그리 알어."

"유카타 입은 예쁜 여자들을 실컷 구경하고 싶다고 솔직히 말씀하실 것이지. 그저 틈만 나면 놀러 나갈 핑곗거리를 찾으신다니까." 바리스타가 허리에 손을 턱 짚고 말했다. "아무튼 제대로 현장 사진을 찍어오지 못하면 큰일 날 줄 알아요."

나는 의자에서 굴러떨어질 뻔했다.

"저, 정말로 아저씨를 보내려고요?"

"내가 별 도움이 안 됐으니, 아저씨라도 가시게 해야죠. 아, 가게 일이라면 걱정할 거 없어요. 나 혼자서도 가게는 충분히 돌아가고, 어차피 요이야마 축제 구경하느라 손님도 거의 없을 거예요."

교토 시내로 사람들이 몰려나오니까 평소보다 손님이 더 많아야 할 텐데, 역시 지나던 길에 잠시 들르기 어려운 분위기의 탈레랑은 오히려 축제 때문에 손님이 줄어드는 모양이다.

"좋아. 그러면 당장 예행연습을 하러 다녀와야겠어. 벌써 바람피우고 있을지도 모르니까 말이여."

서둘러 나가려는 영감님의 어깨를 바리스타가 덥석 잡았다.

"잠깐, 어디로 뭘 하러 가신다고요?" 미소. 무서운 미소.

"그러니까 아직 사람이 많지 않은 오늘 평하니 나가서 사람 얼굴을 알아보는 훈련을 해야……."

"어떻게요? 아직 리카 씨의 남자 친구 사진도 안 보셨으면서."

"아참, 그, 그렇구먼. 그러면 어서 그거 줘."

"안 돼요."

싸늘한 분노가 옆에 있는 나까지 꿰뚫을 기세다.

"아저씨는 여태까지 실컷 주무셨으니까 지금 당장 재료 사러 다녀오세요. 아니, 어린애도 아니고 대체 뭐예요? 젊은 여자에게 집적거릴 시간 따위, 단 일 초도 없으니까 그런 줄 아세요."

"예예, 죄송합니다아."

"죄송합니다아." 왜 그런지 나까지 사과를 해버렸다. 문득 정신을 차리고 품속에서 사진을 꺼내자 마치 우리를 지켜보고 있었던 것처럼 사진 속의 리카가 옆의 남자에게 몸을 기대고 만면에 웃음을 띠고 있었다.

교토 거리는 그날 이후에도 줄곧 맑은 날씨가 이어져서 장마 끝물에 호우가 덮치는 일도 드물지 않은 요이야마 축제도 올해는 기록적인 인파가 몰려들 만큼 성황리에 막을 내렸다.

나는 어떤가 하면, 교토에 온 지 3년째가 되는 올해도 공사다망하여 축제 구경은 거의 하지도 못하고 끝나버렸다. 리카의 남자 친구가 바람둥이인가 아닌가에 관한 정보는 다시 나중에 탈레랑으로 물어보러 가기로 약속해서, 모카와 씨의 보고에만 전적으로 기대게 되었다. 물론 다양한 의미에서 그리 큰 기대는 하지 않았지만.

하지만 사태는 여기서 전혀 생각지 못한 방향으로 굴러갔다.

3

나라고 매번 커피점 탈레랑에만 죽치고 있는 것은 아니다.

야마보코 순행이 거리를 휩쓸고 가는 것과 함께 기온 축제도 그 일정의 반을 넘어서고 이제 사람들의 화제에 그리 오르내리지도 않게 되었을 즈음, 나는 대학 앞의 바로 그 카페에서 평소와 다름없는 점심시간을 보내고 있었다. 탈레랑이 아니어도 결국 내가 있는 곳은 항상 커피점이 되어버리는 건 귀엽게 봐주시기를.

십오 분쯤 쉬고 난 뒤, 접시 등을 치우려고 매장 끝의 반납대로 갔다. 이 커피점은 손님이 직접 자신이 사용한 잔이나 쟁반을 반납하는 시스템이다.

반납대까지 이제 한 걸음, 이라는 참에 나는 맞은편에서 다가오던 사람과 마주칠 뻔해서 발을 멈췄다. 무심코 상대의 얼굴을 올려다본 순간, 깜짝 놀라서 비명이 터져 나왔다.

"앗, 너는······."

무례하게도 손가락질까지 해버렸다. 모카와 씨처럼 사람 얼굴을 척 알아보는 특기는 없지만, 이 남자만은 잘못 볼 리가 없다. 내 눈앞에 서 있는 사람은 바로 사진으로 본 리카의 남자 친구였다.

"예? 저 말입니까? 근데 누구신지······."

의아한 표정인 것도 당연하다. 일단 그는 나에 대해 아무것도 알지 못한다.

"갑작스럽게 미안해. 당신, 최근에 사귄 여자 친구가 있지? 아직 내 얘기는 안 했겠지만, 실은 내가 그 애의 외사촌 오빠인데."

중언부언 해명하다가 공연히 쓸데없는 입을 놀렸나, 하고 후회했지만 이미 때는 늦었다.

"그래요? 와, 정말 우연이네요. 반갑습니다."

그가 두 눈을 둥그렇게 떴다. 반응이 무척 순박해서 내가 품고 있던 나쁜 인상이 조금씩 누그러들었다. 말투는 수더분하지만 거칠지 않고, 차림새도 청결함이 감돌았다.

"같은 교토에 살고 있어서 여동생에게 당신 얘기를 좀 들었어. 사진을 보여준 적이 있어서 한눈에 딱 알아봤지."

"그 친구, 의외로 입이 가벼운 편이네······."

이건 혼잣말이다. 슬쩍 나무라는 말투였지만 실제로는 그리 싫지도 않은 듯 히죽히죽 웃음을 감추지 못했다. 자신을 집안사람에게 소개했다는 것에 안도감을 느꼈는지도 모른다. 정말로 리카에게 반한 것 같구나, 라고 한다면 내가 지나치게 좋게 봐준 것일까.

다른 손님이 반납대로 다가와서 우리는 한 걸음 옆으로 비켜섰다. 사실을 알게 되는 데 대한 두려움은 약간 줄어들었다. 그렇다고 당신 바람피우는 거 아니냐고 얼굴을 마주하고 따져 물을 수도 없어서 나는 일부러 소녀처럼 가벼운 호기심을 드러내는 척하며 물었다.

"그래서, 그 애의 어디가 그렇게 좋았어?"

"아뇨, 그건……. 형님, 혹시 지금 술 취하신 거 아니지요?"

소녀처럼, 이라는 비유는 나 자신을 지나치게 미화한 표현이었던 것 같다.

"칭찬으로는 너무 흔한 말이지만, 예쁘고 성격 좋고……. 만나자마자 전개가 너무 빠르기는 했지만, 이래 봬도 제가 맹렬히 대시해 얻은 성과예요. 한 번은 진짜 포기하려고 한 적도 있었는데……. 그래서 정말 기뻤어요, 내 고백에 오케이라고 대답해 줬을 때."

귀까지 빨개져 대답하는 모습을 보고 있으려니 나까지 괜히 부끄러워졌다. 이런 멋진 사내가 이렇게까지 말해주는 걸 보니, 아무래도 가족인 탓에 실감하기는 어렵지만, 리카가 나름대로 제법 매력적인 여성인 모양이다. 그러고 보니 미호시 바리스타도 '예쁜 여자'라고 말했었다.

"거참, 다행이네. 부디 한눈팔거나 해서 그 애를 슬프게 하지는 말아줘."

"그럴 리가 있나요, 정말 어렵게 나를 선택해 줬는데요. 사귄 지 아직 한 달밖에 안 됐지만, 부디 그런 가벼운 교제로 생각하지는 말아주십쇼."

내 눈에는 사랑의 마음을 역설하는 그가 거짓말을 하는 것처럼은 보이지 않았다.

"아니, 얘기를 들어보니 페이스북으로 뭔가 복잡한 문제가 있었다고 해서."

"그런 얘기까지 했어요?" 역시나 표정이 약간 흐려졌지만, 그는 다시 환한 얼굴로 말했다. "괜찮습니다. 그녀의 말을 듣고 더 이상 쓸데없는 글은 올리지 않기로 했으니까요."

뭐야, 굳이 내가 나설 것도 없이 이미 해결된 모양이네. 그랬으면 그렇다고 한마디 해줄 것이지.

"그랬구나. 아, 괜히 불러 세워서 미안해. 방금 한 얘기는 그 애한테는 비밀로 해줘."

"그건 저도 완전히 동감입니다."

"지금 학교로 다시 들어가는 길이야?"

"아뇨, 오늘은 일요일이라 이제 집에 가려고요. 집이 바로 요 근처예요."

말 그대로 도보로 집에 돌아가는 그의 등을 배웅하며 나는 가벼운 기쁨에 휩싸였다. 역시 바람기의 정체는 공연한 의심이었다. 사진에 찍힌 리카의 행복한 웃음을 머릿속에 떠올렸다. 그 미소가 지켜진 것에 지나치게 안도해서, 자신이 도와주겠다고 팔을 걷어붙이고 나선 모카와 씨에게 이 소식을 전해야 한다는 걸 나는 깜빡 잊어버렸다.

하지만 이야기는 이걸로 끝이 아니다.
생각지 못한 방향으로 굴러간 게 '잠시 잠깐'이라면, 그다음은 원래 이야기로 돌아간다는 뜻이다. 그리고 그렇게 굴러간 방향에서 봤을 때, 원래 이야기는 상대적으로 '생각지 못한 방향'이 될 게 틀림없다.
내가 다시 커피점 탈레랑을 방문한 것은 모카와 씨의 급한 전화 때문이었다. 그가 어떻게 내 전화번호를 알고 있었는지에 대한 것은 이제 새삼 떠올리고 싶지도 않지만, 아무튼 모카와 씨는 무슨 용건인지 밝히지도 않고 내가 올 수 있는 날짜를 물어보더니 그날 오후 6시까지 탈레랑으로 오라는 말만 하고는 전화를 끊어버렸다.
탈레랑에 찾아갈 구실이 생긴 건 대환영이었다. 나는 '괜한 소란을 피워 죄송했습니다'라고 사과할 생각으로 탈레랑의 문을 두드렸고, 싱글벙글 기분이 좋은 모카와 씨의 안내를 받아 창가 테이블에 앉았다. 사과라는 목적을 이루고자 하는 내 어깨에 두툼한 손을 턱 얹으며 모카와 씨가 한발 앞서 입을 열었다.

"자네, 여기서 잠깐 기다려. 내가 지금 가서 가져올 테니까."

그 말의 의미를 이해하기까지 약간의 시간이 필요했다. 가져올 테니까, 라니 무엇을 가져온다는 것인가. 혹시 전리품을?

혼란에 빠진 채 고개를 돌려보니 카운터 안쪽에는 바리스타가, 그리고 그 앞에는 저 지긋지긋한 이름 없는 남자가 앉아 있었다. 오늘도 명칭을 알 수 없는 넝마 같은 옷을 걸치고 그 남자는 얼굴을 앞으로 쓰윽 내민 채 떠들고 있었다.

"당신이 내려준 커피는 역시 세계 최고예요. 내가 완전히 포로가 되어버렸다니까."

그게 데미타스 잔을 손에 들고 할 소리인가, 하는 생각에 어이가 없었다. 에스프레소는 커피 원두에 끓인 물을 통과시킬 때 9기압에 달하는 압력을 가해 단시간에 추출해 낸다. 그 때문에 전용 도구가 필수적이고, 그래서 탈레랑에서도 에스프레소 머신을 도입한 것이다. 따라서 에스프레소는 드립 커피에 비해 농도가 진한 추출액이지만, 추출할 때 걸리는 압력이나 시간에 따라 원두에서 녹아 나오는 성분도 변해서 단순히 드립 커피를 농축한 것과는 맛이나 향기가 전혀 다르다. 한마디로 완전히 별개의 커피인 것이다.

남자는 단순하게 '커피'라고 말했지만, 에스프레소와 드립 커피를 한데 묶어 세계 최고라고 하는 건 몹시 난폭한 말이라고 하지 않을 수 없다. 당신이 내려준, 이라는 표현만 봐도 기계가 추출해 준다는 걸 알기나 하는지 심히 의문이었다.

바리스타는 노골적으로 싫은 내색이었지만 남자는 전혀 아랑곳하지 않았다.

"저기, 괜찮으면 우리 둘이 따로 나가서 커피에 대해 뜨겁게 논의해 보는 게 어때요? 이래 봬도 내가 영어를 잘해서 전 세계를 여행하며 각지의 커피를 음미해 봤거든. 아시아, 유럽, 미국, 중남미, 어느 나라에나 각각 개성 넘치는 훌륭한 맛의 커피가 있었어."

"그렇다면 이탈리아 같은 데서는 상당히 부끄러우셨겠네요."

"흠, 이탈리아에서는 딱히 그렇지도 않았는데? 하지만 예를 들어 미국에서는……."

아니지, 바리스타. 저런 사내에게는 당신의 비꼬는 말 따위, 통할 리 없어.

그런 참에 모카와 씨가 돌아왔다. 오른손에 든 것은 아무리 봐도 포토카드 사이즈의 사진이었다. 하지만 모카와 씨는 사진을 테이블 위에 엎어놓은 채 냉큼 보여주려 하지 않았다.

"약속대로 요이야마 축제에 다녀왔구먼."

"어떠셨어요?"

"유카타 미인들이 참말로 많더라고."

"……."

"역시 여름에는 유카타가 최고여. 나는 특히 그 가녀린 목뒤 선이 좋아서……."

"에헴, 에헤헴."

미호시 바리스타가 짐짓 헛기침했다. 우리 얘기를 듣고 있었던 모양이다.

"왜 저런다냐, 잠깐 해찰도 할 수 있지. 쟤는 도무지 멋대가리가 없어."

영감님, 해찰도 정도껏 하셔야죠, 라고 나무라고 싶은 것을 꾹 참았다.

"별수 없네. 그럼 결론부터 말해야겠구먼. 그 아가씨의 남자 친구, 바람피우고 있었어."

모카와 씨가 사진을 뒤집어 보여주었다. 저무는 하늘 아래, 축제 포장마차가 줄줄이 늘어선 신사 경내에서 저마다 원하는 방향으로 걸어가는 사람들 틈새로 똑같은 유카타를 입은 한 쌍의 남녀가 찍혀 있었다. 남자는 옆의 여자에게 미소를 짓는데 그 옆얼굴은 분명 대학 앞 카페에서 만난 리카의 남자 친구였다. 여자는 뒷모습뿐이지만 리카보다 훨씬 작은 몸집이라는 걸 금세 알 수 있었다. 그리고 두 사람은 행여 연인이 아니랄까 봐 손을 꼭 맞잡고 있었다.

"틀림없이 한 번은 신사에 나타날 거라고 예상하고 내가 대낮부터 야사카 신사에서 잠복하고 있었구먼. 남들이 수상쩍게 여길까 봐 하카마까지 차려입고 갔어. 그랬더니만 나를 사찰 관계자인 줄 알지 뭐야. 다들 공손히 절을 하면서 완전히 인간 모습으로 현신한 신 대하듯 하더라니까."

그런 말 따위, 한 귀로 흘려들었다. 야사카 신사에 잠복한다는 아이디어에는 저절로 감탄사가 흘러나왔지만, 지금 그런 생각을 하고 있을 때가 아니다.

"정말 이 사람이 리카의 남자 친구예요? 사진으로는 그렇게 보이지만, 옆얼굴만으로 증거라고 하기에는 좀 약한데요?"

어떻게든 사실이 아니라고 주장하고 싶어서 내가 그렇게 말하자 모카와 씨가 불끈했다.

"지금 내 눈썰미를 의심하는 게야? 맞은편에서 참말로 예쁜 아가씨가 걸어오길래 옆에 선 사내는 대체 얼마나 잘난 놈인가 하고 유심히 봤더니만 지난번 그 사진 속 사내더라고. 그냥 둘이 나란히 걷는 걸로는 증거가 안 될 거 같아서 손을 맞잡을 때까지 한참을 기다렸다가 찰칵 찍었으니까 내가 그 사내 얼굴이라면 지겨울 만큼 봤어."

"하지만 제가 지난 일요일에 우연히 이 친구를 만났단 말이에요. 잠시 리카 이야기를 해봤는데, 절대로 바람피울 만한 친구가 아니어서……."

"그거야 당연히 그런 척했겠지. 누가 제 여자의 집안사람에게, 나 바람피웁니다, 하고 이실직고하겠어?"

"그건 그렇지만……."

"거봐, 내 짐작이 딱 맞았지!"

크윽. 목구멍 속에서 기묘한 소리가 터졌다.

"리, 리카, 네가 어떻게 여기에?"

"내가 전화해서 오라고 했구먼. 보고는 한꺼번에 하는 게 좋잖어. 리카, 화장실에서 꽤 오래 있었네? 유감스럽지만 남자 친구는 흑이었어. 자, 이거 봐."

리카가 학교 수업이 끝나기를 기다리느라 이 시간에 약속을 잡았다는 건 이해가 되지만, 어떻게 모카와 씨가 리카의 전화번호까지 알고 있단 말인가. 아니, 그리고 이 모카와 씨라는 영감님은 섬세한 배려라는 게 도무지 없는 건가.

"일본에서 흑은 유죄라는 뜻이죠? 내 남자 친구는 흑, 블랙이네요. 블랙커피도 못 마시는 주제에."

"그러니까 그런 별 볼 일 없는 사내하고는 깨끗이 헤어지고 다른 좋은 사람을 찾으면 돼. 뭣 하면 내가 그 외로움을 달래줘도 되는데……."

모카와 씨의 말을 끝까지 들을 것도 없다는 듯 리카는 휙 몸을 돌렸다. 갑작스러운 일이어서 가게 안의 어느 누구도 붙잡지 못했다. 단지 이름 없는 남자만 유일하게 이 소동 따위 아랑곳하지 않고 건성으로 대답하는 바리스타를 상대로 계속 이야기를 풀고 있었다.

"반나절만이라도 좋아. 둘이서 얘기를 나누다 보면 틀림없이 내 진지한 마음을 알 거야. 그러니 딱 한 번만 나하고 데이트를…… 응?"

등 뒤로 덮쳐든 리카의 기척을 그제야 알아채고 이름 없는 남자가 돌아본 순간.

"-----!"

리카는 영어로 뭔가 부르짖으며 남자의 뺨에 강렬한 따귀를 올렸다.

"헉, 아프겠다……." 내 입에서 저절로 탄식이 흘러나왔다. 나도 얼마 전에 이 자리에서 똑같이 뺨을 맞은 것이다.

리카는 발로 메다꽂듯이 문을 박차고 바람처럼 사라졌다. 남자는 초점이 흐려진 시선을 잠시 허공에서 허우적거린 뒤, 바리스타에게 어색한 웃음을 던졌다.

"뭐, 뭐였죠, 방금 이거?"

"못 알아들으셨어요? 영어 잘하신다더니."

바리스타의 마지막 쐐기에 남자는 천천히 자리에서 일어나 스탠딩다운을 먹은 복서처럼 휘청휘청 가게를 나갔다.

어색한 침묵이 실내를 휘감았다.

"아차, 커피값!"

족히 삼 분쯤 지났을 즈음, 미호시 바리스타가 그렇게 혼잣말을 내뱉으며 발걸음도 무겁게 가게를 나섰다. 하지만 금세 다시 돌아왔다.

"안 보이네요."

그야 당연히 안 보일 것이다.

"뒤쫓아 가지 않아도 괜찮아요?"

"아니, 됐어요. 어설피 쫓아갔다가 자칫 엉뚱한 착각이라도 하면 큰일이니까요. 아오야마 씨야말로 리카 씨를 쫓아갔어야 하는 거 아니에요?"

"일이 너무 급하게 벌어지는 바람에 그런 생각을 할 여유도 없었어요."

"허 참, 아가씨가 저렇게 성질이 급해서야, 쯧쯧. 이번 일을 해결해 준 사람은 난데, 그래도 고맙다는 말 한마디는 해야 할 거 아녀."

성질이 급한 건 영감님이죠!

우리는 모카와 씨의 말은 싹 무시하고 자리를 옮겨 카운터를 사이에 두고 마주 앉았다.

"그냥 두면 안 되겠어요. 남자 친구에게 너무 실망해서 정서 불안 상태에 빠진 거예요. 그래서 그런 돌발적인 행동을 했겠죠."

"리카가 아까 뛰쳐나가면서 뭐라고 했는지, 알아들었어요?"

"그렇게 쉽게 데이트를 청하는 건 진짜 저질, 이라고 했어요."

이름 없는 남자의 모습이 제 남자 친구의 모습과 겹쳤던 것일까. 그건 잘 모르겠으나 바리스타가 나보다 훨씬 더 영어에 능숙하다는 것만은 알 수 있었다.

"리카 씨의 마음을 어떻게 달래줘야 할까요?"

"글쎄요, 일단 진실이 확실히 밝혀지지 않은 상태에서 섣부르게 위로해 줄 수도 없고. 나는 아직 저 사진을 못 믿겠어요. 실제로 그 친구를 만나 대화해 본 사람이라면 다들 그렇게 생각할걸요."

"그럼 그 남자 친구의 바람기 의혹이 흑인지 백인지, 아오야마 씨가 이해할 만한 형태로 결론이 나면 되겠군요."

바리스타는 180도 회전해서 내게 등을 보였다.

"모두 내가 제대로 감독하지 못한 탓이에요. 오늘 일은 커피점 탈레랑의 책임입니다. 괜찮으시면 다시 한번 나한테 기회를 주세요. 반절은 아저씨의 무례에 대한 사죄의 뜻이고, 그리고 나머지 반절은 내가 지난번에 전혀 아무 도움이 되지 못했다는 오명을 씻는다는 뜻에서."

그렇게 말하고 다시 180도 돌아섰을 때, 그녀의 손에는 핸드밀이 쥐어져 있었다.

4

드르륵 소리에 박자를 맞춰 나는 우선 대학 앞 카페에서 리카의 남자 친구와 선 채로 나눈 대화를 기억나는 한 그대로 재현했다.

"한마디도 빠뜨리지 않았다고는 할 수 없지만 그래도 최대한 충실하게 얘기한 것 같은데, 어때요?"

바리스타는 생각에 잠긴 채, 그의 바람기를 긍정도 부정도 하지 않았다. 경솔한 발언을 삼가려는 건 이해하지만, 현재 시점에서 그녀가 흑과 백의 어느 쪽으로 기울었는지 전혀 감이 잡히지 않았다.

"얘기하다 보니 언뜻 생각났는데, 이런 건 어떨까요?"

나는 이름 없는 남자가 했던 대로 카운터 너머로 얼굴을 내밀며 말했다.

"모카와 씨의 사진에 찍힌 여자가 사실은 중학생쯤 되는 여동생인 거예요. 사복 차림이라면 또 모르지만, 유카타 차림이었잖아요. 중학생 정도면 뒷모습이 성인과 별로 차이 나지 않는 경우도 많고, 사람들이 붐비니까 서로 떨어지지 않으려고 오누이가 손을 맞잡더라도 아직 어색할 게 없는 나이죠. 올봄부터 교토에서 살게 된 오빠와 함께 기온 축제를 구경하러 나왔다면 나름대로 그럴싸한 얘기 아닌가요? 게다가 미남, 미녀였다는 것도 오누이라면 서로 닮았을 테니까 충분한 설명이 되죠."

"아뇨, 전혀 잘못 짚으셨어요!"

바리스타가 이번에는 딱 잘라 부정했다.

"사진 속의 맞잡은 손을 보세요. 손가락과 손가락을 꼭 끼는, 이른바 연인들의 손이에요. 두 사람이 오누이라면 이렇게까지는 하지 않아요."

"정말이네." 나는 사진을 다시 찬찬히 들여다보았다. "내가 외아들이라 잘은 모르지만, 정말 오누이라고 하기는 어렵겠군요. 그렇다면 전혀 딴 사람인데 얼굴이 꼭 닮은 건가……. 아, 그 친구에게 쌍둥이 형제가 있었다는 건 어때요?"

"아오야마 씨." 바리스타는 핸드밀을 돌리던 손을 멈췄다. 진지한 그 표정에 평소의 웃음기는 없었다. "여동생 리카 씨가 상처 입지 않기를 바라는 심정은 마음이 아플 만큼 이해해요. 그 말씀대로 전혀 다른 사람이라면 얼마나 좋겠어요. 하지만 그렇게 자신의 소망이 담긴 억측에만 기대다가는 합당한 추리에서 점점 멀어질 텐데, 그게 과연 리카 씨를 위한 일이 될까요?"

나는 아무 말도 할 수 없었다. 그건 굳이 그녀가 나무라지 않더라도 잘 알고 있었다.

딱하다는 눈빛을 보인 뒤에 그녀는 그제야 자기 생각을 펼쳐 보였다.

"나는 아무래도 마음에 걸려요, 그 블랙커피라는 말이."

"이제 새삼스럽게 블랙커피 얘기입니까?"

다시 시작된 드르륵의 방해 속에서 나는 말했다.

"그거야말로 그 친구가 흑이라면 단순히 거짓말을 한 거겠죠. 다른 여자와 커피를 마시고 있다고 할 수 없으니까 혼자서 마시는 중이라고 글을 올린 거예요."

"이를테면 그게 메시지였다면 거짓말이라고 치부해도 상관없어요. 하지만 페이스북에 올린 거라서 마음에 걸리는 거예요. 굳이 거짓말을 하느니 애초에 글을 올리지 않으면 되잖아요? 자기 집에서 혼자 커피를 마셨다는 게 굳이 거짓말을 하면서까지 온 세상을 향해 발신하지 않으면 안 될 만한 정보인가요?"

어떻게 되든 상관없는 정보였기 때문에 깊이 생각할 것도 없이 올리는 일도 있지 않을까. 그렇게 생각하기는 했지만, 바리스타가 받아들일 것 같지 않아 나는 아무 말도 하지 않았다.

"그럼 그걸 어떻게 설명하죠?"

"정말 블랙커피였어요?"

"그랬던 것 같은데? 혹시라도 잘못 볼 가능성이 있었다면 리카도 그 점을 생각했겠지요."

"잘못 볼 가능성?" 바리스타의 손동작이 뚝 멈췄다. "맛을 확인해 본 게 아니었어요?"

"내가 말을 안 했던가요? 리카를 방 안에 들어오지 못하게 한 모양이에요. 방이 지저분해서, 라는 변명도 그녀의 의혹을 부채질한 요소였어요."

"가자마자 되돌아왔다고는 했지만, 방 안에 들어가지 않았다는 말은 나한테 안 하셨어요."

한바탕 내게 비난의 시선을 던진 뒤에 바리스타는 자기

생각을 정리하듯이 뭔가 중얼중얼하기 시작했다.

"블랙커피……집에서 혼자……방이 지저분해서……."

중얼거릴 때는 손을 멈추고, 돌릴 때는 입을 멈춘다. 재미있다!

"아오야마 씨." 갑자기 얼굴을 쓰윽 들이댔다.

"아, 예예." 나는 저절로 고개가 뒤로 젖혀졌다.

"리카 씨는 어디서 그 유창한 영어를 배웠지요?"

"걔가 외국에서 자랐거든요. 올봄에 이쪽 대학에 진학하기 전까지 계속 미국에서 살았어요. 어라, 이 얘기도 안 했던가?"

"안 했던가, 가 아니죠. 그런 중요한 얘기를 왜 이제야."

바리스타, 무섭다. 눈이 정말 무섭다. 단검의 칼끝을 들이댄 것처럼 나는 던져지는 질문에 허겁지겁 대답할 수밖에 없었다.

"남자 친구가 이렇게 말했다고 했지요? 사귄 지 한 달밖에 안 되었다."

"네, 그랬죠, 그랬죠."

"리카 씨의 말을 듣고 쓸데없는 글은 올리지 않기로 했다고 말했죠?"

"네, 그랬죠, 그랬죠."

"그리고 리카 씨가 아까 뛰쳐나가면서 한 말은, 그렇게 쉽게 데이트를 청하는 건 진짜 저질, 이라는 것이었지요?"

"네, 그랬죠, 그랬죠."

"대충대충 대답하지 마세요. 아오야마 씨는 그 영어, 못 알아들었잖아요?"

대체 어쩌라는 거야! 결국에는 화까지 내고! 내 손까지 꽉 잡고서!

나까지 정서 불안 상태에 빠졌다. 대조적으로 바리스타는 턱 하니 버티고 서서 평소보다 낮은 톤으로 차분하게 말했다.

"지난번에 에스프레소에 관해 얘기했었지요?"

"마시는 방법 말인가요? 설탕을 넣지 않고 마셨다는."

"어떤 분야에서나 마찬가지지만, 아주 조금만 관심이 있으면 반드시 알 만한 일을 전혀 관심이 없는 사람은 아예 생각조차 못 하기도 하죠. 에스프레소를 마시는 방법이 그 전형적인 예예요. 우리 같은 전문가나 애호가들의 선입견이 별것도 아닌 진실을 쉽게 판단할 수 없게 가로막는 거예요."

"아, 네에……. 그래서 결국 무슨 말씀을 하시려는 건지……."

바리스타는 핸드밀의 서랍을 꺼내 향기를 맡았다.

"그 수수께끼, 아주 잘 갈아졌어요."

말하는 것치고는 그리 만족한 것처럼 보이지 않았다.

"한 가지 질문을 해야겠어요." 입만 헤벌리고 있는 내게 바리스타는 서글픈 듯이 물었다. "아오야마 씨는 리카 씨를 사랑스럽다고 생각하세요?"

"사랑스럽다? 흠, 객관적이라고는 할 수 없지만, 나는 솔직히 그 애가 미인이라고는……."

"그런 게 아니라 한 가족으로서, 라는 얘기예요."

네네, 그건 나도 알죠. 용모 평가는 그냥 웃자고 농담한 겁니다.

"그, 그렇죠, 제 식구는 역시 사랑스러운 법이니까요."

그러자 바리스타는 슬쩍 턱을 당겼다.

"지금부터 하는 말은 아오야마 씨에게는 씁쓸한 얘기가 될 거예요. 하지만 부디 기운을 잃지는 말아주세요. 이번 일의 진실은 오빠로서 리카 씨에게 직접 말해줘야 하니까요."

그렇게 바리스타가 머뭇머뭇 꺼내놓은 이야기는 정말 나로서는 괴로운, 아니, 씁쓸한 것이었다. 누군가 마시기 싫다고 했다는 그 쓰디쓴 맛의 블랙커피처럼.

저녁 어스름이 깔린 교토의 길모퉁이.

2층짜리 원룸 빌딩 외측에 설치된 계단을 한 쌍의 남녀가 올라간다.

두 사람은 남의 시선을 거리끼는 기색도 없이 다정하게 이야기를 나눈다. 한 걸음씩 발을 내디딜 때마다 구두 뒤축이 철제 계단을 쳐서 덜컹덜컹 울린다. 두 사람이 내는 소리는 서로 다르지만, 손을 맞잡았기 때문에 발걸음이 척척 맞아서 동시에 울리는 두 개의 덜컹덜컹 소리가 아름다운 하모니처럼 들린다.

그런 두 사람을 전봇대 뒤에서 지그시 응시하는 여자의 떨리는 어깨에 나는 뒤편에서 가만히 손을 얹었다.

"너 찾느라 여태 돌아다녔어. 이 근처에 있을 거 같아서."

고개를 돌려 나를 바라보는 리카의 아래쪽 눈꺼풀에 고여 있던 눈물이 한 방울 주르륵 흘러내렸다. 가로등 불빛을 받은 뺨에는 그것 말고는 눈물 줄기가 보이지 않았다. 지금 처음으로 울었는지도 모른다.

계단을 다 올라간 두 사람은 바깥 복도 한가운데까지 걸어가 멈춰 섰다. 표정까지는 여기서 보일 리도 없건만 그래도 무척 행복하다는 게 충분히 느껴지는 건 어째서일까.

"지난번에 대학 앞 록온 카페에 저 친구가 왔었어. 이 근처에 산다고 하더라. 그래도 집을 찾기까지 상당히 시간이 걸렸어."

"내 남자 친구, 바람피웠어. 용서 못 해. 당장 가서 현항범으로 족칠 거야."

'현항범'이 아니라 '현행범'이지만, 아직 일본말에 익숙하지 않은 것은 리카로서는 당연하다. 나는 그 어깨를 잡은 손에 가만히 힘을 주었다.

"리카, 그러면 안 돼. 가지 않는 게 좋아."

"왜!"

열린 문을 잡아 여자를 먼저 안에 들여주고 남자가 한 차례 주위를 살피는 몸짓을 보였다. 하지만 안에서 끌어당기는 여자의 손에 빨려들듯이 문이 쾅 닫혔다. 마지막까지 이쪽을 눈치채지 못한 것 같았다.

"지금 가봤자 너만 상처 입게 돼."

"오빠, 왜 그런 말을 해? 난 저 사람 좋아해."

"저 친구는 그렇지 않기 때문이야."

리카는 두 번 눈을 깜빡였다. "……무슨 말이야?"

—호랑이 새끼를 거둬가는 자에게 위험이 닥치리라. 여자에게서 환상을 빼앗는 자에게도 또한 위험이 닥치리라.

잔혹한 사실을 알려야만 하는 순간, 예전에 셜록 홈스가 가르쳐준 페르시아 시인의 잠언이 내 가슴을 쿡 찔렀다.

"모두 다 환상이었어. 잘 들어, 리카. 너는 저 남자의 연인이 아니야. 지금 옆에 있는 여자가 그의 진짜 연인이었어."

5

"내가 잘한 거죠?"

카운터에 팔꿈치를 짚고 내가 하소연하듯이 말하자 미호시 바리스타는 힘없이 웃으면서, 하지만 분명하게 대답했다.

"물론이에요. 어차피 상처 입을 일인데 아오야마 씨는

그 아픔을 최소한으로 줄여줬어요."

리카가 말한 '남자 친구'와의 사랑은, 몇 가지 오해가 겹치면서 그녀가 꿈꾸게 된 환상에 지나지 않았다. 리카가 거친 실력 행사에 나서기 직전에 내가 만류하며 자초지종을 설명해 주자 그녀는 망령처럼 창백한 얼굴이 되어 나를 밀쳐내고 어딘지 모를 방향으로 뛰어가 버렸다. 절박한 심정에 혹시 나쁜 생각을 하지는 않을지 걱정스러웠지만, 수십 분 뒤에 리카에게서 날아온 메시지에는, 이미 집에 돌아왔다, 그리고 멋진 남자 있으면 소개해 달라, 라는 내용이 부자연스러울 만큼 명랑한 투로 적혀 있었다. 그 뒤로 며칠째 리카에게서는 아무 연락도 없었다.

"미국에는 일본처럼 분명한 '고백' 문화가 없는 모양이지요?"

나와 이야기하면서도 바리스타는 카운터 안에서 작업을 멈추지 않았다. 모카와 씨는 뻔뻔스럽게도 테이블 자리에 앉아 젊은 여자 손님과 희희낙락 담소 중이었다.

"사랑한다고 말하는 순간부터 연인이 되는 게 아니라 데이트를 신청해 오케이라고 해주면 그때부터 '걸 프렌드', 그리고 만남을 거듭하는 사이에 '스테디'가 되는 게 일반적인 패턴이라고 들었어요. 물론 모두 일률적으로 말할 수는 없겠지만, 이를테면 '고 아웃 위드go out with'라는 숙어도 그런 관습을 상징하는 것이죠."

"일본어에도 그 말과 완전히 동일한 표현이 있지요? '함께한다付き合う'는 말은 '함께 행동한다'는 뜻이면서 동시에 '연인으로서 교제한다'는 뜻도 있으니까요."

리카는 첫 데이트 이후, 그와 만난 적은 없었다고 했다. 그런데도 그가 사는 집을 알고 있었다는 것은 첫 데이트 날에 그의 집까지 갔었다는 얘기다. 그렇다면 그녀가 들었다는 '함께하자'라는 말에 대해서도 서로 다른 뜻을 상상했다는 얘기다. 그는 잠깐 집까지 함께 가자, 라는 마음으로 말했던 게 아닐까. 그리고 그 말이야말로 그가 잠깐 품었다는 연인에 대한 포기였던 게 아닐까.

애석하게도 리카는 그 말을 교제 신청으로 받아들이고 말았다. 어쩌면 그는 보이 프렌드라는 말도 자기 사정에 맞게 대충 해석해 버렸는지도 모른다. 그 뒤로도 계속 연락을 주고받았으니까, 그자가 리카의 호의를 깨닫지 못했을 리는 없다. 그런데도 일부러 새 연인의 존재를 알리지 않은 것일까, 아니면 차마 말할 수 없었던 것일까. 만일 차마 말하지 못한 것이라면 페이스북에 올린 '교제 중'이라는 말은 그것을 읽어볼 터인 '친구' 리카에 대한 최소한의 실토였다고 볼 수도 있다. 어쨌든 그런 문제는 본인에게 확인해 보지 않는 한, 알 도리가 없다.

단 한 차례, 행복한 마음으로 그의 집에 갔던 리카. 그곳에서 무슨 일이 있었는지 나는 알지 못하고 알고 싶지도 않다. 하지만 아마도 리카 혼자만의 지레짐작으로는 정리되지 않을 뭔가가, 연인들에게만 허락되는 행위, 리카가 수줍게 말을 어물거렸을 정도의 행위가 있었던 것이리라. 개인적인 느낌을 말하자면, 나는 그자가 몹시 가증스럽다. 하지만 두 사람만의 세계에서 단 한 순간이나마 추구하는 것이 일치해서 벌어진 일이라면 제삼자인 내가 그것을 나무랄 권리는 없는 게 아닐까, 하는 생각도 든다.

혹은 도망치려는 것뿐인가. 흑이냐 백이냐를 판단하는 것에서?

"나쁜 놈으로는 보이지 않았어요. 지금도 그렇게 생각하고 있고."

내가 내 두 손을 연인들처럼 맞잡으며 말하자 바리스타는 고개를 갸우뚱했다.

"선악의 기준 같은 건 제가 판정할 수 있는 게 아니에요. 하지만 그는 처음부터 거짓말은 하지 않았어요. 갑작스럽게 나타난 연인의 친척이 오지랖 넓은 질문을 던졌는데도 거기에 성의껏 대답하려고 할 만큼은 정직한 사람이었다고 생각해요."

그날 바리스타가 알려준 블랙커피의 진실은 너무도 어이없는 것이어서 내 머리통을 움켜쥐었을 정도였다. 일본에서는 블랙커피라고 하면 설탕도 우유도 넣지 않은 스트레이트 커피를 가리키는 경우가 많다. 하지만 미국을 포함한 외국에서는 커피 색깔이 블랙이라는 것, 즉 우유를 넣었느냐 아니냐를 나타내는 말인 것이다.

리카는 머그잔만 보고서 그것을 블랙커피라고 단정했다. 하지만 설탕을 넣었는지까지는 눈으로 보고 알 수 있을 리 없다. 나는 무심코 흘려듣고 말았지만, 바리스타는 그 점에 의문을 품었다. 참으로 단순한 얘기다. 쓴 커피를 마시지 못하는 그는 그날 자기 집에서 혼자 설탕을 넣은 커피를 마시면서 그런 얘기를 페이스북에 올렸던 것이다.

"그가 거짓말을 하지 않았다는 전제하에서 생각했더니 이번 일을 바라보는 방식이 완전히 달라지더군요. 바람은 피우지 않았다, 그렇다면 손을 맞잡은 그 여자가 진짜 연인이겠죠. 적어도 그 사람에게는."

연인이라는 것은 어차피 서로 간의 인식 이외에는 증거가 될 만한 게 하나도 없는 지극히 담약한 관계일 뿐이다. 연인이냐 아니냐의 경계선조차 십인십색으로 제각기 달라서 획일적으로 정의할 수 없다. 나는 리카에게 환상이라고 말했지만, 자신이 그의 연인이라는 리카의 생각도 그녀의 마음속에서는 명백한 사실이었다.

"참 복잡하네요. 그 친구가 바람에 관해서 결국 흑도 백도 아니었다니."

"하지만 이제 블랙커피는 지겨우시죠?"

그녀는 내 앞에 큼직한 유리잔을 턱 내려놓았다. 안을 가득 채운 것은 커피와 바닥에 고인 하얀 액체였다.

"뭡니까, 이건?"

"화이트 커피예요. 그 명칭은 지역에 따라 다르지만, 여기서는 베트남 커피라고 해요."

베트남은 브라질에 이어 세계 제2위의 원두 생산량을 자랑하는 나라다. 로부스타 종이 많아서 그대로 마시기에는 지나치게 쓴맛이 나기 때문에 연유를 더해 달콤하게 마시는 게 일반적이다. 그걸 베트남 커피, 혹은 연유를 넣지 않은 커피와 구분하기 위해 화이트 커피라고 한다. 추출할 때도 금속제 전용 도구를 사용하는 등, 이국정서가 넘치는 커피다.

나는 바리스타가 대충 내뱉었던 말을 떠올렸다.

"아라비카 아니면 로부스타, 라는 그 말은 그냥 했던 말이 아니었군요?"

"평소에는 별로 내놓지 않는 커피예요. 오늘은 특별히."

바리스타는 빙긋이 웃었다. 그녀가 말하는 '특별히'라는 건 아마도 '힐링'이라는 말과 거의 같은 뜻이리라.

나는 빨대를 물고 화이트 커피를 마셨다. 달콤하다. 엄청 달콤하다. 이거라면 리카를 슬프게 한 그 친구도 좋아하며 달려들 게 틀림없다.

"커피의 쌉쌀함도 견뎌내지 못하는 자가 그 쌉쌀함을 리카에게 떠넘기고 자신은 달콤한 사랑을 손에 넣었군요. 그렇게 생각하니 약이 오르네요. 한번 따끔하게 혼내줄까."

"안 됩니다. 아오야마 씨는 이미 할 수 있는 일은 다 했어요. 여기서 또다시 나선다면 리카 씨의 자부심은 물거품이 되고 말아요. 제삼자인 내가 이런 말을 하는 것도 경망스럽게 들리겠지만, 리카 씨는 분명 괜찮을 거예요. 시간이 이윽고 그녀를 치유해 주겠지요."

바리스타의 말에는 웬일인지 확신이 넘쳤다. 그게 어디서 나온 확신인지 알 수 없어서 나는 무책임하다고 비난할 마음도 나지 않았다.

"그래도 걱정이 되는군요. 그나마 리카의 말처럼 다른 남자라도 소개해 주면 좋을 텐데 안타깝게도 얼른 생각나는 남자도 없고."

내가 그렇게 투덜거렸을 때였다.

딸랑 종소리가 울리고 한 손님이 뛰어들었다.

"크윽." 웬일로 바리스타의 대범한 캐릭터가 와르르 무너졌다. 덩달아 나도 크윽 하는 신음이 터졌다. 그곳에 나타난 자는 바로 그 이름 없는 남자였던 것이다.

옆도 돌아보지 않고 남자는 성큼성큼 바리스타 쪽으로 다가왔다. 바리스타는 주춤주춤 뒤로 물러섰다.

"아무리 얘기하셔도 데이트는 절대 안……."

"그 아가씨, 오늘은 안 왔어요?"

그 아가씨?

나와 바리스타는 서로 마주 보았다.

"지난번에 내 뺨을 올려 치고 달아난 그 아가씨 말이에요. 이 가게에서 몇 번 봤기 때문에 항상 드나드는 줄 알았는데."

어라, 이봐요, 이봐요, 설마.

남자는 저 멀리 사모의 마음을 날려 보내듯이 천장을 우러러보며 손바닥으로 제 뺨을 사랑스럽게 쓰다듬었다.

"따끔하게 나를 나무라던 그 엄격한 말투. 내 뺨에 와닿은 강렬하면서도 쾌감을 부르는 그 아픔. 그 이후로 그녀가 내 뇌리에서 떠나지 않았어요. 나는 이미 완전히 그녀의 포로가 되어버렸어요."

아니, 이 자가 대체 무슨 소리를 하는 건가.

곁에 한 가족이 있는 줄도 모르고 남자는 깊숙이 머리를 숙였다.

"부탁이에요, 제발 그녀를 소개해 주십쇼. 이번에야말로 진심이에요. 바리스타 따위는 이제 안중에도 없을 정도라고요."

말문이 막혀 입만 헤벌리고 있으려니 바리스타가 문득 내 쪽을 향해 속닥거렸다.

"다행이네요, 소개해 줄 남자가 나타나서."

그 엄청 심술궂은 말, 마치 어깨의 무거운 짐을 내려놓았다는 듯 홀가분한 그녀의 미소에 나는 분노의 고함을 내질렀다.

이건 너무 무책임하지!

제3장 유백색에 하트를 숨기다

1

 기회는 생각지도 못한 곳에서 굴러온다.

 나에게 탈레랑 커피와의 만남은 동시에 기리마 미호시라는 여성과의 만남이기도 했다. 이상을 현실로 바꿔준 그녀를 나는 다양한 면에서 신비한 매력을 갖춘 사람이라고 파악했고, 단순한 커피점 직원 이상의 관심을 품기도 했다. 한편으로, 결국 내가 매료된 대상은 최상의 커피를 내려주는 바리스타로서의 그녀였기 때문에 맛의 비밀을 알아내면 그 관심도 식어버릴 것이라는 나 자신의 나쁜 계산속 또한 완전히는 부정하지 못했다. 그래서 나는 최상의 커피를 재현하는 것을 첫 번째 목표로 삼고 바리스타와 친하게 지내면서도, 좀 더 깊이 들어갈 만한 단계가 되면 덜컥 겁이 났다. 무엇이 목적인지 점점 잊어가고 있다고나 할까.

 미호시 바리스타 역시 겉으로는 상냥하게 대하면서도 어쩐지 나에게 곁을 내주지 않는, 눈에 보이지 않는 성채로 스스로 에워싼 듯한 구석이 있었다. 그건 이를테면 지나친 예절 교육을 받고 자란 어린아이와 대화하는 것 같은 느낌이었다. 혹은 감정에 덮어씌운 가면의 미소를 바라보는 듯한 느낌이라고 할까. 수없이 탈레랑을 들락거리며 그녀와 점점 친해지는 가운데서도 나는 여전히 그 독특한 거리감에 발맞춰 영악하게도 계속해서 손님의 입장을 견지했다. 강하게 의식하면서도 애써 의식하지 않으려고 한 것이다.

하지만 전혀 예기치 못한 일에 의해 그런 관계가 변화의 조짐을 보였다.

창가 테이블 자리에 마주 앉은 미호시 바리스타는 기분이 좋아 보였다.

8월도 수명이 얼마 남지 않아 비스듬히 들이치는 햇살에 은은한 가을의 기척이 보일락 말락 숨바꼭질하고 있었다. 그래도 아직은 늦더위가 극성이어서 뜨거운 커피라는 선택은 일종의 오기라는 것을 부인할 수 없었다. 하지만 그런 건 상관없다, 이 커피가 바로 이 커피점에 찾아온 주요한 목적이기도 하니까. 그렇건만 왜 지금 내 입에서 한숨만 흘러나오게 되었는가.

……혹시 맛이 떨어진 거야?

바리스타의 미소에 나는 어색한 거짓 웃음으로 응했다. 맛에 대한 솔직한 느낌은 이런 분위기에서는 도저히 말할 수 없다. 행여 이것을 '2퍼센트 부족'이라는 식으로 평가했다가는 미호시 바리스타가 내려주는 커피가 그 정도라고 단정 짓는 것과 같은 말이 되기 때문이다. 그녀가 전에 없이 싱글벙글 웃고 있으니 더더욱 그 말만은 입도 뻥긋할 수 없었다.

"항상 쓰는 원두가 무엇이지요?"

갑작스럽게 다른 화제로 핸들을 꺾을 수도 없어 나는 커피 얘기로 도망쳤다.

"아라비카 아니면 로부스타, 라고 하면 받아들이시지 않겠죠? 미안해요, 그건 기업 비밀이라 알려드릴 수 없어요."

바리스타는 목소리를 낮춰 대답했다. 물론 내 쪽에서도 자세한 비법의 공개 따위는 처음부터 기대하지 않았다.

"직접 로스팅하는 건 아닌 것 같고, 재료는 어디서 구입합니까?"

"기타오지 쪽에 오래전부터 거래해 온 전문 로스팅 업자가 있어요. 돌아가신 부인이 우리 가게를 개업하기 전부터 알고 지내던 분이라는군요. 주인이 연세가 많은 분이지만, 세밀한 로스팅 기술에 관해서는 틀림없는 일류예요. 그쪽에 원두를 모두 맞춰달라고 해서 소량씩 구입해요."

"생원두든 로스팅이든 오래 두면 금세 풍미가 떨어지니까요."

"그뿐만 아니라 날씨나 보존 상태 같은 수많은 조건에 따라 향미가 좌우되고 품질의 차이가 발생하죠. 그걸 최소한으로 줄이기 위해 원두는 살 때마다 내가 책임지고 맛을 점검합니다. 그리고 로스팅 상태에 대해 로스터 쪽과 꼼꼼히 조정하고 있죠."

원두의 품목이나 블렌드 비율에 그치지 않고 로스팅 상태에 따라서도 커피 맛이 크게 달라지기 때문에 사람의 혀로 꼼꼼히 감수하는 것은 안정된 향미를 내는 데 지극히 중요한 과정이다. 즉 탈레랑에서 마시는 최상의 커피 한 잔은 바리스타와 로스터 간 협력의 산물이라고 할 수 있다.

소곤소곤 해주는 이야기에 그렇군요, 하고 고개를 끄덕이며 나는 커피잔을 입으로 옮겼다. 그리고 확신했다. 역시 맛이 떨어졌다. 지난번에 이곳에 온 게 약 2주 전이다. 그사이에 대체 무슨 일이 있었던 것일까.

"분명 '오쿠리비' 날이었죠, 전에 이곳에 오셨던 때가?"

마치 내 마음속을 훤히 들여다본 듯한 바리스타의 말에 나는 가슴이 뜨끔했다.

'오쿠리비送り火'란 조상을 배웅해 드리는 불이라는 뜻으로, 아오이 축제葵祭, 기온 축제祇園祭, 지다이 축제時代祭와 함께 교토의 4대 행사로 일컬어지는 '오산 오쿠리비五山送り火'를 말하는 것이다. 추석날에 그간 모셔온 조상의 영혼을 배웅하기 위해 히가시야마東山의 뇨이가타케 언덕에 대大라는 문자, 그 밖의 네 군데 산 중턱에 각각 묘妙와 법法, 배 모양, 좌 대문자左大文字, 기둥 문 모양을 모닥불로 그려내는 교토의 여름 풍물시다. 해마다 8월 16일에 거행하고, '대문자 태우기'라고 불리기도 하지만, 그러면 이 지역 사람들은 크게 성을 낸다. 정령을 저승에 배웅하는 의례인데 '태우기'라는 건 대체 무슨 버르장머리냐는 것이다. 하지만 옛날에는 그렇게 부르던 시절도 있었다니까 타지 사람인 내가 뭘 좀 아는 척 떠들어댈 만큼 일이 단순하지는 않은 모양이다.

그래서 세 번째가 되는 올해야말로 밤하늘에 떠오르는 대문자를 꼭 보려고 16일 저녁에 일부러 시간을 내서 염원을 이룬 뒤에 그길로 이곳을 찾았다. 바리스타에게는 그런 사정을 이미 말한 바 있었다.

"네, 그랬죠. 그때 잠깐 변덕이 나서."

하지만 그 변덕이 생각지도 못한 오늘을 연출한 것은 사실이다. 내가 지금 여기서 이렇게 미호시 바리스타와 커피를 마시는 건 그녀의 요청에 따른 일이기 때문이다. 그렇다면 우리 사이를 약간은 긍정적으로 해석해도 좋지 않을까. 애써 피해온 생각이 가슴을 들뜨게 해서 우리 두 사람의 관계에 미약하나마 기분 좋은 긴장감을 몰고 왔다고 해도 전혀 이상하지 않다고 생각한다. 항상 마시던 탈레랑 커피와는 다른 커피의 맛이 그런 분위기를 망치지만 않았더라면.

나는 테이블에 팔꿈치를 괴고 시들한 기분으로 창밖에 시선을 던졌다. 그러자 때마침 창밖을 휙 가로질러 가는 게 있어서 엇, 하고 짧게 소리를 흘렸다.

"왜요, 저 아이 뭔가 이상한가요?" 바리스타는 귀도 밝으시다.

순식간에 지나간 사내아이의 등을 바라보며 나는 고개를 갸우뚱했다.

"왜 책가방을 메고 있나 해서요."

"유치원생이나 중학생이라면 나도 좀 의아하게 생각했

겠지만……."

"저 아이는 초등학생이죠. 하지만 아직 8월이고 여름방학이잖아요."

바리스타는 눈을 깜작거렸다.

"아오야마 씨, 교토에 사신 지 얼마나 됐지요?"

"2년하고 조금 더 됐죠. 그전에는 오사카에서, 그리고 그전에는 고향에서 살았어요. 여기서 한참 먼 도시에서."

"그럼 잘 모르시겠군요. 근데 저 애가 초등학생이라는 건 어떻게?"

무엇을 잘 모른다고 했는지는 모르겠으나 우선 질문에 대답부터 해버렸다.

"조금 전 그 아이, 보셨어요? 이런 말을 하면 어떨지 모르겠지만, 한 번 보면 잊을 수 없는 생김새예요."

"네, 보통 일본인과는 동떨어진 머리칼에 눈동자 색깔도 다르더군요."

바리스타는 귀뿐만 아니라 눈도 밝으신 것이다.

"몹시 급하게 뛰어갔어요. 울고 있는 것처럼 보이기도 했고."

"울고 있었다고요? 내 자리에서는 거의 등밖에 보이지 않았는데……. 실은 약간 특이한 아이예요. 즉 내가 저 아이를 본 게 오늘이 처음이 아니라는 얘기죠."

그 순간 나는 한 가지 광명을 발견해 냈다. 지금까지 보여준 그 아이의 불가해한 행동은 분명 바리스타의 관심을 끌었을 게 틀림없다. 그렇게 되면 화제가 그쪽으로 기울면서 코앞에 닥친 커피 맛에 관한 이야기는 피할 수 있다. 게다가 만에 하나라도 그녀가 아이의 비밀을 풀어준다면 이건 일석이조, 아니, 일석삼조도 가능한 타개책이다.

"그냥 소소한 얘기지만, 평생에 딱 한 번이라고 생각하고 잠시 들어주시기를."

최대한 정확히 그 대화를 재현하기 위해 내가 공손한 서론과 함께 이야기를 시작한 데에 맞춰 배경음악인 재즈가 숨을 죽이듯 한층 나지막해졌다.

2

마지막으로 만난 것은 대략 2주 전, 그리고 맨 처음 만난 건 거기서 다시 보름쯤 거슬러 올라갑니다.

8월 초, 축 늘어질 만큼 무더운 여름날의 일입니다. 대학 도서관에서 잠시 몸을 식히고 돌아오는 길에 저녁거리를 사려고 슈퍼마켓에 들렀습니다.

초등학교 바로 뒤편에 자리한 흔해 빠진 슈퍼마켓의 자전거 주차장에 자전거를 세우고 입구 자동문으로 들어가려고 했을 때예요. 문득 누군가 소매를 잡아당겨서 몸을 돌렸습니다.

"아저씨."

거기 서 있는 것은 백인 같은 모습의 소년이었습니다.

한 열 살쯤일까요, 부드러운 갈색 머리칼이 어깨까지 길게 자랐고 눈동자도 갈색이에요. 오른손으로 이쪽 옷소매를 잡고 왼쪽 옆구리에는 축구공을 끼고 있었습니다.

교토는 외국인이 많은 도시입니다. 소년의 존재 자체에 당황했던 것은 아니에요. 하지만 그것과 대화가 통하는가 하는 건 또 다른 문제지요. 어쨌든 너무 갑작스러운 일이었으니까요.

"아이 캔트 스피크 잉글리시, 아이엠 어 재패니즈 스튜던트 앤드………."

여유가 없었던 것이지요.

소년은 어처구니없다는 듯 흥 콧방귀를 날렸습니다.

"정신 차려요, 아저씨. 나 일본 말 잘해요."

그야말로 삐딱한 말투로 멋지게 창피를 준 거예요. 이해하기 어려우시겠지만, 소매를 뿌리치는 몸짓이 난폭해져 버렸습니다.

"아저씨 아니라니까. 깜빡 너희 나라 말로는 안녕하세요, 대신 아저씨, 라고 하는 줄 알았잖아!"

"거짓말. 잉글리시가 어쩌고저쩌고했으면서."

점점 더 삐딱한 말투여서 저절로 입가가 파르르 떨렸습니다.

"일본 말을 아주 잘하는구나. 하지만 틀린 단어가 있으니까 알려줄게. 이럴 때는 아저씨가 아니라 형이라고 해야……."

"아저씨, 지금 뭔가 착각한 거 아냐?" 남의 말은 똑똑히 들어야겠더군요. "나, 생김새는 이렇지만 일본에서 태어나고 자랐어. 어엿한 일본인이란 말이야."

아차차 했지요. 여름방학인데도 그의 티셔츠 가슴팍에는 초등학교 이름표가 달려 있었습니다. 거기에 적힌 이름은 지극히 일본인다운 한자였어요.

이미 수없이 겪어본 일이었던 모양이지요, 소년은 묻지도 않았는데 줄줄 알려주더군요.

"아빠가 미국인. 그래서 미국에서도 통하도록 겐토라고 이름을 지어줬대. 엄마는 일본인이야."

뾰로통하게 내민 입이 조금 쓸쓸해 보였습니다.

어쩐지 엄청 못된 말을 내던졌다는 마음이 들더군요. 어떻게든 수습해 보려고 애써 억지소리 같은 핑곗거리를 찾아냈습니다.

"겐토, 너야말로 뭔가 착각한 거 같다. 일본 말을 잘한다는 것은 교토에 살면서도 도쿄 사람처럼 표준어를 쓴다는 뜻으로 한 말이야."

"아, 그런 거였어?"

빼딱하다고 해봐야 어차피 어린애, 널름 속아 넘어간 모양입니다.

"얼마 전까지 요코하마에서 살았거든. 아빠 직장 때문에 올봄에 이쪽으로 이사했어."

"그랬구나. 음, 교토는 아주 좋은 곳이야. 분명 너도 마음에 들 거야."

그리 오래 산 것도 아니면서 선배 행세를 했습니다.

"그런가……."

겐토는 순순히 고개를 끄덕이지 않았습니다.

"그렇고말고. 물론 아직은 예전에 살던 집이나 그곳 사람들이 보고 싶겠지. 아, 그나저나 왜 형을 붙잡았어?"

소년 앞에 몸을 숙이고 그렇게 묻자, 그는 아참, 하면서 문득 진지한 눈빛을 보였습니다.

"나, 아저씨한테 부탁이 있어."

"부탁? 형이 들어줄 수 있을지는 모르겠지만, 말해봐."

"아저씨, 지금 이 슈퍼에서 쇼핑할 거지?"

"응, 형은 여기서 쇼핑할 거야."

"아저씨, 우유도 살 거야?"

"그러고 보니 우유도 떨어진 거 같다. 응, 형, 우유 사야겠다."

"그럼 혹시 괜찮다면 아저씨가 산 그 우유……."

뭐야, 이 녀석! 절대로 형이라고 하지 않잖아!

와아, 진짜. 그래도 마음 착한 어른을 만나서 그나마 다행인 줄 알아라.

젠토는 그런 영혼의 부르짖음 따위는 무시하고 태연히 말을 이어갔습니다.

"우유 사면 나한테 조금만 덜어줬으면 좋겠는데."

참으로 뻔뻔한 부탁을 들이미는 것이었습니다.

"느닷없이 무슨 소리야? 이유라도 말해줘야지."

곤혹스러워하고 있으려니 소년은 축구공을 쓱 내밀었습니다.

"이거 보고도 모르겠어? 난 지금 학교에 축구하러 갈 거야. 수분 보급이 중요하잖아. 일사병이라는 거, 알지?"

한 마디 한 마디가 신경에 거슬리⋯⋯지는 않았겠죠. 어린애가 하는 말인데요, 뭘.

"그러면 네가 집에서 잘 챙겨왔어야지."

"깜빡했어. 그래서 지금 이렇게 사정사정하고 있잖아."

"집에 다시 가서 가져오면 되지."

"싫어, 귀찮단 말이야. 여기 바로 옆이 학교인데."

"남에게 사정사정하는 게 더 귀찮잖아? 그나저나 수분 보급이라면 스포츠음료 같은 게⋯⋯."

"아니, 됐어. 난 우유가 좋아. 키, 더 커야 하거든."

다시 한번 이름표를 보니 '4학년 1반'이라고 적혀 있었습니다. 열 살이라는 눈짐작이 옳았다는 얘기지요. 몸집이 작다고 하면 그런 것 같기도 했습니다.

"학교에 가니까 착실히 이름표를 달고 왔구나."

"아, 이거? 실은, 달고 싶지 않았는데 엄마가 자꾸 잔소리해서……. 축구할 때 거치적거리잖아. 그래서 엄마가 집에 없는 날에는 그냥 나오는데, 파트타임 일을 날마다 나가는 게 아니라서."

부루퉁하니 반항적인 것 같으면서도 부모 얘기가 나오니 말이 많아지는 걸 보니 분명 아빠 엄마를 아주 좋아하는 것 같았습니다. 그런 점은, 순한 아이는 아니라고 해도, 어쩐지 귀엽지요.

하지만 귀엽다고 생각한 순간, 이미 어른이 지고 들어갑니다.

"흠, 별수 없군."

"와아, 나눠줄 거야? 고마워, 아저씨!"

씨익 회심의 미소를 지었습니다.

"그 아저씨라는 말, 관두면."

"……고마워, 형."

팔짱을 끼고 고개를 끄덕여 줬습니다.

"좋아. 그럼 여기서 기다려."

쇼핑은 십여 분 만에 끝났습니다. 비닐 봉투를 손에 들고 슈퍼를 나서자 소년은 기특하게도 원래 자리에서 가만히 기다리고 있었습니다. 관자놀이가 땀으로 반들거렸습니다.

"슈퍼 안에 들어와 있으면 시원했을 텐데."

"여기서 기다리라고 했잖아."

"아차, 미안, 미안. 자, 이거." 부루퉁한 겐토에게 작은 종이 팩 우유를 건넸습니다. "어차피 우유 덜어갈 만한 그릇도 없고, 통째로 가져가."

"엇, 그래도 돼?"

소년은 불안한 표정이었습니다. 남이 자기 때문에 돈을 쓴 게 초등학생이라고 해도 양심에 찔렸던 모양입니다. 결과만 보자면 똑같은 일이라도 남의 것을 조금만 얻어가는 게 그에게는 허용 범위였던 거겠지요.

기껏해야 100엔 남짓 들어간 일입니다. 그 꺼림칙한 마음은 양식 있는 인간으로 성장하기 위한 소중한 미덕이지만, 지나치게 고마워한다면 그것도 겸연쩍은 일이죠. 그래서 휘이휘이 손을 흔들며 소년을 건너편으로 몰아냈습니다.

"글쎄 괜찮다니까. 얼른 학교 가서 실컷 공 차고 와. 오늘만 특별히 주는 거야. 알았지?"

"이거 정말 받아도 되지? 야호, 고마워!"

그 얼굴이 환하게 반짝여서, 겨우 우유 한 팩에 그토록 기뻐해 주다니, 이건 사준 사람으로서도 무척 흐뭇한 일이죠. 건방진 말을 툭툭 내뱉어도 역시 어린애는 귀엽구나, 하고요.

겐토는 축구공과 우유를 안고 쏜살같이 달려갔습니다.

"위험하잖아. 자동차 조심해야지."

입가에 손을 대고 소리 치자 겐토가 돌아서서 크게 손을 흔들며 대답했습니다.

"고마워, 아저씨!"

네에, 물론 작아져 가는 그 등짝을 향해 고함쳤죠, 우유 다시 내놔, 라고요.

3

창 너머로 검은색 책가방이 세 개, 장난치면서 걸어간다.

급식 주머니라고 하던가, 당번의 흰옷을 넣는 하얀 천 가방을, 망에 넣은 축구공처럼 한 명이 손에 들고 있었다. 휘휘 돌리기도 하고 툭툭 차기도 하고 다른 두 명이 낚아채기도 하고, 그때마다 낄낄 깔깔 웃고 떠드는 소리가 창 안쪽까지 들려왔다. 별것 아닌 장난이라도 전력을 다해 몰두하는 게 어린아이의 특권이리라. 한숨 돌리며 커피를 마시는 동안, 나는 그런 느긋한 풍경을 바라보고 있었다.

"생김새는 미국인 같은데 속내는 순수 토박이 일본인. 생각해 보면 우리 집안에도 그런 사람이 있으니까 그 아이가 이상하다고 했던 건 물론 그런 점 때문이 아니에요. 슈퍼 앞에서 우연히 만난 대학생에게 우유를 사달라고 조르는 행동에 약간 관심이 갔다는 정도지요."

커피의 블랙에 우유의 흰빛이라는 대비도 개인적으로는 재미있다.

바리스타는 내 지적에 피식 웃었다.

"분명 착한 아이일 거예요."

어라, 방금 말한 이야기에서 착하다고 칭찬받을 사람은 소년 쪽이 아닌 것 같은데?

"혹시 벌써 뭔가 짚이는 게 있다는 말씀?"

"현재로서는 억측이라고 하기도 힘든, 그저 단순한 상상일 뿐이에요. 일사병 예방을 위해서는 운동 후에 우유를 마시는 게 효과적이라는 말도 있으니까요."

오호, 그런가. 들어본 적도 없다.

"하지만 우유라니······. 아무리 일사병에 좋다고 하더라도 나라면 우유는 사양할 것 같은데요. 아무래도 갈증이 해소되는 느낌이 안 들잖아요."

"아오야마 씨가 스포츠음료 얘기를 했을 때, 겐토는 그것을 부정하는 대신 키가 더 커야 한다는 이유를 들었다면서요? 그건 우유가 일사병 대책에 효과적이라는 건 알지 못했기 때문이겠죠. 그보다 '평생에 딱 한 번'이라고 할 정도로 이 이야기가 남에게 들려줘야 할 만큼 대단한 에피소드는 아닌 것 같은데요?"

"네, 아주 잘 보셨어요. 실은 그 뒤에도 몇 번 우유를······. 우선 그 장면에서부터 시작해서 클라이맥스로 이야기를 풀어볼까요?"

다시 신중하게 말을 고르며 기억을 더듬어 나갔다. 무심코 창밖을 흘끗 바라보자, 검정 책가방은 오른쪽 왼쪽으로 흔들리며 벌써 먼 옛날 소년 시절의 추억처럼 조그맣게 멀어져 가고 있었다.

그 뒤에도 슈퍼마켓 앞을 지날 때마다 겐토가 예의도 바르게 이름표를 매단 가슴팍에 축구공을 안고 마음씨 좋은 어른을 '물색'하는 현장을 맞닥뜨리곤 했습니다.

나이 차가 많이 나는, 한창 시건방진 남동생 같은 느낌이라고나 할까요. 아니, 진짜로 화를 내가며 챙겨야 하는 부담이 없는 만큼 오히려 친동생보다 더 귀여웠겠지요. 겐토는 고분고분하지 않은 태도의 이면에 친밀감이며 동경심 등이 언뜻언뜻 엿보여서, 만날 때마다 아저씨라는 조롱을 받으면서도 결국 그에게 우유를 사주곤 했습니다.

"날마다 축구를 하는 거야? 미래의 일본 대표 선수구나."

어느 날은 우유를 건네주며 품에 안고 있는 축구공에 반응해 봤습니다.

그는 얼굴을 쓱 돌리며 피식 웃었을 뿐입니다. 이제 슬슬 자신의 꿈을 선언하는 게 머쓱해지는 나이인 모양이지요.

"친구들이 운동장에서 기다리지? 연습, 열심히 해."

그렇게 말하고 머리를 쓰다듬어줬는데, 쓰다듬는 것을 멈추었는데도 그는 고개를 가로저었습니다.

"항상 나 혼자야. 친구 같은 거 없어."

좀 놀랐죠. 초등학교 운동장에는 골대도 있고 연습하기에는 최적의 장소지만, 이렇게 날마다 나가는 걸 보면 당연히 그곳에 같이 공을 찰 친구들도 있고, 연습이라고 칭한 놀이를 연일 즐기고 있을 거라고 생각했으니까요.

전학한 지 얼마 안 됐다는 그의 말이 생각나 문득 걱정이 되었습니다. 혹시 이 아이, 새 학교에 적응하지 못한 건가. 그게 아니면 지나치게 축구에만 열중한 나머지 친구들과는 상대가 안 될 만큼 실력이 엄청 뛰어난 건가. 그렇다면 일단 그의 실력을 확인해 볼 필요가 있었습니다.

"어디, 리프팅 한번 해봐."

젠토는 다시 입이 뾰로통해졌습니다.

"싫어, 나 잘 못해."

"잘 못하다니, 몇 번이나 하는데?"

"다섯 번쯤?"

"다섯 번?"

무심결에 되물었죠. 리프팅 횟수가 많다고 축구를 잘한다고는 할 수 없지만 다섯 번이라니, 이건 얘기가 안 되잖아요. 지도자가 없어서 그런가. 실속 없는 연습에 열의를 불태우는 소년이 딱하기만 했습니다.

"좋아, 그 공 좀 줘봐."

그리고 주차장 쪽으로 돌아가 빈 공간을 이용해 간단한 리프팅을 해 보였습니다.

"엿차, 엿차, 엿차……."

"우와, 아저씨 제법인데?"

어린애 깜냥으로 크게 칭찬해 준 것 같아서 마무리로 멋지게 공을 차서 돌려줬습니다.

"내가 이래 봬도 중고등학교 때 축구 소년이었어. 근데 프로 선수를 목표로 한다면 최소한 이 정도는 해야지. 힘들면 연습 함께 해줄까?"

"아뇨, 됐네요."

즉답이었어요. 왜 이런 때만 존댓말일까요.

"사양할 거 없어. 공 차는 방법뿐만 아니라 누구에게도 지지 않을 만큼 강한 몸을 만드는 트레이닝 방법도 알려줄 테니까."

"진짜?" 겐토는 갑작스럽게 눈을 반짝였습니다. 가르쳐 준다는 내용을 구체적으로 들으니까 즐거운 이미지가 퐁퐁 샘솟았던 모양이지요.

"오늘은 시간이 좀 그렇지만, 다음번에 꼭 같이 하자."

"꼭이야! 약속했다?"

겐토는 신이 난 듯 고개를 끄덕이고 학교 쪽으로 뛰어갔습니다.

하지만 그 약속이 지켜지기도 전에 두 사람의 관계에 균열이 생겼습니다.

그게 오쿠리비 날의 밤 9시쯤이었을까요. 새삼 설명할 것도 없겠지요, 그때도 내가 여기서 커피를 마시고 있었으니까요. 가게 안은 대학생 커플과 그밖에 수많은 손님으로 붐비고 있었는데, 문득 창밖으로 시선을 던졌더니 앞을 휙 달려가는 소년의, 한 번 보면 잊을 수 없는 얼굴이 가게 불빛에 분명하게 보이는 거예요.

그것뿐이라면 조금 전에 우리가 본 광경과 비슷하지만, 오늘과는 상황이 전혀 달랐습니다. 오쿠리비 축제 날 밤이라는 점을 고려하더라도 초등학생이 혼자 바깥을 나돌아 다니기에는 적절한 시간대가 아니지요. 가게 안에서도 나를 포함한 몇몇이 마음에 걸려 그의 등을 지켜봤습니다.

나름대로 친분이 있는 어린아이가 그런 모습으로 지나가는 것을 봤다면 누구라도 걱정하게 마련입니다. 문득 깨달았을 때는 벌써 가게 밖으로 뛰어나가 저기 잔디밭쯤에서 겐토를 붙잡은 후였습니다. 귀찮아 죽겠다는 기색으로 돌아보는 소년의 모습은 참으로 이상하기 짝이 없었습니다.

티셔츠는 잔뜩 구겨졌고 반바지는 흙투성이에 무릎은 쓸린 상처로 빨갛고, 게다가 입가가 생생하게 멍이 들었으니까요.

"겐토, 이게 대체 무슨 일이야?"

정말 깜짝 놀랐습니다, 목소리가 멍하니 들릴 만큼. 소년은 금방이라도 울음이 터질 듯한 표정이었지만 그게 다친 곳이 아파서가 아니라는 건 명백했습니다. 그의 두 눈에 깃든 것은 연약함이나 허약함과는 정반대의 찌르는 듯한 예리함이었으니까요.

"이런 시간에 여기서 뭐하고 있어? 그 옷은 어떻게 된 거야?"

우선 다친 데부터 살펴봐야 했을 텐데 심상치 않은 상황에 연거푸 질문부터 터져 나왔습니다. 하지만 겐토는 뭔가 거북스러운 듯 고개를 떨궜습니다.

"아무것도 아냐. 지금 집에 가던 길이야."

그 말만 할 뿐이었습니다.

그래도 그냥 지나칠 수는 없지요. 다만 워낙 험한 세상이라서 섣불리 행동에 나섰다가는 도리어 부모님에게 걱정을 끼칠 수도 있습니다. 잠시 생각해 본 끝에 휴대전화를 꺼내며 겐토에게 물었습니다.

"집 전화번호 좀 알려줄래? 다치기도 했고, 너 혼자 집에 가는 건 위험해. 지금 전화해서 데리러 오시라고 하자. 그때까지 형이 겐토하고 함께 있어줄 테니까. 엄마나 아빠, 지금 집에 계시지?"

그때였습니다.

"아무 일도 아니라니까 왜 그래!"

소년의 부르짖음이 밤의 정적을 찢은 것입니다.

전혀 뜻밖의 반응이었습니다. 무엇이 소년의 역린을 건드렸는지, 전혀 알 수가 없었어요. 그래도 나름대로 웃어주기는 했지만, 소년의 눈에 그 억지웃음은 몹시 어색하게 비쳤을 겁니다.

"왜 그래, 갑자기? 험상궂은 얼굴을 하고."

"나 혼자 집에 갈 수 있는데 자꾸 어린애 취급을 하니까 그렇지."

"어린애 취급이라니……겐토, 넌 아직 어린애야."

"아저씨가 형이라고 부르라고 했잖아. 그러면 어린애 취급은 하지 말아야지. 이건 아저씨들이나 하는 짓이야. 아빠 같은 어른이나 하는 짓이란 말이야."

거친 태도는 전혀 가라앉지 않았습니다.

"그런 사람이 아니니까 내가 여태까지 부탁도 하고 그랬어. 반절쯤은 어른이 아니니까 사이좋게 지낼 수 있을 거라고 생각했다고! 그래 놓고 이런 때만 어른인 척하는 건 뭐야? 아빠라도 된 것처럼 어린애 취급하는 사람하고 어떻게 친해질 수 있냐고!"

"앗, 겐토, 겐토!"

아이는 손을 뿌리치고 눈 깜짝할 사이에 달아나 버렸습니다.

화살처럼 내뱉은 그 말들의 진의를 지금도 잘 모르겠어요. 다만 그가 좋아하는 아빠인 것도 아니면서 마치 자식을 꾸짖는 듯한 태도로 대한 건 사실입니다. 자존심이 센 겐토가 그걸 어린애 취급이라면서 끔찍하게 싫어한 것도 어느 정도 고개가 끄덕여집니다.

 더 이상 쫓아가봤자 헛수고가 되리라는 건 틀림이 없었습니다. 저는 어깨가 축 처진 채 카페로 다시 돌아와 아직도 열려 있는 문 안에서 구경꾼처럼 내다보는 몇몇 손님들을 한바탕 노려보면서 항의의 뜻을 표했습니다. 그리고 잠시 껄끄러운 분위기 속에서 커피를 마시며 다른 손님들의 대화에 조용히 귀를 기울였다, 라는 얘기입니다.

4

―덜커덕!

 급한 동작으로 의자를 박차고 일어서며 바리스타는 멍해진 눈빛으로 중얼거렸다.

 "전혀 잘못 짚으셨어요……."

 이야기가 끝나자마자 이런 반응을 보이니 나는 도무지 무슨 영문인지 알 수가 없었다.

 "잘못 짚었다니, 아, 이 커피 맛 말인가요? 정말 이렇게까지 맛이 떨어진 걸 보면 원두 자체가 바뀌었다고밖에는……."

 "아니, 그게 아니에요!" 그녀는 눈의 초점을 내게 맞췄다. "아오야마 씨, 오늘 무슨 요일이죠?"

 "아닌 밤중에 홍두깨라더니, 대체 무슨 얘기예요? 그야 당연히 수요일 아닙니까. 그렇지 않고서야 바리스타가 지금 여기에 있을 수도 없잖아요."

그사이 우리의, 아니, 미호시 바리스타의 심상치 않은 몸짓을 알아봤는지 가게 안쪽에서 직원이 머뭇머뭇 다가왔다. 체크무늬 앞치마를 두르고 머리에는 페이즐리 반다나를 두른 그녀가 불안한 기색으로 물었다.

"손님, 우리 가게 커피에 무슨 문제라도 있나요?"

마음이 딴 곳에 가 있는 미호시 바리스타를 제쳐두고 나는 혼자 어깨를 움츠렸다.

―이곳은 게이한 선 데마치야나기 역 근처, 가모오바시 북서쪽에 위치한 자그마한 카페 안이다.

흰 벽돌처럼 꾸민 내벽이 에게해의 풍경과 흡사한, 환하고 분위기 좋은 카페다. 큼직한 창 너머로는 다카노가와와 합류하기 직전의 가모가와 강변 산책로가 내다보인다. 겐토는 조금 전 이곳을 남쪽에서 북쪽으로 뛰어갔던 것이다.

왜 내가 미호시 바리스타와 나란히 다른 카페에 커피를 마시러 왔는가. 탈레랑이 추석 연휴를 마치고 다시 문을 연 날에 찾아갔을 때 우리 둘이 나눈 대화가 그 발단이었다.

"실은 탈레랑과 똑같은 맛의 커피를 내주는 카페를 발견했어요."

정말로 똑같은지 어떤지 확인하기 위해 반쯤 오기로 주문한 뜨거운 커피를 마시며 나는 말했었다.

"개인적으로 깊은 관심이 있어서 오쿠리비 날의 대문자 행사를 꼭 한 번 보고 싶었죠. 올해 드디어 가모가 제방에 앉아 구경했습니다. 모닥불이 꺼지고 집에 돌아오려는데 근처에 영업 중인 카페의 불빛이 보이더군요. 불나방처럼 홀려서 들어가 냉방도 빵빵하겠다, 한번 마셔보자고 일부러 뜨거운 커피를 주문했죠. 와아, 그건 정말 미각의 데자뷔였습니다."

"그건 보통 일이 아니네요." 바리스타가 카운터 너머에서 후훗 웃으며 말한 것이다. "그렇다면 나하고 그 카페에 한번 가볼까요?"

기회는 생각지 못한 곳에서 굴러오는 법이다. 사정이야 어찌 됐든 나는 뜻밖에 미호시 바리스타에게서 데이트 신청을 받은 것이다. 그녀가 탈레랑의 정기 휴일인 수요일에만 시간이 난다는 건 이미 알고 있었기 때문에 그 자리에서 날짜까지 정해버렸다. 그게 바로 오늘, 즉 8월의 마지막 수요일이다.

나는 직원에게 최대한 온화하게 말했다.

"아뇨, 지난번에 이 카페에 왔을 때와는 맛이 약간 달라졌다 싶어서요."

"지난번, 이라는 게 언제인지……."

"8월 16일, 오쿠리비 날입니다."

그러자 직원은 얼굴빛이 쓰윽 바뀌었다.

"죄송합니다! 그날은 커피 맛이 좀 이상했지요?"

그렇게 말을 하니 '아니, 오늘이'라고 밝히기가 영 힘들어졌다.

"우리는 커피 원두를 이 근처 개인업자와 거래하고 있어요. 이 업계에서 수십 년째 일해온 베테랑이신데 요즘 아무래도 너무 연로하셔서 이런저런 지장이 생기는 바람에……."

이번에는 청각이 데자뷔를 일으켰다. 똑같은 얘기를 조금 전에 들은 것 같은데?

"확인을 게을리한 우리에게도 잘못이 있지만, 그날 원두를 보낼 때 아무래도 업자가 깜빡 다른 고객에게 보낼 작은 자루를 함께 섞어 보냈던가 봐요. 그런데 공교롭게도 그날이 오쿠리비 날이었어요. 우리 카페는 바로 앞의 강변과 가모와 삼각주를 감상하기에 최고의 지점이라서 그쪽에서 몰려오는 손님들이 정말 많거든요. 우리도 눈이 핑핑 돌 만큼 바빠서 그만……. 단골손님이 말씀해 주실 때까지 계속 그 커피를 내드렸으니, 참으로 한심할 따름입니다."

그런 일이 있을 수 있나.

"개인업자라면, 혹시 기타오지의?"

"어떻게 그걸?"

가엾은 직원은 얼굴이 새파래져 버렸다.

힘이 쭉 빠지지 않을 수 없었다. 내가 그날 여기서 마신 커피는 탈레랑에서 항상 쓰는 원두에서 추출한 것이었다. 기타오지라면 탈레랑보다 이 카페가 훨씬 더 가깝다. 똑같은 로스팅 업자에게서 원두를 구매했다는 우연에 대해서는 잠깐 놀라는 정도면 끝난다. 또한 휴업 중에도 다시 문을 열 때를 대비해, 혹은 개인적인 음용을 위해 원두를 사는 일도 있을 테니까 그 점도 이상할 것은 없다. 하지만 그다음의 일들은 대략 생각할 수 없는 실수가 거듭된 결과였다.

원두의 취급이나 갈아내는 방식, 혹은 추출 방법 등에 따라 향미가 달라진다고 해도 애초에 똑같은 원두를 쓴다면 커피 맛이 비슷하게 나오는 건 당연한 일이다. 하지만 커피 맛을 자신의 혀로 확인했을 때, 이 카페의 직원은 맛이 평소와 다르다는 걸 감지하지 못했을까. 물론 맛의 기호는 사람마다 다를 수 있지만 나라면 즉시 로스팅 업자를 만나 그 원두의 상세 내력을 문의했을 것이다.

"그랬군요. 그러시다면 어쩔 수 없는……."

내가 애매하게 웃음을 던진 순간이었다.

직원과 대화한 일 분 동안, 말도 붙이기 힘들 만큼 꼼짝하지 않고 굳어 있던 미호시 바리스타가 돌연 몸을 돌려 카페 밖으로 뛰쳐나갔다.

"자, 잠깐, 바리스타, 어디 가는 거예요!"

허둥지둥 그녀를 뒤쫓아 나가려는 내게 직원이 따라와 매달렸다.

"손님, 아직 커피값 계산을!"

"이거 놔요! 금방 돌아올게요. 우리 가방도 저기 있잖아요!"

"손님, 아까 바리스타라고 하셨죠? 혹시 동업자예요?"

아차, 그렇구나, 그건 여기서 할 말이 아니었다.

"방금 그 여자 이름이 '바리노 스타코'예요! 아휴, 이러다 놓치겠네, 어서 놔요!"

느낌표 연발의 대화는 남자의 팔 힘이 더 강한 덕분에 그쯤에서 끝이 났다. 직원에게는 몹시 미안하지만, 나를 배웅하면서 던진 그녀의 말이 "안 돼요, 가지 말라니까요!"였기 때문에 길 가던 사람들이 묘한 오해를 할 것 같아서 나는 그게 더 걱정스러웠다.

보폭이 짧은 것이 속도에 영향을 미쳤는지, 열심히 달리는 바리스타를 나는 금세 따라잡았다. 퀼트 롱스커트 옷자락을―그건 내가 처음 보는 미호시 바리스타의 사복 차림이었다― 휘날리며 그녀는 산책로를 따라 북쪽으로 내달렸다.

"계산 안 하고 내빼는 사람이 된 게 올해 들어 벌써 두 번째예요. 대체 무슨 일입니까?"

"미안해요. 하지만 마음에 걸려서요, 그 아이들이 들고 있던 물건."

몸의 움직임에 맞춰 목소리가 공처럼 통통 튀었다.

"들고 있던 물건이라니, 책가방 말입니까? 그것에 뭔가 깊은 사연이?"

"아니에요, 여름방학은 이미 끝났다고요."

"예? 그래도 아직 8월인데?"

"관련이 없어서 잘 모르는 모양인데, 교토시 초등학교 여름방학은 해마다 8월 24일경에 끝나요."

크윽. 충격을 받았다. 여태껏 초등학교 여름방학은 원칙적으로 8월 말일에 끝나는 것이라고 믿어 의심치 않았던 것이다. 교토에서 2년 넘게 살았으면서도 그런 걸 알지 못했다니.

"그러면 책가방은 다른 때처럼 학교 끝나고 귀가하는 모습이었다는 얘기네요. 근데 겐토가 그밖에 또 뭘 들고 있었어요?"

"내가 지금 쫓아가는 건 겐토가 아니에요."

"예에?" 흔들림 없이 앞만 바라보는 바리스타의 옆얼굴을 나는 멍하니 바라보았다.

"괜한 걱정이라면 좋겠어요. 그래요, 그게 훨씬 낫죠. 하지만 웃어넘기는 건 일을 확인한 다음에 해도 늦지 않아요. 나는 아무래도 마음에 걸린다고요. 수요일인데 왜 급식 주머니를 집에 가져가죠?"

뭔가 맥이 빠지는 기분이었다. 그야 물론 급식 주머니는 일주일의 임무를 마친 당번이 주말에나 집에 가져간다. 하지만 그렇다고 다른 요일에 가져가면 안 된다는 규칙은 없을 것이다. 어린아이들이란 부러진 나뭇가지라도 집에 가져가고 싶어 하는 인종이다. 급식 주머니를 장난감 삼아 들고 다녔기로서니 뭐가 그토록 마음에 걸린다는 것인가.

우리는 달렸다. 쏟아지는 땀에 흠뻑 젖어 길옆을 흐르는 강물에 풍덩 빠진 사람 같은 꼴이었다. 그런데도 아이들이 눈에 띄지 않는 걸 보면 이미 강변 부지에서 나가버린 게 아닌가 하는 생각이 슬슬 고개를 쳐들 즈음.

"있어요, 저기!"

산책로를 가로지른 교각 아래에서 네 명의 소년을 발견했다.

카페 창문 너머로 봤던 세 명의 소년이 다른 한 명을 놀리듯이 급식 주머니를 높이 쳐들거나 친구들에게 건너 건너 던져주고 있었다. 그리고 미친 듯이 소리치며 그 급식 주머니를 잡으려고 이리 뛰고 저리 뛰는 아이는 다름 아닌 겐토였다.

그쪽으로 달려가면서도 나는 미처 상황을 파악하지 못했지만, 미호시 바리스타는 그 작은 몸의 어디서 그런 소리가 나오는가 싶을 만큼 크게 소리쳤다.

"당장 관둬!"

어른이 등장하면 아이들은 대부분 겁부터 내는 법이다. 그게 여고생 같은 모습의 어른이라도 상당히 효과가 있었는지 세 명의 소년은 급식 주머니를 털썩 내려뜨린 채 일제히 이쪽을 돌아보았다. 왜 그런지 겐토까지 몸을 한껏 웅크려서 이 절호의 기회에도 급식 주머니를 챙기지 못하고 있었다.

여름 끝물의 태양이 만들어낸 짙은 그늘에 맞서듯이 미

호시 바리스타는 다리 아래로 뛰어 내려가 겐토보다 머리 하나만큼씩 키 크고 체격 좋은 세 명의 소년을 정면으로 마주했다. 그들에게서 겁에 질린 기색을 간파하자 그녀는 대담하게 급식 주머니를 낚아챘다. 앗 하는 중얼거림이 터지고, 그다음은 온화하게 흐르는 강물 소리가 철썩철썩 울릴 뿐이었다.

바리스타는 아이들에게 등을 돌리고 그 자리에 무릎을 꺾고 앉았다. 그리고 급식 주머니를 열더니 흐윽 숨을 삼켰다. 뒤를 이은 숨소리가 계속 떨리고 있었다.

그 직후, 나는 할 말을 잃었다.

하얀 급식 주머니 안에서 그녀가 안아 올린 것…….

그건 축 늘어진 새끼 고양이였다.

5

양손에 가방을 들고 동물병원으로 뛰어들었을 때, 대기실에는 이미 미호시 바리스타와 겐토가 나란히 소파에 앉아 있었다. 바리스타는 눈썹 끝이 축 처졌고 겐토는 언제 울음이 터져도 이상할 것 없는 얼굴로 입을 꾹 다물었다.

"어떻대요?"

숨을 헉헉거리며 물어보자, 바리스타는 천천히 고개를 저었다.

일시에 눈앞에 검은 막이 드리워졌다.

"그럼 이미……."

"아뇨, 이제 걱정할 것 없다고 하시네요."

그녀가 살며시 미소를 지으며 답했다.

헷갈리잖아. 이런 때 그런 표정을 보이면 진짜 헷갈린다고. 화가 난다. 손을 꽉 잡아버릴까 보다.

"후유, 다행이네요, 일단은."

피곤이 한꺼번에 밀려와 나는 겐토를 사이에 두고 소파에 털썩 주저앉았다.

"다친 데가 좀 있지만 뼈나 내장에는 이상이 없다고 하셨어요. 의사 선생님은 그보다 영양실조가 더 걱정이래요."

"그러고 보니 털이 거칠거칠했어요."

"먹이를 충분히 먹지 못한 게 원인이라는군요. 치료하면서 이삼일 이쪽에서 상태를 지켜보겠다고 하셨어요. 제대로 영양을 공급하면 곧 회복될 거래요."

"내가 잘못했어. 내가 잘 돌봐주지 못해서……."

지나치게 조숙한 자책에 내몰린 겐토를 바라보며 바리스타가 머리를 쓰다듬었다.

"그렇지 않아, 너 아니었으면 그 고양이는 지금 살아 있지도 못했어. 금세 건강해진다고 의사 선생님이 약속하셨으니까 울지 마."

갑작스럽게 발휘된 모성애에 본의 아니게 나까지 가슴이 뭉클해졌다.

"그런 걸 샴고양이라고 하던가요?"

탈레랑에서 근무 중인 미호시 바리스타와 꼭 닮은 흑백의 털을 가진 새끼 고양이의 모습을 떠올리며 물어보았다.

"그쪽 혈통이 분명한 것 같아요. 아직 생후 두 달도 안 됐을 거라네요."

"내가 발견했을 때는 막 태어난 거 같았어."

젠토가 눈두덩을 쓰윽 닦으며 말했다.

"강가에 버려진 걸 얘가 데려왔대요. 학교 안의 눈에 띄지 않는 곳에서 지금까지 돌봐준 모양이에요."

"우리 집은 맨션이라서 애완동물은 못 키워. 당장 내버리고 오라고 할 것 같아서 아빠랑 엄마한테는 말도 못 했어. 그렇다고 그냥 두면 고양이, 죽어버릴 거 같아서……. 여름방학이라 학교에 감춰두면 사람들이 별로 드나들지 않으니까……."

"정말 고민을 많이 했구나."

바리스타는 빙긋 웃으며 내게서 가방을 받아 들었다. 그리고 지갑에서 1천 엔짜리를 한 장 꺼냈다.

"얘, 헐레벌떡 뛰어와서 목마르지? 저기 맞은편 편의점에서 마실 것 좀 사 올래? 누나하고 형, 네 몫까지 3인분. 심부름할 수 있지? 자, 여기, 돈."

소년은 눈을 둥그렇게 떴다.

"뭐든 괜찮아?"

"응, 뭐든 네가 좋아하는 걸로."

"넌 어차피 우유 마실 거잖아?"

얼굴을 잔뜩 찌푸린다.

"에이, 싫어. 우유 마시면 뱃속이 부글부글해."

소년은 동물병원을 나가더니 도로를 건너 편의점으로 들어갔다. 나와 바리스타 사이에는 검은 책가방만 남겨졌다.

"정말 배짱이 두둑한 녀석이에요."

감탄 어린 한숨을 섞어 나는 말했다.

"용기 있는 진정한 선량함을 갖고 있죠." 바리스타는 고개를 끄덕였다. "저 아이도, 그리고 아오야마 씨도."

"내가요? 난 별로 한 일도 없는데."

"새끼 고양이를 위해, 당황하는 일 없이 정확한 지시를 내려 주셨잖아요."

부끄러워라. 실은 별일도 아니었다. 세 아이의 악행이 밝혀졌을 때, 그 즉시 줄행랑을 치는 그들을 내버려두고 나는 바리스타의 어깨를 치며 말했던 것이다.

"여기 다리 건너 길을 쭉 내려가세요. 오른편에 동물병원이 있어요. 그리 멀지 않으니까 어서 서둘러요."

"그래도……."

그녀는 달아나는 아이들을 쳐다보았다.

"지금은 고양이 치료가 우선이에요. 괜찮아요, 길은 헤맬 것도 없이 간단해요. 나는 일단 그 카페로 돌아가 가방을 챙겨서 뒤따라갈게요."

"누나, 나 따라와!"

고양이를 안고 웅크리고 있는 바리스타의 옷자락을 잡아끌며 소년이 안내 역할을 떠맡고 나섰다. 집이 가까워서 이 근처 지리에 빠삭한 것이리라. 그 갈색 눈동자에는 새끼 고양이를 구해야 한다는 강한 의지가 넘쳤다. 바리스타가 소년에게 길 안내를 맡기는 모습에는 손톱만큼의 불안도 없었다.

그 길로 나는 허겁지겁 카페로 돌아가, 당장 신고라도 할 태세인 직원에게 납작 엎드려 사과하며 커피값을 계산한 뒤에 바리스타의 가방과 내 가방을 챙겨 들고 이 동물병원으로 달려온 것이다.

창 너머로 보이는 맞은편 편의점에서는 소년의 갈색 머리칼이 잡지 코너 앞에서 움직임을 멈췄다. 아무래도 선 채로 만화 잡지를 뒤적이는 모양이다. 참으로 배포 있는 녀석이라고 생각하고 있으려니 옆에서 바리스타가 속닥거렸다.

"궁금한 게 있으시면 지금 얼른 끝내죠."

그러려고 일부러 소년에게 심부름을 시킨 것인가.

"어느 단계에서 새끼 고양이의 존재를 알았어요?"

"수분 보급을 위해 우유를 얻어가려고 했다는 데서 눈치 챘죠. 그리고 날마다 축구 연습을 하는데도 별다른 성과가 없었다는 것에서 확신을 얻었고요. 겐토는 이번 여름방학 내내 축구공으로 자신의 진짜 목적을 위장해 가며 학교에 반드시 우유를 가져가야 할 이유가 있었던 거예요."

"그럼, 그 우유 때문에 동물을 기르는 거라고 생각했군요?"

"인적 없는 학교는 비밀리에 동물을 기르기에 나쁘지 않은 곳이죠. 미리 축구공을 준비하고 우유를 얻기 위한 이유까지 지어낸 것은 부모님과 학교 선생님뿐만 아니라 주위의 모든 어른을 속이기 위해서였어요. 겐토의 머릿속에는 어른들에게 들키면 고양이는 처분된다는 걱정이 가득했을 테니까요."

"그렇다고 날마다 낯선 사람에게 우유를 조르는 건 좀 무모하지 않았나요?"

"아뇨, 우유는 가끔씩만 얻어가면 돼요."

나는 한쪽 눈썹을 치켜올렸다. "그건 무슨 얘기죠?"

"겐토가 항상 이름표를 달고 있었다고 했죠? 그리고 엄마가 집에 없으면 이름표를 달지 않는다고 했어요. 즉 엄마가 파트타임 일을 나간 날에는 집에서 우유를 당당히 가져올 수 있었겠죠."

그렇다. 파트타임 때뿐만 아니라 엄마가 집에 있더라도 그 눈을 피해 냉장고에서 슬쩍 꺼내오면 되지만, 맨션의 집 구조에 따라서는 그게 어려운 날도 있었을 것이다.

우리 외에는 대기실에 아무도 없었다. 안에서 이따금 잠에 취한 듯 끄으응 개가 신음하는 소리가 들렸다. 이런 때 다친 동물이 실려 오는 일이 없어서 다행이라고 생각했다.

그러자 문득 병원이란 수수께끼 같은 곳이라는 생각이 들었다. 아무도 가고 싶어 하지 않으면서도 되도록 가까이에 있어주기를 바란다.

"새끼 고양이에 대한 건 이제 이해가 되는군요. 근데 급식 주머니 쪽은 어떻게 알았어요?"

그녀는 아랫입술을 깨물었다.

"그건 단순히 불길한 예감 덕분이었죠. 하지만 내 예감이 완전히 빗나갔더라도 나는 그런 지레짐작을 후회하지 않았을 거예요."

"하지만 그 세 명의 아이가 처음 지나갔을 때는 별로 당황하지 않았잖아요? 그 뒤의 이야기에서 뭔가 불길한 예감이 들었던 건가요?"

"……겐토의 말을 기다릴 것도 없이, 낯선 사람에게 우유를 구걸할 만큼 먹이를 구하느라 고생한 걸 보면 친구가 거의 없었다고 충분히 짐작할 수 있죠. 아오야마 씨의 이야기에도 나왔던 대로 겐토는 전학한 뒤로 주위에 잘 적응할 수 없었어요. 하지만 그의 부적응이 전학한 지 얼마 안 되었다는 단지 그 이유 때문이었을까요? 벌써 한 학기가 지났는데? 거기서 한 걸음 더 들어가 생각해 볼 수도 있겠죠?"

차마 말은 하지 않았지만 내 머릿속에 떠오르는 단어가 있었다. 따돌림, 이다.

"겐토는 교토를 별로 좋아하지 않았고, 그리고 이건 적극적으로 인정하고 싶지 않지만……." 바리스타는 씁쓸한 표정을 보였다. "아무래도 유난히 눈에 띄는 얼굴이잖아요. 그런 아이가 전학을 왔을 때, 무척 슬픈 일이지만 반 친구들 사이에 어떤 종류의 긴장감이 발생하는 것도 어찌 보면 흔한 일이겠죠."

나는 편의점으로 시선을 던졌다. 겐토는 아직도 선 채로 정신없이 만화 잡지를 넘겨보고 있었다.

"그럼 항상 삐딱하게 굴었던 것도 억지로 강한 척했던 것인지도 모르겠네요."

"아뇨, 실제로 강한 아이라고 생각해요. 하지만 그 강함이 때로는 반발의 악순환을 낳는 경우가 있죠. 저 아이에게 100퍼센트 아무 잘못도 없었다고 딱 잘라 말하기는 어려워요. 어린아이들의 일상은 어떻든 우리가 상상하기 어려운 영역이니까요. 단지 결과만을 놓고 본다면, 겐토는 그의 존재가 마음에 들지 않았던 아이들의 눈총을 받으면서 고립되었고, 아마도 그 외로움 때문에 새끼 고양이를 돌보는 일에 온 정성을 기울였을 거예요."

문득, 함께 연습하자고 했을 때 겐토가 했던 대답이 떠올랐다. 그가 긍정적인 반응을 보인 건 어느 누구에게도 지지 않을 만큼 강한 몸이라는 말 때문이 아니었을까. 그 목적을 생각해 보니 오쿠리비 축제 날의 일이 저절로 머릿속에 떠올랐다.

"오쿠리비 축제가 한창이던 중에 겐토가 혼자 강가를 헤매고 있었는데, 밤늦은 시간이라지만 그날은 특별했으니까 그걸 눈여겨본 사람은 별로 많지 않았을 거예요. 그는 혼자 외롭게 오쿠리비를 구경하러 나왔고 거기서 바람직하지 않은 상대를 덜컥 만났어요. 다툼은 폭력으로 발전했고, 여기저기 다친 몸으로 돌아오는 길에 그는 생각했겠죠, 생김새가 남들과 좀 다르다는 것 때문에 내가 왜 이런 일을 당해야 하나 하고."

숨이 막히는 것 같았다.

"그럼 바리스타가 전혀 잘못 짚었다고 말했던 것은?"

"겐토는 아빠를 좋아한다고 했죠? 하지만 그 순간에는 좋아하기는커녕 미국인 아빠를 오히려 원망하지 않았을까요? 그래서 더더욱 아빠에게 이 일이 알려지는 걸 원치 않았고, 더군다나 친구라고 여겼던 형이 아빠처럼 자신을 어린애 취급하니까 도저히 용서할 수 없었겠죠."

하늘을 우러렀다. 얼마나 답답했을까. 강하기 때문에 누구에게도 울며 매달리지 않았던 것이 아니다. 울며 매달릴 수 없었던 것이다. 자신의 친부모에게조차.

"겐토는 계속 새끼 고양이를 돌봐줬지만, 그에게 우유를 선선히 내줄 사람을 잃은 것이 새끼 고양이의 먹이를 제대로 챙겨주지 못한 가장 큰 원인이었을 거예요. 이윽고 새 학기가 시작되자 새끼 고양이를 더 이상 비밀로 할 수 없었고 그 세 명의 아이에게 들켜버렸어요. 오쿠리비 축제 날에 싸웠던 상대가 그 세 명 중의 한 명이거나 혹은 그들 모두였던 게 아닌가 싶어요. 그리고 그 뒤에 이 아이들 세 명은 결코 순순히 굴복하지 않는 겐토를 좀 더 괴롭혀 줄 생각으로 새끼 고양이를 급식 주머니에 넣어온 거예요."

겐토는 새끼 고양이가 없어진 것을 알고 눈물을 글썽이며 여기저기 짐작 가는 곳을 찾아다니다 그 세 명의 아이보다 먼저 강가로 뛰어갔다. 그게 우리가 카페 창밖으로 목격한 그의 모습이었다.

모든 설명을 마쳤을 때, 제가 원하는 것을 실컷 다 했다는 얼굴로 겐토가 돌아왔다.

"미안, 뭘 살지 고르다가 늦어버렸어."

비닐 봉투를 부스럭거리며 멀쩡한 소리를 한다.

자기 몫으로는 탄산음료, 바리스타에게는 오렌지 주스, 그리고 내게는 왜 그런지 우유를 골라 온 그에게 바리스타가 다정하게 물었다.

"그 새끼 고양이, 이름이 뭐야?"

"아직 안 지었어."

겐토가 병원 대기실에서 페트병을 따려고 해서 급히 문밖으로 밀어낸 뒤에 얼른 진료비를 계산했다. 예정에 없던 지출에 지갑이 얄팍해졌지만, 한 생명의 가격치고는 지나치게 적은 액수였다.

"병원 치료가 끝나면 어떻게 하지? 학교에서는 이제 못 키울 텐데."

바라보니 바리스타도 옆에서 주스를 따고 있었다. 하지만 내 몫이 우유라니, 이건 좀.

"어떡하지……. 누나, 무슨 좋은 생각 없어?"

"있어." 바리스타가 그에게 미소를 지었다. "너만 괜찮다면 그 새끼 고양이, 누나한테 맡겨줄래? 네가 언제든지 만나러 올 수 있는 딱 좋은 장소가 있어."

"정말?"

소년은 머리 위로 쏟아지는 햇살조차 시원찮게 보일 만큼 눈부신 미소를 지었다.

"그럼 나, 그 새끼 고양이 누나에게 맡길게! 영양실조 걸리지 않게 잘 돌봐줘야 해?"

"응, 약속."

바리스타가 새끼손가락을 내밀자, 소년은 망설임 없이 자기도 새끼손가락을 쑥 내밀었다. 신이 나서 도장까지 찍는 둘의 목소리가 길 가던 사람들의 미소를 불렀다. 위아래로 출렁이는 두 사람의 손을 보며 나는 일순 녀석이 엄청 부러웠다. 그리고 그런 나 자신이 낯 뜨거웠다.

다시 만날 약속까지 나눈 뒤에 겐토는 집에 돌아가기로 했다. 책가방을 흔들며 다다다, 뛰어가더니 10여 미터쯤 앞에서 깜빡 잊은 게 생각난 듯 발을 멈추고 돌아보았다. 머리

위로 크게 팔을 흔든다.

"고마워, 누나! 고마워, 아저씨!"

바리스타가 킥킥 웃는 바람에 나도 모르게 입이 내달렸다.

"겐토, 아저씨보다 누나가 더 나이가 많아!"

그 직후, 아차차 했다. 분노한 바리스타가 레이저빔 같은 시선을 내게 던졌기 때문이 아니다. 겐토가 자신의 가슴팍을 내려다보며 고개를 갸우뚱했기 때문이다.

"나 오늘, 선생님께 혼났어. 이름표 달고 가는 거 깜빡해서."

이봐, 소년, 알았으니까 제발 그만 말해.

하지만 내 바람은 가닿지 않아서 겐토는 내 옆에 있는 바리스타에게도 똑똑히 들릴 만큼 큰 목소리로 마지막에 이렇게 물었다.

"근데 아저씨는 어떻게 내 이름을 알아? 아저씨하고 누나, 오늘 처음 만났는데, 대체 누구야?"

6

탈레랑에서 전화가 걸려 온 것은 그로부터 열흘쯤 지났을 때였다.

"우리 커피점에 새 친구가 생겼어요."

어지간한 나도 그 말에 전혀 짚이는 게 없을 만큼 둔하지는 않다. 곧바로 탈레랑을 찾아갔다.

"어서 오세요."

"야옹."

문을 열고 들어서자마자 미호시 바리스타와 함께 새끼 샴고양이가 맞이해 주었다.

"아주 건강해졌구나. 털도 이렇게 반들거리고."

나는 새끼 고양이를 안아 올렸다.

"샤를이라고 해요옹. 앞으로 사이좋게 지내요옹."

평소보다 높은 톤으로 바리스타가 고양이를 대신해 애교 섞인 목소리를 내는 바람에 나는 어떻게 반응해야 할지 난감했다.

"샴고양이이니까 샤를?"

"아뇨, 탈레랑의 퍼스트네임에서 따왔죠."

흠, 그렇게 나오시겠다? 아무래도 계속 여기서 기를 생각인 모양이다.

"하지만 위생상 신경 써야 할 게 많을 텐데요?"

"걱정할 거 없어요. 가게의 상징으로 고양이를 기르는 찻집도 많고, 애완견 동반이 가능한 애견 카페도 있으니까요. 그런 건 따로 특별한 허가를 받지 않아도 돼요."

나는 고개를 끄덕였다. 바리스타의 말대로 음식점 내부에 동물을 들이는 일은 법적으로 금지되어 있지는 않다. 제도적으로 가게 안에서 애완동물 사육은 가능하다. 물론 조리실에의 동물 출입을 금지하는 등의 규제가 있기 때문에 그런 점에서 가게 측의 주의가 필요하다. 여담이지만, 요즘 유행하는 '고양이 카페'의 경우에는 단순한 사육이 아니라 동물의 '전시'에 해당하기 때문에 음식점 개업을 위한 허가와는 별도로 '동물 취급업'에 대한 등록을 해야 한다.

"전문가가 오셔서 샤를이 조리실에 들어오지 못하게 이것저것 설치해 줬어요. 현재까지는 아무 문제도 없고 손님들도 너그럽게 이해해 주신답니다."

가게 안을 둘러보니 가구의 배치가 미묘하게 바뀌었고, 지금까지는 없었던 그물망이며 칸막이가 준비되었다. 앞에 충분한 넓이의 정원도 있어 바깥에 잠깐 내보내는 것도 가능할 터였다.

"정기 휴일에는 누가 돌봐주죠?"

"아저씨가 가게 바로 뒤편 맨션에서 사시거든요. 나도 여기서 도보 십 분 거리의 원룸이니까 언제든지 뛰어올 수 있어요."

그 모카와 씨는 구석의 자기 지정석에서 똑똑 떨어지는 빗물을 안타깝게 받아 마시려는 사람처럼 천장을 향해 입을 떡 벌리고 자고 있었다. 또 낮잠인가. 새끼 고양이보다 더 게으르다.

"고양이가 우선 지내기에는 불편함이 없겠군요. 탈레랑이 문을 닫는 밤 시간도 좀 걱정스럽지만, 부디 샤를을 잘 돌봐주시기 바랍니다."

"네, 걱정 마세요옹!"

그 대답을 샤를의 말로 해버리면 얘기가 이상해지는 거 아닌가?

나는 창가 자리에 앉아 새끼 고양이를 무릎 위에 앉혔다. 가만가만 등을 쓰다듬어주자 고개를 쳐들고 둘레둘레하더니 금세 다시 몸을 웅크렸다. 졸린 걸까. 그나저나 사람을 참 잘 따르는 고양이다.

"역시 다 알고 있었어요?"

내가 중얼거리듯이 말하자 바리스타는 네에, 하고 미소를 지었다.

"그 이야기가 아오야마 씨가 직접 겪은 일이 아니라 전언이라는 건 이미 알고 있었죠."

―아저씨하고 누나, 오늘 처음 만났는데, 대체 누구야?

그때 겐토가 폭로해 버린 말이다.

하지만 나와 바리스타를 처음 만났다는 뜻밖의 사실에 바리스타는 전혀 동요하는 기색이 없었다. 그 대신 손으로 메가폰을 만들어 대답했다.

"그냥 어른이야! 새끼 고양이를 지켜주려는 어른들도 있는 거야!"

겐토는 만족한 표정으로 이번에야말로 씩씩하게 집으로 돌아갔다.

그 뒷모습을 눈으로 배웅한 뒤 바리스타는 내 쪽으로 돌아서며 말했다.

"우리도 이제 돌아갈까요?"

분명 어떻게 된 일이냐고 캐물을 줄 알았는데 그녀는 별말이 없었다. 기운이 빠지고 정신이 혼미해서, 아마도 데마치야나기 역에서 그녀와 헤어진 모양인데 그 기억이 실로 애매하기만 하다. 생각지 않게 굴러들어 온 기회는 그렇게 별다른 결실 없이 끝나버린 것이다.

"어느 대목에서 내가 직접 겪은 일이 아니라는 것을 알았어요?"

상대방이 뻔히 아는데 계속 거짓말을 하는 것만큼 우스꽝스러운 일도 없다. 카운터 안쪽에서 원두를 갈면서 그녀는 비스듬히 위쪽으로 시선을 던졌다.

"흠, 우선 아오야마 씨는 전혀 축구를 잘할 것 같지 않았어요."

"그건 말이 안 되죠. 전혀 논리적이 아니잖아요!"

나는 부르짖었다. 너무도 정확히 맞힌 말이었던 만큼 더더욱.

"아이, 농담이에요. 그보다 전에 아오야마 씨가 외아들이라고 말했던 적이 있어요. 근데 겐토를 친동생과 비교하는 건 약간 부자연스럽지요."

역시 예리하다. 분명 지난달에 바리스타에게 내가 외아

들이라는 말을 했었다. 그래서 겐토가 친동생보다 더 귀여웠다는 얘기는 솔직히 나 자신도 별로 공감이 되지 않았다.

"그리고 이야기 중반까지 아오야마 씨는 '나'라는 평소의 일인칭 대신, 주어가 빠진 기묘한 말투를 유지했어요. 드디어 '나'라는 말이 다시 등장한 것은 장면이 카페로 옮겨진 다음부터였죠. 그리고 거기서부터는 등장인물의 주관이 아니라 '나'의 관찰과 느낌에 따라 이야기를 풀어나갔어요. 그걸 통해서 아오야마 씨는 자기가 없었던 장면에 대해서는 얻어들은 이야기를 했고, 실제로 목격한 일에 대해서는 자신의 체험으로서 말했다는 것을 알 수 있었어요."

경악했다. 바리스타의 설명이 어디까지 옳은지는 나중에 따져볼 일이고, 우선 나의 시답잖은 작전을 미리감치 간파했다는 건 충분히 알 수 있었다. 나는 얻어들은 이야기를 마치 내가 직접 겪은 것처럼 매우 상세하게 재현하면서도 여차할 때를 위해 직접 체험이라는 단언만은 하지 않았다.

"실제로 그 이야기를 한 사람은 카페에 와 있던 대학생 커플, 그중 남학생 쪽이었죠? 지난번과 마찬가지로, 대학생이라는 걸 알았던 것은 아오야마 씨가 이야기를 훔쳐 들었기 때문이에요. 그리고 다른 사람이 마치 자기 일처럼 술술 이야기할 정도인 걸 보면, 그 대학생은 아주 시시콜콜한 점까지 상세히 얘기했고, 그렇다면 그 얘기를 들어준 사람은 그런 걸 싫어하지 않을 만큼 친한 사이였을 거예요. 즉 그날 밤, 카페 앞을 울면서 뛰어가는 겐토를 놓쳐버리고 카페에 돌아온 대학생은 같이 온 여학생에게 상황을 설명했다, 그리고 구경꾼으로서 그 일부 시종을 지켜본 것이 아오야마 씨였다……."

크윽. 바리스타의 시선이며 말투가 어딘지 모르게 싸늘하다.

"그래서 나는 낯선 두 명의 어른에게 둘러싸인 겐토가 혹시라도 겁낼까 봐 직접 마주하고는 그 애 이름을 부르지 않았어요. 그걸 망쳐버린 건 아오야마 씨니까, 말씀 좀 해보세요, 왜 그런 거짓말을 했어요?"

"거, 거짓말이라니, 남 듣기 사나운 말씀을!"

더 이상 견딜 수가 없어서 나는 무릎 위의 샤를에게로 시선을 떨구었다.

"사실은 이야기 끝에 이런 말을 덧붙이려고 했어요. '이건 내가 이 카페에서 얻어들은 이야기입니다'라고요. 그런데 바리스타가 느닷없이 밖으로 뛰쳐나가는 바람에 그 말을 할 타이밍을 놓쳐버린 거 아닙니까."

변명을 준비해 두기를 잘했다. 이건 정말 너무 꼴사납지 않은가 말이다. 어린아이에게 우유를 사줄 만큼 착한 구석도 있다고 생각해 주기를 은근히 바랐다니.

차마 바리스타를 쳐다보지 못하는 내 귀에 한참이나 드르륵 소리만 들려왔다. 이윽고 그 소리가 멈췄을 때, 바리스타는 지난번에 겐토가 했던 것처럼, 아니, 그렇게 했다고 들은 것처럼, 홍 콧방귀를 뀌며 말했다.

"좋아요, 그런 걸로 해두죠. 어쨌든 아오야마 씨 이야기 덕분에 겐토와 새끼 고양이가 위기에 빠진 것을 알았으니까요. 게다가……."

"게다가?" 몹시 신경이 쓰여서 나는 고개를 번쩍 들었다.

"아오야마 씨가 착한 분이라는 것도 이번에 잘 알았으니까요."

바리스타가 상큼한 미소를 짓는 바람에 내 심장이 움찔 뛰었다. 그 말은 강렬한 풍자인가 아니면 생각지 못한 기회가 가져다준 관계의 변화인가.

내가 동요하는 것 따위는 전혀 모르는 척, 그녀는 다 갈아진 원두의 향기를 맡으며 말했다.

"이번에도 아주 잘 갈아졌어요."

굳이 갈지 않으셔도 구석구석 잘 벼려져 있으신 분이 뭘 굳이. 나는 하릴없이 샤를의 머리를 쓰다듬었다.

"겐토는 그 뒤에 탈레랑에 왔었어요?"

"네, 벌써 몇 번을 다녀갔는지." 그녀는 흐뭇한 기색이었다. "어제도 학교 끝나고 놀러 왔더라고요. 게다가 친구를 세 명씩이나 데리고."

"세 명이라니, 설마 그 녀석들?"

고개를 스윽 내밀려고 하자 그녀의 웃음에 작은 안타까

움이 섞여 들었다.

"아오야마 씨, 무슨 일이든 그렇게 내 마음처럼 척척 풀리는 건 아니랍니다."

"예, 그건 그렇죠." 섣부른 지레짐작을 부끄러워하며 나는 몇 밀리미터쯤 들어 올렸던 엉덩이를 다시 털썩 내렸다.

"하지만 교토에 와서 다섯 달이 지나서야 겐토는 겨우 마음 맞는 친구를 찾았어요. 그것도 무척 기쁜 일이잖아요?"

"동감이에요. 겐토가 마주친 여러 가지 일들이 수습되자면 아직 시간이 더 필요하겠죠. 하지만 친구가 있고 없고는 하늘과 땅만큼 차이가 나요. 관계를 맺지 않으면 안 되는 모든 사람과 잘 지내는 게 어렵다면 우선 그 세 명의 친구만이라도 사이좋게 지냈으면 좋겠군요."

"아뇨, 딱 세 명만은 아니에요. 최소한 한 명은 더 있는 것 같은데요?"

바리스타가 내 머리 너머로 창 쪽을 바라보며 매우 행복한 듯이 말했다. 덩달아 나도 고개를 돌렸다.

그 광경에 나는 파안대소했다.

두 채의 가옥 틈새 터널을 빠져나와 겐토가 바야흐로 탈레랑을 향해 다가오는 중이었다. 그 카페에서 딱 한 번 보았던 남자 대학생의 팔을 잡아끌며.

제4장

추격전 바둑판 위의

1

"찾았다!"

전율이 온몸을 내달렸다.

평소에는 방문한 자에게 시간의 흐름을 느슨하게 풀어내듯 평안을 안겨주는 커피점 탈레랑의 가게 안. 하지만 그곳이 지금 적어도 내게는 이 도시에서 가장 스릴 넘치는 장소로서 날카로운 이를 드러내고 있었다.

나는 등을 돌린 채 카운터 끝을 뒷손으로 움켜잡았다. 그녀는 그런 겁 많은 포획물을 괴롭히듯이 희희낙락하며 슬금슬금 다가왔다. 가게 안에는 그녀 외에 다른 손님은 없고 나는 완전히 궁지에 몰린 생쥐 꼴이 되었다.

잘 알고 있다. 그녀가 이렇게까지 나를 만나고 싶어 하는 이유는 충분히 짐작이 간다. 하지만 더 이상 그녀가 하라는 대로 복종할 내가 아니다. 마음을 독하게 먹고 딱 잘라 거절하면 끝날 일이다. 즉 전율을 일으키게 한 이유는 따로 있는 것이다.

그녀는 나와 한 걸음 거리에서 멈춰 섰다. 습관처럼 방어 태세를 취했지만, 일단 폭력을 쓸 생각은 아닌 모양이다. 다만 뭔가 말하려고 스르르 벌어지는 입술이 슬로모션으로 보였을 때, 오늘의 사건이 주마등처럼 되살아나 나는 전율을 몰고 온 의문을 비명으로 바꾸어 그녀의 말을 미리 지워버리고 싶었다.

─그녀는 내가 이곳에 와 있는 걸 대체 어떻게 알았는가.

2

휴일이라고 늘어지게 자다가 일어나 창문 커튼을 열었을 때, 청명한 가을 하늘이 펼쳐져 있었던 것에서부터 오늘 하루는 시작되었다.

'더위도 추위도 히간彼岸(춘분과 추분의 전후 3일을 포함한 7일 동안. 여기서 추분은 9월 20일)까지'라는 옛말이 신통하게 맞아떨어져 9월도 종반에 접어들자, 악명 높은 교토의 여름도 나날이 그 세력이 수그러들었다. 한 달 전에 그야말로 폭군처럼 군림했던 태양이 은근히 그리워지면서 지나간 여름, 강변을 정신없이 뛰었던 그날의 일이 다시 떠올랐다. 요즘 내 생활 곳곳에 모 커피점 냄새가 속속 스며들어 조금 근질근질 부끄럽기도 했다.

그즈음에 비하면 해바라기하기에도 좋은 계절이다. 나는 오랜만에 가모가와 강변에 나가보기로 했다.

기타시라카와의 집에서 출발해 이마데가와 비탈길에 몸을 맡기고 자전거를 힘차게 굴리며 가다 보니 왼편이 되는 요시다야마에서 풀 내음을 간직한 바람이 불어와 가슴이 부풀었다. 평소에 십여 분을 걸어서 드나들던 길을 단숨에 빠져나와, 햐쿠만벤 사거리를 건너 마주 오는 버스의 배기가스에 컥컥거리며 영차영차 서쪽으로 달렸다. 이윽고 경사가 사라진 길을 내리막의 여력을 살려 쌩하니 지나갔더니 지하의 데마치야나기 역으로 내려가는 계단이 보였다.

나는 자전거를 세울 적당한 공간을 찾아 사랑하는 자전거와 잠시 이별을 고했다. 가와바타 길을 가로질러 가면 가모오바시 교각 위에서 다카노가와와 가모가와의 합류 지점, 통칭 가모가와 삼각주가 한눈에 내려다보이고, 산기슭 계단을 내려가면 그곳은 가모가와 강변을 따라 이어지는 산책로다.

강변에서는 사라져가는 여름방학이 아쉬운지 학생들이 거북 모양을 본뜬 징검돌 위를 뛰어다니며 술래잡기 등의 놀이를 하고 있었다. 봄에는 길가에 벚꽃이 흐드러지게 피고 초여름이면 반딧불이 보이는 이 일대는 개를 산책시키거나 조깅을 하기 위해 수많은 사람들이 모여드는 교토 시민의 휴식처다.

나는 산책로로 내려섰다. 강 위에서 불어오는 바람이 상쾌했다. 북쪽을 바라보면서, 오쿠리비를 구경했던 것도 이곳 가모가와 삼각주 근처였구나, 하고 회상했다. '대'자를 포함하여 다른 오쿠리비 문자를 모두 구경할 수 있는 최적의 장소이기 때문에 축제 당일에는 몸을 돌리기도 어려울 만큼 사람들이 꽉꽉 들어찬다. 하지만 그 삼각주도 이제는 젊은이와 노인 몇 명이 군데군데 자리를 차지하고 있을 뿐이었다.

'대'자는 서쪽에서 보였을 터였다. 나는 그쪽 하늘을 돌아보았다. 저 멀리에서 '대' 글자 산을 발견하고 '아, 저기다, 저기'하고 목을 길게 빼고 바라보았다.

그 순간 누군가 어깨를 툭 치는 감촉이 있었다.

뭐야, 라는 생각은 할 겨를도 없었다. 척수반사에 따라 홱 뒤를 돌아보았다.

"오랜만이네."

크윽. 목구멍에서 기묘한 소리가 울렸다.

"우연도 너무 딱 맞아떨어진다 싶을 만큼 거듭되면 분명 그 이름이 바뀌겠지? 마치 다카노가와高野川와 가모가와賀茂川의 강물이 합쳐지면 그 한자 이름이 가모가와鴨川로 바뀌는 것처럼 말이야. 자, 이건 어떤 이름으로 바뀔까?"

동그란 눈 속에 조용히 깃든 강인한 의지. 하얀 밀짚모자 아래로 반을 묶어 올린 긴 염색 머리. 키는 좀 작으나 탄탄하게 단련된 몸매가 아름답고, 주름을 넣은 벚꽃 빛깔 원피스 아래로는 산양 같은 다리가 날씬하게 드러났다.

"마. 미!"

아니, '무메모'('마미'라는 이름이 히라가나 '마미무메모'의 앞부분과 동일한 데서 나온 말이다.)를 깜빡 잊고 말하지 않은 게 아니다.

"자아, 우연은 어떤 말로 바뀔까요? 네에, 답은 '운명'이랍니다!"

거기서 웃음 짓고 있는 사람은 지난 6월에 헤어졌던 전 여자 친구 도라야 마미虎谷真実였다.

―아까 '마미'에게 다 말해버리겠다고 하던데요.

언제였나, 미호시 바리스타가 능청스럽게 했던 그 말이 내 머릿속에서 재생되었다. 그때 도베 나미코가 친구 이름을 말한 것뿐이라는 건 두말할 것도 없다. 바리스타가 착각했던 것이라면 너무 바보 같고, 나를 놀리려고 한 말이라면 너무 신경질이 나서 굳이 정정하지는 않았었다.

어느 틈에 냅다 뛰기 시작했을까. 문득 깨닫고 보니 나는 거기서 1킬로미터 남쪽, 마루타마치바시 교각 그림자 밑에까지 와 있었다.

그녀를 피해 내빼버린 것은 사실이다. 하지만 그녀가 원망스럽다든가 증오스럽다든가, 그런 기분이었던 것은 아니다. 다만 싸늘한 그 말 뒤로 훤히 보이는 목적이 나로서는 적잖이 꺼림칙했기 때문이다.

운명이라니, 말도 안 된다. 날마다 다니는 대학에서 가장 가까운 역 주변이니까 그녀도 일상적으로 드나들던 길이다. 수없이 오고 가다가 한 차례 우연히 두 사람이 만났다고 해서 그걸 운명으로 느낄 요소라고는 눈곱만큼도 없다. 그런데도 마미가 이 해후를 유난히 추켜세우는 것을 보면 그다음 목적은 단 한 가지뿐이다.

또다시 '마미님'을 모시는 처지로 돌아갈지 모른다는 불안감이 엄습했다. 하지만 그보다 더 괴로운 것은, 마치 부모님이 내 앞에 무릎 꿇고 사죄하는 느낌이라고나 할까, 혹시라도 그런 모습은 결코 보고 싶지 않았다. 언제든 나보다 강했던 그녀가 다시 만나자고 간청하는 모습 따위는.

허리 숙여 무릎을 붙잡고 헉헉 어깻숨을 몰아쉬었다. 눈 아래로 흘러가는, 가모가와의 태평한 물줄기가 얄미웠다. 내 발밑에서 그쪽으로 뻗어나간 그림자를 잠시 바라보고 있으려니 문득 그 그림자가 출렁 흔들려서 교각이 변형한 듯한 착각에 빠졌다.

어라, 하고 생각한 것은 불과 한순간이었다.

"아까는 깜짝 놀라게 해서 미안해."

돌아보는 경추가 기름칠을 깜빡 잊은 경첩 같은 소리를 냈다.

"마. 미!"

그녀는 내 바로 뒤에서 손을 내밀고 있었다.

"한 번도 아니고 두 번씩이나 만나다니, 이건 진짜 운명이지? 어때, 알았으면 잠깐 내 얘기 좀 들어줘야겠는데."

나는 즉각 다시 내뺐다.

옆의 계단을 두 칸씩 뛰어올라 가와바타 길을 남하하면서 혼란에 빠진 머릿속을 필사적으로 가다듬었다.

가모오바시에서 마루타마치바시까지의 거리는 1킬로미

터 남짓, 전에도 산책한 적이 있어서 잘 알고 있다. 그곳을 오 분 동안 전력을 다해 뛰어온 내가 이토록 헐떡거리는데 뒤미처 따라온 그녀는 어째서 '쿨'한 모습이란 말인가.

답은 굳이 바리스타에게 물어볼 것도 없다. 도라야 마미는 내가 이 산책로를 계속 달려갈 것으로 예상하고 게이한 전차를 이용한 것이다. 데마치야나기 역에서 마루타마치바시 기슭의 진구마루타마치 역까지는 기껏해야 이 분. 때맞춰 전차가 와주기만 하면 그 시간에 나에게 '쿨'하게 말을 거는 것도 그리 어렵지 않다.

생각이 정리되었을 때는 역시 오 분쯤 내달려 산조 길에 도착했다. 눈앞에는 게이한 전철의 산조 역이 있었다. 오싹했다. 다시 전차를 탄 그녀가 당장이라도 지하철 출구에서 나타날 것만 같았다.

눈에는 눈, 이다. 나는 산조 길을 왼쪽으로 꺾어 산조게이한 역으로 이어진 계단을 내려갔다. 타지 사람들에게 참으로 헷갈리게도, 산조게이한 역은 똑같이 '게이한'이라는 이름이 붙어 있으나 게이한 전철이 아니라 교토 시영 지하철역이다. 게이한 전철의 산조 역과 매우 가깝고 지하 통로로 연결되어 있지만, 설령 그녀가 또다시 게이한 전차를 탔다고 해도 산조 역에 도착하자마자 우선 지상으로 급히 올라갈 터였다. 나는 그 틈을 노려 시영 지하철을 이용해 달아나기로 한 것이다.

플랫폼으로 급히 가보니 마침 차가 출발하는 참이었다. 스르륵 닫히는 문 사이로 잽싸게 올라타는 데 성공하여 일단 마음을 놓은 나는 차내 안내 방송에 멍해졌다. 달리기 시작한 차는 잠시 뒤 교토 시청 앞 역으로 미끄러져 들어갔다. 바로 위 지상은 가와라마치 오이케 사거리, 이곳까지 기껏 일 분이 걸렸을 뿐이다.

다음 전차가 오기를 기다려야 할까. 구내에서 망설이고 있으려니 바지 주머니에 넣어둔 휴대전화가 부르르 떨었다. 뭐야, 이런 때에. 초조감에 현저히 저하된 사고 능력이 경계심을 깜빡 상실한 탓에 나는 그 전화를 받고 말았다.

"어디야?"

크윽. 전에도 이런 일이 자주 있었던 것 같은데?

"마. 미!" 대답까지 해버린 얼빠진 나 자신을 실컷 나무라고 싶었고, 그래도 전화를 떨어뜨리지 않은 나 자신을 칭찬하고 싶었다.

"아하, 산조게이한 역이구나? 시영 지하철 벨 소리가 들려. 저기, 이제 그만······."

나는 전화를 끊어버렸다.

장소까지 알아내려고 하는 그 집념에 오싹 소름이 끼쳤다. 하지만 다행스럽게도 그녀는 착각을 해주셨다. 이미 전차에서 내렸다는 건 생각 못 한 모양이다. 그렇다면 이대로 전차를 기다리는 것보다 역에서 탈출하는 게 더 안전하다.

교토는 시내 도로가 바둑판 눈금처럼 펼쳐진 것으로 유명하다. 덕분에 곧게 뻗어나간 도로의 조망이 매우 뛰어나다. 대학 구내에서 저 앞에 있는 카페 안의 상황까지 알아볼 만큼 시력이 우수한 도라야 마미가 나를 쫓아 가와바타 오이케 근처에 와 있을 가능성을 고려해 그 길에서는 보이지 않을 터인 북쪽 출구를 통해 가와라마치 길로 나갔다. 그대로 북상하여 첫 번째 길모퉁이를 좌회전하고, 장엄한 교토 시청 건물 뒤편을 서진하고, 적당한 곳에서 오른편으로 돌아 산조게이한 역에서 한참 벗어나자 갑작스럽게 눈에 익은 장소가 나타났다. 시야 가장자리에 매우 친숙한 뭔가가 잡혔다.

커피점 탈레랑 이쪽 ☞

만판 태평한 그 손가락 표시에 신경질이 나면서도 마음속에 한 가지 의문이 떠올랐다. 가야 할까, 가지 말아야 할까.

여느 때와는 달리 꼭 가고 싶다고 하기는 어려웠다. 땀에 흠뻑 젖어서 지독한 꼬락서니라는 건 굳이 거울을 볼 필요도 없이 나 스스로 잘 알고 있었다. 하지만 다른 행동을 취하기에는 이미 체력 소모가 너무 컸다. 폐는 십 분의 일로 줄었고 장딴지는 땡땡하게 뭉쳐 쥐가 날 지경인데 집을 나선 뒤로 아직 물 한 모금 마시지 못했다.

잠시 망설였지만 결국 내 몸의 비명에 귀를 기울여주기

로 했다. 어차피 집을 포함해 내가 갈 만한 곳이라면, 도라야 마미도 대충 파악하고 있다. 그렇다면 오히려 여기서 그리 멀지 않고 그녀와는 간 적이 없는 탈레랑을 피난처로 삼는 게 그나마 안전하다고 할 수 있지 않을까.

잘 부탁해, 탈레랑. 기도하는 마음으로 터널을 지나 육중한 문의 종을 딸랑 울렸다. 가게 안은 시원하게 냉방이 되어서 나는 마침내 오래도록 찾아 헤매던 안식의 품에 안겼다는 실감을 피부로 느꼈다.

―그런데 그 안식이 채 오 분도 안 되어 깨져버린 것이다.

3

수많은 사람들 앞에서 여자 친구의 안다리후리기 한판에 쭉 뻗어버리고, 데이트 신청을 받고도 아무런 진전도 얻어내지 못할 만큼 어리석은 나지만, 그래도 어엿하게 여자 친구를 가졌던 시절이 있었다.

교토에 온 지 석 달쯤 되었을 때의 일이다. 햐쿠만벤을 남쪽으로 돌아 저 앞쪽, '문예부흥'이라는 이름의 학생 생활 협동조합 식당에서 내 인생 최초로 교토 명물 '니신 메밀국수'를 먹었다. 봄에는 점심시간의 좌석 확보조차 여의치 않을 만큼 혼잡하던 이 학생 식당도 이맘때쯤이면 모범생 노선에서 낙오한 학생들이 하나둘 늘어나는지 나 같은 사람도 별로 눈치 보지 않고 앉아도 될 만큼 대학 캠퍼스에는 여유가 생겨났다.

긴 탁자의 맨 끝자리를 확보하고, 명물이라고 하기에는 약간 밍밍한 메밀국수를 후루룩 들이켰다. 좀 나아지기는 했지만, 점심시간답게 약간 붐비는 상태였기 때문에 맞은편 자리에 어떤 여자가 앉건 말건 나는 전혀 주의를 기울이지 않았다.

"너, 동아리는 정했어?"

그렇게 말을 걸지 않았다면 사람이 왔는지도 몰랐을 것이다.

"……응? 나?"

젓가락질을 멈추고 대답하기까지 족히 삼십 초는 걸렸다.

"그럼, 너 말고 누구 또 있어? 동아리, 아직 안 정했지?"

"아, 그게, 정하지 않았다기보다 어디에도 속하지 않았다고 할까……."

"그럴 줄 알았어. 그 희멀건 얼굴을 보면 뭐 뻔하지."

여자는 나를 손끝으로 가리키며 아하하 웃었다. 웃고 있는데도 눈가가 상큼해서 발랄한 인상을 주는 얼굴이었다.

"근데 괜찮아, 우리 동아리에 들어오면 그런 건 금세 나아."

"낫다니, 무슨 병 걸린 것도 아닌데."

"이거, 뭔지 알아?"

식당에 왔으면서도 식사할 기색이 없는 그녀는 테이블 위에 두툼한 홍보지 더미를 털썩 내려놓았다.

"혹시 '신환?'"

"그렇지, 정식으로 말하자면 신입생 환영회. 즉 나는 신입생을 환영하는 입장이지, 신입생은 아니라는 얘기야. 한편, 너는 이번 4월부터 교토에 와서 살기 시작했어. 그렇지?"

맞는 말이라서 나는 고개를 위아래로 끄덕였다.

"어물어물하는 그 느낌, 참으로 신입생다워. 자, 근데 무슨 권리로 선배인 나한테 반말을 지껄이고 있을까나? 너, 지금 몇 살?"

새파랗게 질렸는지도 모른다. 내가 범한 무례를 깨달았기 때문이 아니다. 나를 나무라는 그녀의 모습이 분개는커녕 신이 난 것처럼 보였기 때문이다. 나는 바짝 마른 목에서 억지로 목소리를 쥐어짰다.

"올해 스무 살, 인데요……."

뜻밖이었던 것은 그녀가 홱 바뀌어 시들한 표정을 보인 것이다.

"재수생이었어? 그럼 실제로는 나하고 동갑이네."

그러고는 홍보지 한 장을 내게 휙 던졌다.

"우리 동아리에 가입하면 그 희멀건 얼굴도 금세 씩씩해질 거야."

앞에 떨어진 걸 집어서 들여다보았다.

남녀 합동 유도 동아리-강도剛道

와아, '합동'과 '강도'의 운을 맞춰서('합동合同'과 '강도剛道'는 일본어에서 똑같이 '고도'로 발음하는 동음이의어다.) 이름을 지었구나……하고 내가 지금 남의 동아리 명칭에 감탄하고 있을 때가 아니었다.

"어려서부터 계속 유도를 해서 그런지, 같은 여학생들하고만 시합하는 건 어쩐지 싱거워서 말이야." 그녀는 불쑥 몇 마디 흘린 뒤에 손끝으로 홍보지를 가리켰다. "거기 아래 적힌 연락처, 내 거야."

그곳에는 '책임자: 2학년 虎谷'라는 이름 뒤에 전화번호가 적혀 있었다.

"이 한자는 '도라야'라고 읽는 건가?"

"응, 난 도라야 마미야. 그냥 마미라고 해. 여자인데 도라虎라는 한자가 들어가는 것도 별로 안 예쁘잖아."

아니, 딱 어울리는 느낌이다. 물론 그 말은 하지 않았다.

"관심 있으면 전화해. 아니, 관심 없어도 전화해라? 약속했다? 깨면 죽는다? 하긴 약속 지켜도 죽을 거야."

두 개의 '죽는다'의 차이를 알 수 없어 고개를 갸우뚱하는 내게 그녀는 떠나는 참에 윙크를 날리며 이런 말을 남겼다.

"기다릴게. 너, 소질 있어 보여."

그 얼굴이 매우 신이 난 표정이었기 때문에 나는 최소한 약속과 관련된 '죽는다'는 폭력을 의미한다고 생각할 수밖에 없었다.

아직 겪어보지 못한 폭력의 아픔에 두려움을 느낀 나는 그녀가 하라는 대로 며칠 뒤에 연락을 취했다. 동아리에는 가입하지 않았으나, 문득 깨닫고 보니 나는 이미 그녀의 연인으로 통하고 있었다. 유도만으로는 채 발산되지 않는 그녀의 넘치는 충동을 간질여 주는 뭔가가 나한테 있는 모양이었다. 질투라기보다는 처벌을 즐기려는 듯이 그녀는 걸핏하면 바람을 의심하고 트집을 잡아 번번이 나를 휘어잡고 뒤흔들었다. 그래도 소극적인 면이 있는 내 눈에는 매사에 겁내지 않고 마음 가는 대로 행동하는 그녀의 당당한 태도가, 그 자유로움이 얼마나 매력적으로 보였는지.

그저 난폭하기만 한 여자였다면 2년씩이나 사귀지는 않았을 것이다. 즐거운 시간을 선물해 주고, 블랙뿐이던 내 인생에 우유와 설탕과 각종 향미를 더해준 것에 대해서는 지금도 진심으로 고맙게 생각한다.

그것만은 틀림없는 사실이다.

하지만, 아무리 그래도 그렇지, 이건 아니잖아.

카운터 앞에서 최대한 몸을 뒤로 젖히며 나는 생각했다.

"찾았다!"

이게 우연이라면 지나치게 잘 짜인 우연이다. 그렇다면 이걸 뭐라고 해야 한다고 했더라?

"이런 데서 또 만나다니, 역시 이건 운명이지?"

참 어이없는 소리다. 사귀는 동안에 그토록 수없이 헤어지자, 헤어지자, 했던 주제에.

바로 한 걸음 앞까지 밀고 들어온 그녀는 바로 그 신이 난 미소를 지었다. 어떻게든 오늘의 만남을 운명으로 만들려는 것을 보면 그다음에 이어질 말은 역시 단 하나, 다시 사귀자는 것밖에 없다. 그 입술이 움직여 말이 내뱉어진 순간, 나는 끝장이다. 그리고 그것이 지금 바야흐로 슬로모션으로 현실이 되려 하고 있었다.

절체절명. 눈앞이 캄캄해지려는 찰나, 딸랑 종이 울리고 느릿느릿한 목소리가 끼어들었다.

"다녀왔습니다."

바로 지금이다!

나는 순간적인 판단에 따라, 흰 비닐 봉투를 들고 귀환한 미호시 바리스타에게로 달려가 그 등 뒤로 숨었다. 아, 비웃고 싶다면 얼마든지 비웃어도 좋다. 내가 지금 이것저것 따질 계제가 아니다. 양손으로 바리스타의 어깨를 잡아 도라야 마미 쪽으로 쓰윽 밀며 말했다.

"소, 소개할게. 이 사람이 나의 새 여자 친구야."

분위기가 싸하게 얼어붙었다. 뒤에서 문이 덜컹 닫히면서 울린 종소리가 유독 요란하게 들렸다.

안 좋아, 안 좋아, 매우 안 좋아. 하지만 침묵은 더욱더 안 좋다. 필사의 형상, 결사의 각오로 나는 바리스타를 향해 말했다.

"그렇지, 미호시? 너도 말 좀 해봐."

"예? 이게 무슨……." 부탁이야, 바리스타. 뒤돌아보는 그녀에게 나는 눈빛으로 애걸했다. "아, 네에……."

아니야, 미호시 씨, 지금 얼굴을 붉히고 있을 때가 아니라니까.

바리스타에게는 미안하기 이를 데 없었지만, 나는 사실 아무 계산도 없이 이런 폭거에 나선 것은 아니다. 마미가 탈레랑을 알고 있었던 것을 보면 도베 나미코가 예전에 선언한 대로 이 가게에서 있었던 일을 고자질했을 가능성이 크다. 물론 나와 바리스타가 그렇고 그런 사이 같더라는 뜻의 의견을 덧붙여서. 나는 그것을 거꾸로 이용하기로 한 것이다.

"그, 그러니까, 미안해, 나는 더 이상 너와는 만날 수 없어."

역시 뭔가 이상한 얘기 아닌가. 이별을 통고받았던 내가 왜 이런 식으로 애걸해야 하는가. 하지만 그런 이론보다 우선 당장 온건하게 상황을 마무리하고 싶었다.

그녀는 퍼스널 스페이스 개념을 가볍게 무시하고 바짝 다가오더니 품평이라도 하듯이 미호시 바리스타를 위에서 아래까지 샅샅이 훑어본 뒤에 한마디 던졌다.

"좋아하는 타입이 이런 애였어?"

그러고는 겁에 질린 바리스타의 어깨 너머로 굳이 나와 눈을 맞추며 말했다.

"난 이딴 거 인정 못 해. 이걸로 끝이라고 생각하지 마."

독기가 쏙 빠졌다. 마미의 눈이 글썽해져서 눈물을 꾹 참고 있는 것 같았다. 이건 여태껏 본 적이 없는 모습이다. 마미는 눈물을 무기로 활용하는 일은 있어도 그걸 꾹 참는 여자는 아니었다. 그렇다면 이건 대체 어떤 심경에서 나온 것인가.

우리 옆을 스윽 지나 그녀는 탈레랑을 떠났다. 난폭하게 젖혀진 탈레랑의 문짝은 혼자서 닫히는 일도 없이, 꽁꽁 얼어버린 상태에서 몇 분 뒤에 풀려난 내가 뒤돌아보았을 때도 아직 무슨 일이 일어났는지 모르겠다는 듯 빼꼼 열린 채였다.

"도무지 풀리지 않는 수수께끼네."

마미가 떠나고 탈레랑 커피점 안에는 나와 바리스타 두 사람만 남았다. 굳이 말하자면 한 마리 더, 카운터 자리의 내 발밑에 달라붙듯이 샤를이 몸을 동그랗게 웅크리고 있었다. 소동이 일어나는 동안에는 약삭빠르게 어딘가에 숨어 있었던 모양이다.

주문하지 않은 아이스커피를 내준 뒤에 바리스타는 카운

터 안쪽으로 들어가 쉴 새 없이 손을 놀리며 작업을 하고 있었다. 탈레랑의 아이스커피는 더치 커피, 즉 워터 드리퍼―상부에 물, 중간에 원두, 그리고 하부에 서버를 세팅하는 세로로 긴 유리 기구―를 사용하여 한 방울 한 방울 몇 시간에 걸쳐 추출하는 방식이다. 씁쓸한 맛이 강한 원두라도 맛있게 마실 수 있게 고안된 방식이고, 가열 없이 추출하기 때문에 쓴맛을 억제하면서도 풍미를 끌어내는 데다 추출한 커피는 산화되지 않아 장기 보존도 가능하다. 가열해서 마셔도 좋지만 그대로 얼음과 함께 마시는 경우가 많다.

혼잣말인 척하는 어필이 매우 짜증스러웠던 것이리라. 바리스타는 내 쪽은 쳐다볼 것도 없이 불쑥 반응을 보였다.

"뭐가요?"

여느 때 없이 부루퉁하다.

"바리스타, 혹시 지금 화났어요?"

그녀는 그제야 내 쪽을 바라보며 만면의 미소로 대답했다.

"물론이죠."

하긴 그렇다. 나는 고개를 툭 떨구었다.

"예, 누구라도 당연히 화가 나겠지요. 영문도 모른 채 남의 번거로운 일에 끌어들이고 몸을 방패 대신 사용하고 더군다나 여자 친구라는 말까지 했으니."

바리스타의 얼굴에서 웃음이 사라졌다.

"아오야마 씨."

"네." 나도 모르게 등을 바짝 세웠다.

"나는 아직 아오야마 씨를 만난 지 그리 오래되지는 않았어요. 그래도 지난 석 달 동안 여러 가지 일들을 통해 그쪽이 신뢰할 만한 인물인지 아닌지 내 나름대로 확인해 왔어요. 그래서 이제는 잘 알아요. 아니, 그보다, 믿고 있어요. 아오야마 씨가 착한 심성을 가진 분이라는 거."

부끄럽습니다. 나는 아이스커피의 빨대를 입에 물었다.

"그렇다면 오늘 일도 옛 연인을 최대한 상처 입히지 않고 돌려보내기 위한 어쩔 수 없는 행동이었겠지요. 그리고 그런 일이라면, 하고 나도 기꺼이 도와드렸어요. 그것 때문에 받게 될 오해 따위, 그리 큰 문제는 아니에요."

오잉? 어째 이야기의 흐름을 파악하기가 점점 어려워지는 느낌이다.

"하지만 아오야마 씨, 딱 한 가지, 도저히 용서할 수 없는 게 있어요. 조금 전에 나한테 '너'라고 하셨지요?"

우잉?

"그 말투에는 몹시 화가 났어요. 머리털이 곤두설 정도로 화가 났다고요."

으잉?

지금 오잉우잉으잉 할 때가 아니다. 나는 고개를 저었다. 이유야 어찌 됐든 내 말투가 그녀를 불쾌하게 한 것은 사실이다. 연인에게서도 '너'라고 불리는 것을 싫어하는 사람이 드물지 않다. 나는 최대한 친밀함을 연출하고자 일부러 그렇게 내뱉었지만, 애초에 우리는 연인조차도 아니다. 어떻든 바리스타는 무엇보다 그 말에 분통이 터졌던 것이다. 나와의 감성 차이 따위, 관계없다. 지금 뭐가 오잉우잉으잉인가.

"죄송합니다!" 나는 즉각 머리를 숙였다. "죄송하다는 말씀밖에 드릴 수 없다, 라는 말은 하지 않겠습니다. 이 무례에 대한 사죄는 반드시 어떤 형태로든 할 테니……."

눈을 감은 채 유리잔을 닦고 있던 그녀는 내 말에 한쪽 눈을 슬쩍 떴다.

"사죄라니, 어떻게요?"

"그건, 아, 그러니까, 선물이라든가."

내가 한 말이지만 참으로 어리석은 대답이다. 하지만 바리스타는 방긋 웃었다.

"그럼 기대할게요."

깊이 생각해 보면 오싹하기까지 한 말씀이다.

"죄, 죄송하지만, 전환이 무척 빠르시네요……."

"사죄하시겠다면서요. 그럼 그걸로 더하기 빼기 제로가 된 셈이에요. 그런데도 계속 툴툴거린다면 그건 내가 다시 빚을 지는 일이 되겠죠. 아오야마 씨가 사죄를 약속해 준 시점에 이 일은 이미 해결된 거예요."

매사 그렇게 명쾌하기만 하다면야 이 세상, 고민할 사람 아무도 없다. 감탄보다는 어이없는 느낌이 들어서 나는 유리잔을 되돌려주는 것으로 커피를 더 달라는 뜻을 전했다.

"그래서, 뭐가 풀리지 않는 수수께끼라는 거죠?"

냉장고에서 서버를 꺼내며 바리스타가 물었다.

"그녀는 어떻게 내가 탈레랑으로 도망친다는 것을 예견할 수 있었는가, 하는 수수께끼."

"예견이라니요?"

그렇다, 바리스타는 나와 도라야 마미가 이곳에서 맞닥뜨리게 된 상황을 알지 못하는 것이다. 나는 기타시라카와의 집에서 출발한 시점에서부터 통과한 길이며, 걸린 시간 등을 간결하게 설명했다.

"내가 이곳에 뛰어들고 기껏해야 오 분 만에 그녀가 나타났어요. 근데 마루타마치바시에서 탈레랑까지 과연 얼마나 걸릴까요?"

"마루타마치에서 서쪽으로 가다가 도미노코지에서 꺾어드는 루트가 최단 거리겠죠. 1킬로미터쯤 되니까 보통 걸음이라면 십오 분 정도?"

"근데 그녀는 뛰어온 것 같지도 않았어요. 뛰어왔다면 좀 더 헐레벌떡, 차림새도 흐트러졌을 텐데 말이에요."

"굽 높은 샌들도 신고 있었죠. 그래서는 마음껏 뛸 수도 없을 뿐만 아니라 자전거를 타기도 힘들었을걸요."

역시나 여성은 바라보는 시각이 다르다.

"마루타마치바시를 벗어난 내가 요리조리 도망친 약 십오 분을 포함하면 그녀가 오 분 만에 이곳에 나타나는 것 자체는 가능하지만, 도망친 나를 찾느라 거리를 헤맬 여유는 거의 없었던 셈이에요. 다시 말해, 그녀가 취한 행동을 보면 내가 어디로 도망칠지 미리 점쳤다는 얘기죠."

"그렇다면 그 말씀이 맞겠네요."

어허, 이건 바리스타답지 않은 안이한 의견이다.

"그녀가 요행수를 노렸다는 건가요?"

"그녀가 탈레랑을 찾아온 건 처음이지만, 친구에게서 우리 커피점 이야기를 많이 들었다고 보는 게 자연스럽겠죠. 아오야마 씨가 도보로 달아나는 것을 보고, 가봤자 거기서 거기라고 생각하고 우선 주변에서 도망칠 만한 곳을 점쳤다면 이상한 건 아무것도 없잖아요?"

"그건 아니죠……가 아니라, 전혀 잘못 짚었어요!" 이 말을 꼭 한 번 써먹어 보고 싶었다. "아까는 미처 설명을 못 했지만, 그녀가 중간에 나한테 전화했었어요. 그때 나는 교토 시청 앞 역에 있었는데, 그녀는 전화 너머로 '시영 지하철 벨소리가 들린다'고 했어요. 내가 산조게이한 역에 있다고 착각한 거예요. 그렇다면 그 지하철을 타고 도망쳤다고 생각하는 게 일반적이겠죠. 역 하나만 이동해 탈레랑으로 간다는 건 검토해 볼 가치도 없는 예상이었어요."

두 잔째의 커피를 내미는 바리스타에게, 이해하시겠습

니까, 라고 물었다.

"그런데도 그녀가 내가 도망칠 곳을 정확히 예견하고 중간의 전화에도 흔들리지 않았다는 건 아무리 생각해도 풀리지 않는 수수께끼예요. 그 트릭을 알아내지 못하면 나는 앞으로 마음 편히 탈레랑에 드나들 수 없어요. 언제 또 그녀가 쫓아올지 몰라 안절부절못할 테니까요."

"그래요······. 이건 풀리지 않는 수수께끼네요."

바리스타는 생각에 잠겨 아랫입술을 툭 내밀었다. 그리고 핸드밀을 꺼내더니 호퍼에 원두를 쏟아 넣었다.

4

오늘도 항상 하는 드르륵드르륵이 시작되었다.

나는 마시던 아이스커피를 내려놓고 수십 분 전과 똑같은 자세로 카운터에 등을 돌렸다. 내가 탈레랑에 온 뒤로 가게 안에 다른 손님은 한 명도 없이 고요했다. 마미도 손님은 아니었으니 이 커피점은 대체 어느 세월에나 번창할까.

이를테면 탈레랑에 도베 나미코가 있었다면 얘기는 간단하다. 그녀가 마미에게 연락했다고 한다면 수수께끼는 즉시 해결된다. 하지만 꼭 도베 나미코 본인이 아니어도 내가 이곳에 나타나는 즉시 마미에게 연락할 수 있는 사람도 이곳에는 없다. 나는 고개를 저으며 공범설을 머릿속에서 지워버렸다.

"역시 그녀가 취한 행동에 해결의 실마리가 있나……."

다시금 혼잣말인 척하며 어필을 시도해 봤으나 돌아온 것은 드르륵뿐이었다. 바리스타 역시 한창 생각을 정리하는 중인 모양이다.

멍하니 상상해 보았다. 가모가와 산책로에서 나를 놓쳐 버린 마미가 일단 게이한 전차를 이용해 나를 따라잡았다면, 마루타마치바시 교각 밑에서 나를 놓쳤을 때도 그녀는 다시 한번 게이한 전차를 타려고 하지 않았을까. 산조 역까지 전차로 이 분, 전체적인 이동 시간은 빠르면 약 오 분. 이건 그녀가 전화를 걸어온 시간과 맞아떨어진다. 통화 중에 들린 벨소리를 접수하자마자 그녀는 바로 옆 시영 지하철 산조게이한 역으로 이동하여 아주 잠깐 사이에 나를 따라잡았다……. 아니, 이건 아니다. 그녀의 전화를 받았을 때, 나는 이미 교토 시청 앞 역에 있었다. 상행인지 하행인지조차 알지 못하는 터에 바로 이웃 역에서 내렸다고 어느 누가 단정할 수 있을까. 만일 전화를 끊은 뒤에 내가 바로 전차에 올라탔을 것으로 보고, 그 시점에서 가장 빠른 시간의 전차를 알아봤다면 그 종점은 교토 시청 앞 역이 아니었을 터였다. 그 시간대에 교토 시청 앞 역이 종점인 전차가 연달아 오는 일은 없다.

역시 여기서는 무난하게, 나를 쫓아 가와바타 길을 남하했다는 가정에서부터 시작해야 하지 않을까.

"마루타마치에서 니조, 그다음은 오이케, 그리고 산조……,

어라?"

아하, 그런 거였구나. 나는 바리스타를 향해 다시 몸을 돌렸다.

"이제 알겠네요, 바리……."

"아니, 전혀 잘못 짚었어요!"

바리스타는 빙긋이 웃고 있었다. 되받아칠 기회를 엿보고 있었던 모양이다.

"아직 아무 말도 안 했는데요?"

"뒤를 쫓아오던 그녀가 가와바타 니조에 접어든 참에, 저 멀리에서 니조 도미노코지를 가로질러 가는 아오야마 씨를 발견했다, 라는 거잖아요?"

1이 아니라 0.5에 벌써 10까지 읽혀버린 심정이었다.

"가와바타에서 도미노코지까지 족히 500미터는 된다는 점을 염두에 두면 오 분 남짓한 시간에 거기를 걸어오기는 어렵지만, 나를 발견한 그녀가 걸음을 서둘렀다면 아슬아슬하게 시간은 맞아요. 무엇보다 마루타마치와 오이케 사이의 옆길, 동서로 뻗은 도로 중에 가와바타 길과 교차하는 곳은 니조밖에 없죠. 그녀가 나를 멀리서 알아볼 수 있었던 것은 가와바타 니조, 그곳뿐이라는 얘기예요."

말하다 보니 점점 더 확신이 들었는데, 바리스타는 즉시 부정했다.

"아오야마 씨는 지극히 초보적인 오류를 범했어요. 전에 가와바타에서 니조를 거쳐 탈레랑에 와본 적이 있던가요?"

"아뇨, 대개는 재판소 쪽으로 해서 왔어요. 니조까지 남하하면 길을 멀리 돌게 되니까……."

흠칫했다. 교토 시내의 도로는 바둑판 눈금인데 멀리 돈다는 건 뭔가. 물론 그것은 탈레랑이 니조 도미노코지의 북측에 있다는 의미만은 아니다.

"아무리 시력이 좋아도 가와바타 니조에서 니조 도미노코지까지는 절대로 내다볼 수 없어요. 왜냐하면 니조 도로는 데라마치와 교차하는 곳에서 아주 조금 남쪽으로 어긋나 있기 때문이에요."

맞는 말이었다. 정확하게는, 니조 도로는 데라마치 서쪽에서 수십 미터 북측으로 붙어 있다.

"네, 네, 나는 항상 허방을 짚죠, 흥."

창피함을 감추려고 창피한 방식으로 토라져 있었더니 바리스타가 말했다.

"실망하실 거 없어요. 방금 아오야마 씨의 설, 재활용이 될 거 같으니까."

그녀가 말했다. 위로해 주려는 것인지 수수께끼를 풀자는 것인지, 아니면 드르르륵 하고 싶다는 것인지.

"뭡니까, 재활용이라는 게?"

"아까 했던 얘기에 따르면, 그녀가 가와바타 길을 남쪽으로 내려왔을 경우, 아오야마 씨를 알아보는 건 불가능해요. 하지만 그 말을 뒤집어 보면, 만일 가와바타 길을 남쪽으로 내려온 게 아니라면 아오야마 씨를 발견할 수 있었다는 얘기가 되겠죠."

"그럼 그녀는 애초부터 나를 쫓아온 게 아니었다는 건가요?"

"두 번이나 도망쳤으면서 또 쫓아와 주기를 바랐어요?" 그 말에는 어쩐지 어폐가 있다고 말하려고 했으나 으윽, 저 차가운 눈빛. "그래서 좀 묻고 싶은데, 가와바타 마루타마치에서 아오야마 씨의 추적을 포기한 그녀가 그대로 마루타마치를 서쪽으로 갈 이유가 될 만한 장소로 어딘가 짐작 가는 곳은 없어요?"

헉, 하는 탄식이 터졌다.

"그녀의 집이 가라스마 마루타마치 앞이에요!"

바리스타는 역시 자기 생각이 옳았다는 듯 고개를 끄덕였다.

"아마 상심한 마미 씨는 추적을 포기하고 집으로 가던 길에 우연히 도미노코지 도로를 북상하는 아오야마 씨를 발견했겠죠. 마루타마치 도미노코지에서 탈레랑까지는 대략 오 분이면 도착하니까 아오야마 씨가 이곳에 온 뒤의 시간과 정확히 일치하지요?"

"흠, 철회하셔야겠는데요, 아까 '전혀 잘못 짚었어요'라고 했던 말."

재활용 따위에 우쭐해하는 나를 싹 무시하고, 바리스타는 핸드밀의 서랍을 꺼내며 미소를 지었다.
"그러면 실험을 해볼까요?"

우선은 나 혼자서 탈레랑을 나오기로 했다.
"미안하지만 나는 가게를 오래 비울 수 없으니까 우선 아오야마 씨만 마루타마치 도미노코지 쪽으로 가세요. 도착했다고 연락을 해주시면 내가 탈레랑 전기 간판 앞까지 나갈 테니까요. 그러면 그쪽 길에서 내가 보이는지 확인하시면 돼요."
"결국 짧은 시간이라도 가게를 비우게 되는데……."
"요 앞길에서는 손님이 오시는 걸 금세 알 수 있으니까 걱정 마시고."
들고 보니 그렇다. 현재 손님은 나밖에 없으니까, 바리스타가 저 가옥 틈새 터널에서 눈을 떼지만 않는다면 별문제는 없다. 하지만 그 참에 누군가 손님이 온다면 나는 헛걸음을 하게 될 우려가 있기는 하다.
"둘 다 가게에서 나가야 하니까 연락은 휴대전화로 해야겠지요?"
"그렇죠. 혹시 보이지 않는다면 위치나 동선을 바꿔야 하니까요. 적절하게 지시를 해주세요."
"알았어요. 아, 하지만 바리스타의 휴대전화 번호를 모르는데요."

"아차." 그녀는 손으로 입을 가리더니 이어서 웃음을 터뜨렸다. "미안해요. 나는 알고 있어서 그만."

"어차피 나는 연락처를 구걸하는 불량소년 신세네요."

부루퉁한 나에게 그녀가 휴대전화를 내밀었다.

"내 연락처, 알려드리면 되죠."

오, 이제는 바리스타와 언제든 연락할 수 있다. 천진한 웃음을 내보이는 그녀에게 나 혼자 흥분했다는 건 비밀이다.

"어, 왜요?"

그렇건만 그녀가 갑작스레 멈칫했다. 이런, 흥분을 들켰는가.

긴장된 한순간.

"아뇨, 약간 마음에 걸리는 게 생각나서."

다음 순간, 나는 그녀의 연락처를 받았다. 이얏호! 비바 라 비다!

이렇게 되면 발걸음은 가벼워지게 마련이다. 나는 스키핑 스텝으로 터널을 빠져나가려다 처마에 머리를 쿵 찧고 눈물을 글썽거리며 마루타마치 도미노코지로 향했는데…….

"뭐야, 이거?"

북쪽 조망이 꽉 막혔다. 저 끝에서 길을 가로막듯이 오른쪽에는 라이트밴이, 왼쪽에는 이사 트럭이 길가에 주차 중이어서 마루타마치 따위는 전혀 보이지 않았다.

두 대의 차가 나란히 붙어 있는 게 아니라서 보행자나 차량 통행은 유지되었다. 하지만 이래서는 그녀의 범상치 않은 시력이 천리안의 영역에 달하지 않는 한, 도미노코지 길을 달려가는 내 모습이 보일 리 없다. 나는 연락처도 확인할 겸, 바리스타에게 전화로 현재 상황을 보고하기로 했다.

"여보세요."

"벌써 도착했어요? 그럼 나도 나가야겠네."

"아, 잠깐만요. 도미노코지 도로에 대형차 두 대가 서 있어서 시야가 완전히 차단됐어요. 도저히 멀리까지 보일 상황이 아니에요."

하지만 바리스타는 당황하는 법이 없다.

"도미노코지 길에 주차 금지 표지판이 있을 테니까 아마 차를 오래 세워놓지는 못할 거예요. 시험 삼아 차량 아래쪽 아스팔트를 살펴보세요. 주차한 지 얼마 안 됐다면 아스팔트 열기가 아직 뜨거울 테니까."

아하, 그렇구나. "바리스타가 아까 시장에 다녀올 때는 그런 차량이 없었어요?"

"미안해요, 그때는 미처 확인을 못 했어요. 나는 니조에서 한 블록 북쪽, 에비스가와 쪽으로 왔거든요."

도미노코지에 접어들었을 때 이미 남쪽을 향하고 있었다는 얘기인가. 나는 전화를 끊고 그녀의 지시대로 주차 차량 밑을 살펴보기로 했다.

우선 라이트밴 옆에서 허리를 숙이고 오른손을 차체 밑으로 넣어보았다. 서늘했다. 오늘의 햇빛 강도를 감안한다면 주차하고 오 분이나 십 분 만에 이렇게 서늘해질 리는 없다.

이어서 이사 트럭으로 갔다. 짐칸이 열려 있고 안에 이삿짐이 빽빽이 들어 있었다. 이제부터 이삿짐을 내리려는 모양이다. 기대감을 담아 차체 밑으로 손을 넣었다.

"거기서 뭐 하고 있어?"

온몸의 근육이 화들짝 놀랐다. 돌아보니 이삿짐센터 유니폼을 입은 체격 좋은 남자가 서 있었다.

"아, 예, 잠깐 현기증이 나서……." 나는 얼른 이마에 손을 짚으며 말했다. "이삿짐 내리시려고요? 그렇다면 저도 도와드릴게요."

"현기증이라니, 일사병인가? 그런 사람이 도와준다고 나서봤자 거치적거리기만 해."

당연히 그렇다. 엉겁결에 튀어나온 내 어이없는 발언에 정말로 현기증이 날 것 같았다.

"친절은 고맙지만, 마음만 받기로 하지. 어차피 이쪽 작업은 이제 끝났어."

그럼 지금부터 이삿짐을 내리려는 게 아니었어?

"작업이라니, 어떤 작업인데요?"

"저기 짐칸 봤잖아. 이삿짐 싣고 지금 떠나려던 참이야."

정말로 나라는 인간은 허방 짚는 데 선수다. 이사에는 싣는 일과 내리는 일이 있는 것이다.

"참고로, 얼마나 더 걸릴까요?"

쓱 노려본다. 죄송해요, 죄송합니다.

"너무 오래 길을 막고 있어서 미안하네. 이삿날인데 포장이고 뭐고 아무것도 안 해놓은 집이 있더라고. 하긴 한두 번 겪는 일도 아니지만, 오늘은 특히 심했어. 족히 한 시간은 걸렸다니까."

한 시간. 나는 손목시계를 보았다. 내가 탈레랑에 뛰어든 게 사십오 분 전이니까 그때부터 이미 트럭이 이곳에 있었다는 얘기다.

"일하시는 데 방해해서 죄송합니다."

나는 냉큼 돌아가기로 했다.

"일사병 조심해. 우유를 마시면 좋다고 하더라만."

남자는 어디서 주워들었는지 토막 지식을 펼친 뒤에 짐칸을 닫고 트럭에 올라 시원스럽게 출발했다. 수상쩍게 생각하지 않은 것에 안도하는 한편, 일이 원점으로 돌아간 것에는 낙담했다. 우선은 바리스타에게 다시 전화.

"바리스타, 유감스럽지만 주차된 차는 두 대 모두……."

"아오야마 씨, 미안해요!"

"아, 아뇨, 천만에요……."

느닷없이 사과를 하시면, 받는 사람 심장에 좋지 않다.

그녀는 그야말로 꺼질 듯한 목소리로 말했다.

"우선은 헛걸음하시게 해서 미안해요. 실은 그 수수께끼, 이미 잘 갈아져 버렸어요."

대체 뭔가, 이 말투는?

5

"아니, 왜 그런 짓을 했냐고요!"

탈레랑의 문을 열자마자 울린 것은 종소리, 가 아니라 고함 소리였다.

거북이처럼 목을 움츠리며 안을 살펴보니 바리스타가 두 손을 허리에 턱 짚고 인왕상처럼 서 있었다. 작은 몸집이나마 박력이 상당하다. 표정 또한 인왕상 그 자체, 라고 말했다가는 사죄할 일이 더 늘어날 것 같아 발설에는 신중을 기하기로 했다.

말할 것도 없이 바리스타의 분노는 나를 향한 게 아니었다. 오히려 그 분노 세례를 받는 인물의 그늘에 가려져 나는 아예 보이지도 않는 것 같았다. 그러면 그 분노는 과연 누구에게로 쏟아지고 있었는가.

"부탁을 들어주면 나중에 데이트를 해주겠다고 하더라고."

온몸으로 부루퉁하고 있는 사람은 모카와 영감님이었다. 내가 길거리에 나가 있던 십여 분 사이에 돌아온 모양이었다.

"그렇다고 손님이 가게에 오신 걸 다른 사람에게 일러바치다니, 이건 말이 안 되죠! 장사하는 분이 기본적인 상도덕도 없어요? 아니, 그보다 인간으로서 최악……. 아, 아오야마 씨."

방해가 될 것 같아 슬금슬금 돌아가려고 했는데, 역시나 나를 못 볼 리가 없다.

"네, 그렇게 된 일이었어요. 정말 죄송합니다."

그대로 무릎이라도 꿇을 기세로 바리스타는 깊숙이 머리를 숙였다.

"아뇨, 그보다 사정을 설명해 주셔야……."

"아주 단순해요. 아오야마 씨가 여기 오신 것을 그녀가 직접 알아내지 못했다면 당연히 우리 가게의 누군가가 알려줬겠지요."

"즉, 그 역할을 모카와 씨가 하셨다는?"

"아오야마 씨가 여기 오셨을 때, 아저씨가 이 안에 있었지요?"

"당연히 여기 계셨으니까 내가 가게 안에 들어올 수 있었죠. 모카와 씨가 바리스타는 외출 중이라고 얘기해 주셔서 그렇다면 올 때까지 기다리겠다고 했으니까요."

저절로 탄식이 터져 나왔다. 내부 밀고자라니, 참으로 어이없는 진실이다. 밀실 살인인가 했더니만 안에서 비밀이 새는 구멍이 있었던 것이다.

"나도 일단 이쪽으로 생각은 했었어요. 가게에 있던 누군가가 내가 탈레랑에 왔다는 연락을 해준 게 아닌가 하고. 하지만 여기에는 모카와 씨밖에 없었어요. 그리고 바리스타는 그녀를 보고, 처음 온 손님이라고 했었죠. 그렇다면 그녀와 모카와 씨는 서로 알 리가 없다는 얘기가 됩니다. 따라서 직접 연락할 리가 없으니까 나는 그쪽으로는 생각하지 않았지요."

"직접은 못하더라도 둘 다 아는 사람이 있다면 아주 쉬운 일이에요."

쓸쓸하게 말하는 바리스타를 슬금슬금 피해 모카와 씨가 몸을 스윽 돌렸다.

"며칠 전에 도베 나미코가 나한테 전화를 했었구먼. 그 남자가 가게에 오면 자기에게 알려달라고 하더라고. 그 답례로 데이트는 어떠냐고 가벼운 농담을 던졌더니만, 그 아가씨가 오케이라는 거야. 데이트를 내 눈앞에서 살랑살랑 흔드는데 어떻게 거절할 수 있었어?"

바리스타가 발을 쾅 굴렀다. 크윽. 그대로 그녀는 모카와 영감님의 모자를 벗기고 뒤통수에 얼마 남지 않은 머리털을 꾸우욱 눌러 고개를 숙이게 했다.

"내가 제대로 감독하지 못한 탓이에요. 자칫 방심하면 금세 손님들의 연락처를 알아낸다니까."

나는 고스다 리카의 일이 떠올랐다. 그날, 오빠인 나도 눈치채지 못한 사이에 모카와 영감님이 리카의 연락처를 알아냈다는 말을 나중에야 듣고서 아연했었다. 하물며 친하게 이야기를 나눴던 도베 나미코와는 이미 오래전에 연락처를 교환했다고 해도 이상할 게 없다. 그런 네트워크에 일찌감치 생각이 미쳤더라면 수수께끼 해결은 한달음이었을 텐데.

"바리스타는 아까 내게 연락처를 알려주면서 그걸 눈치챘군요?"

"너무 늦게야 생각났어요, 아저씨가 저지를 법한 일이었는데. 게다가 설마 그런 짓까지는 안 할 거라고 예단하고 아오야마 씨를 헛걸음까지 하시게 했어요."

"어이, 바리스타, 목 떨어지겠어."

모카와 영감님도 적잖이 미안했는지 바닥을 향해 우는 소리를 연발했다.

"맞아요, 아저씨는 이제 모가지예요!"

직원이 사장을 향해 모가지라니, 이럴 수가.

"아뇨, 너그럽게 봐주세요. 모카와 씨도 설마 그게 내 전 여자 친구에게 건너갈 줄은 생각도 못 하셨을 거예요."

이대로 가면 바리스타가 자칫 폭행범이 될 수도 있을 것 같아 서둘러 무마에 들어갔다.

"그렇고말고. 나는 오히려 나미코가 자네를 좋아하는 줄 알았어. 그래서 도와준답시고 한 일이여. 아니, 두 사람이 그런 복잡한 관계였다는 걸 내가 무슨 수로 알겄어."

순풍을 만났다고 판단했는지 모카와 씨가 애써 변명을 시도했다. 그러고 보니 7월에 내가 따귀를 얻어맞았을 때, 모카와 씨는 그 자리에 없었다. 정말로 속사정을 알지 못했던 것이다. 그나저나 도베 나미코가 나를 좋아하다니, 오해하는 방식도 친척 간에 똑 닮았다.

"좋아요, 아오야마 씨가 그렇게 말씀해 주신다면."

바리스타는 그제야 모카와 씨의 머리를 놓아주었다. 영감님은 겁 많은 고양이처럼 풀쩍 뒤로 물러서서 슬슬 목덜미를 비비며 말했다.

"참말로 미안허네. 그래도 내 편을 들어주니 고맙구먼. 바리스타도 말했지만, 자네는 참말로 착한 사람이여."

같은 편으로 생각하시는 것도 난처한 일이라서 나는 딱 잘라 말했다.

"영감님을 편들어 준 기억은 없는데요. 실수뿐이라면 용서하겠지만, 그 덕에 문제가 발생하자마자 낌새를 맡고 잽싸게 도망치신 건 그냥 넘어갈 수 없어요."

그렇다. 가게로 돌아온 바리스타의 등 뒤로 달아난 나는 입구 문을 등지는 모양새가 되었다. 그 뒤편에서 노인은 이 소동을 나 몰라라 도망치면서 문을 닫아버린 것이다. 탈레랑의 문짝은 두툼하고 묵직해서 저절로 닫히는 일이 없다. 시끄럽게 느껴질 만큼 종이 울렸다는 건 분명 누군가 문을 상당히 거칠게 닫았다는 것이다.

마침내 모카와 영감님은 그 옆에 몸을 웅크린 새끼 고양이보다 더 조그맣게 움츠러들었다. 그래도 더 이상 연민의 감정은 일어나지 않았다. 이 사람은 한번 제대로 반성하는 것이 좋다.

"아저씨하고는 친척이라고 해도 거의 남이나 마찬가지예요." 바리스타는 다시금 제 식구를 몰아친 뒤에 말했다. "나도 좀 생각해 봐야겠어요, 이 일에 대한 사죄."

나는 함부로 '너'라고 불러버렸던 지난번 일이 생각났다.

"괜찮아요. 나 역시 사죄를 예약해 둔 처지니까 이걸로 갈음하기로 하죠."

하지만 바리스타는 눈을 동그랗게 뜨고 턱을 치켜들며 말했다.

"그거하고 이건 얘기가 다르죠."

이것도 감성의 차이, 라고 정리해도 될까.

어쨌든 이야기는 일단락된 것 같다. 모카와 씨가 더 이상 못된 장난을 치지 않는다면 앞으로도 나는 활개를 치며 탈레랑에 드나들 수 있다. 후, 안도하며 카운터 자리에 앉자 바리스타는 잠시 침묵한 뒤, 마음을 정한 듯 내게 물었다.

"왜 그렇게 필사적으로 도망치는 거예요?"

귀찮은 질문, 이라고 생각했다. 가능하면 건드리고 싶지 않은 부분이기도 했다.

"당사자가 아니고서는 설명하기 어려운 일이에요. 혹

시 그녀가 다시 만나기를 원한다면 부디 포기해 줬으면 하는 마음이라서."

"일단은 포기했을 거 같은데요. 조금 전에도 말했던 대로."

살짝 가라앉은 그 목소리에, 차가운 손끝이 뺨을 훑고 지나간 듯한 느낌이 들었다.

"겨우 오 분 만에 그녀는 탈레랑에 나타났잖아요. 가와바타 니조는 말할 것도 없고 마루타마치 도미노코지에서라도 보통 걸음으로 걸어왔다면 그 시간에는 어림없어요. 더구나 아저씨와 나미코 씨가 연락을 주고받은 시간도 감안해야겠죠. 그렇다면 그녀는 연락을 받았을 때, 가와바타가 아니라 마루타마치, 그것도 도미노코지 사거리 근처에 있었다는 결론이 나와요."

"그러면 역시 자기 집으로 발길을 돌렸었다는 얘기군요."

역에서 받았던 전화가 되살아났다.

―저기, 이제 그만…….

그다음에 그녀는 무슨 말을 하려고 했을까.

"그녀는 일단 포기하려고 했어요. 근데 아까 여기서 나가면서 던진 말은 그걸 정면으로 부정하는 내용이었죠. 거기에 담긴 진의를 그렇게 쉽게 흘려들어도 괜찮을까요?"

―난 이딴 거 인정 못 해. 이걸로 끝이라고 생각하지 마.

"……자꾸 운명으로 몰아가려고 했어요. 일단 포기한 참에 다시 기회가 굴러들면 우연 이상의 의미를 어떻게든 찾아내려고 하게 되죠."

이를테면 출신지라든가 취미라든가 좋아하는 가수라든가……. 어떤 사람이든 뒤적여 보면 몇 가지는 나오게 마련인 공통점에 인간은 쉽게도 운명이라는 말을 붙이고 그걸 믿어버린다. 나 또한 마찬가지다. 이별과 만남이 동시에 마련되었다는 것만으로 쉽게도 운명이라는 말을 붙여버렸다.

"둘 사이에 무슨 일이 있었는지 난 잘 모르겠어요. 하지만 뭔가 좋지 않은 예감이 드는군요."

바리스타는 단호한 어조로 내게 말했다.

"제발 도망치지 말아요. 호소를 계속 무시할 게 아니라 가능한 한 쌍방이 이해하는 형태로 사태를 수습해야죠. 그녀만을 위해서 하는 말이 아니에요. 이건 아오야마 씨를 위한 말이기도 해요."

그때는 바리스타가 그토록 절실하게 충고하는 이유가 무엇인지, 미처 알지 못했다. 예스라고도, 노라고도 대답하지 못한 채 그녀의 시선을 피했을 뿐이다.

"왜 석 달이나 지난 지금에야 새삼스럽게 다시 내 앞에 나타난 거야. 친구와 남까지 끌어들여 관계를 회복하려고 할 거면 애초에 헤어지자고 하지를 말든지."

대답을 바라지 않는 나 혼자만의 투덜거림이었다. 그래도 바리스타는 충고의 말씀을 주시었다.

"석 달이라는 시간에 나는 아오야마 씨가 어떤 사람인지 나름대로 이해해 왔어요. 마찬가지로 그녀도 이제는 곁에 없는 사람이 과거에 가져다준 것들을 새삼 인식한 게 아닐까요?"

"……."

"헤어진 당초에는 친구에게 상대의 험담만 하면서 울분을 토했겠지요. 하지만 시간이 흐르고 격해졌던 감정이 진정되자 흘러가 버린 나날이 그리워지고 마침내 되돌리고 싶은 마음이 들었다고 해도 그건 이상한 일은 아니에요. 아오야마 씨가 곁에 존재했던 세계가 그만큼 편안한 것이었겠죠. 나는 어쩐지 이해가 되는데요."

얼굴을 들자, 바리스타는 미소를 짓고 있었다.

그녀는 어떤 생각에서 방금 그 말을 한 것일까. 어쩌면 내가 마음껏 기뻐해도 될 말인지도 모른다. 하지만 나는 그럴 마음이 나지 않았다. 다른 사람도 아닌 나 자신이 존재했던 세계가 어떤 것이었는지, 도라야 마미가 존재했던 세계가 어떤 것이었는지, 돌이켜 보지 않을 수 없었기 때문이다.

내 표정이 변했기 때문이리라. 바리스타는 같은 공간에서도 나를 혼자 있게 해주었다. 무수히 많은 추억의 단편들이, 잘못 나온 크레마—에스프레소 커피의 표면에 떠오르는 결 고운 거품—처럼 떠올랐다 사라지는 것을 바라보며 나는 최근 석 달 동안에 처음으로 도라야 마미와 잘 풀리지 않은 게 몹시 슬픈 일이라고 생각했다.

　그 자리에 있던 이들 모두가 입을 꾹 다물었고, 평온함 가득한 커피점 밖에서는 아주 조금 기울어진 9월의 햇살이 성실하게, 그리고 잔혹하게, 여름이 지나가 버린 것을 말해 주고 있었다.

f****? past, present,

제5장

1

―만났다!

이렇게 마음속으로 부르짖은 게 올해 들어 넉 달 만에 두 번째다.

처음의 '만났다!'를 '한눈에 반했다'……가 아니라 '한 모금에 반했다'라고 표현한다면, 두 번째인 이번에는 말 그대로 '한눈에 반했다'였다. 시각이 대상을 포착한 순간, 마치 마음속 한복판을 꿰뚫은 화살처럼, 아니, 이건 딱히 큐피드의 화살에 빗대자는 게 아니다, 실제로 내 마음을 꿰뚫은 것이 바로 그 화살이니까.

지난 수요일 저녁, 오랜만에 시간이 남아돌아 따분하기 짝이 없었지만, 탈레랑은 정기 휴일이라서 내 무료함을 달래줄 수 없었기 때문에 나는 별 목적도 없이 번화가를 어슬렁거렸다. 산조에서 데라마치, 그리고 신쿄고쿠와 아케이드 상가를 걷다 보면 평일이라도 젊은이들을 중심으로 사람들의 왕래가 잦다. 상점가의 소규모 전문점보다는 혼자라도 부담 없이 들어갈 만한 곳을 찾아 이윽고 신쿄고쿠와 가와라마치 사이에 위치한 '교토 고코로후토'까지 흘러왔다.

교토 고코로후토는 5층 빌딩 전체를 매장으로 하는 대형 잡화점이다. 가구와 문구류, 화장품, 나아가 파티용품에 이르기까지 원하는 건 거의 다 있다. 사족이지만, '고코로후토'라는 명칭은 '마음이 문득 따뜻해지는 잡화점'을 지향하며 지은 것이라고 한다. 유래는 그리 나쁘지 않은 것 같은데, 나는 들을 때마다 왠지 '도코로텐(우뭇가사리로 만든 한천 묵)'이 자꾸 떠오르곤 한다.

아무튼 고코로후토 안에 들어서자 1층 매장부터 둘러보았다. 전체적으로 오렌지색을 띤 것은 며칠 안에 철거될 게 틀림없는 핼러윈 상품들이 유종의 미를 발하고 있었기 때문이다. 지명도에 비해 대체 뭘 해야 하는지 잘 모르겠는 행사라고 생각하며 특설 전시 코너를 빠져나왔다.

이어서 발을 멈춘 곳은 완구 코너, 벽에 걸린 다트 보드 앞이었다. 그게 왠지 시선을 끈 것은 원두며 커피 기구를 파는 대형 도매점의 로고가 다트 보드를 본뜬 것이었기 때문이다. 딱히 이렇다 할 취미가 없는 나는—커피는 이미 취미라고 할 수 없는 단계다— 다트 역시 사교를 위해 몇 번 해 본 적은 있지만 별반 관심이 있는 것은 아니다.

하지만 한 걸음 지나친 순간, 그 무관심이 홱 뒤집혔다.

문득 깨닫고 보니 눈앞에 매달린 다트 화살이 내 마음속의 불스 아이(소의 눈이라는 뜻으로, 다트 과녁판 정중앙의 점)에 꽂혀 있었다. 전함 그림이 인쇄된 플라이트, 꽉 조여진 텅스텐 샤프트는 약간 길쭉하고, 배럴이 육각형이라는 것도 특징적이었다.

갖고 싶다. 군침을 꿀꺽 삼켰다. 본능적으로, 충동적으로, 나는 그 화살을 맹렬히 갖고 싶었다.

 하지만, 이라고 생각했다. 이날 이때까지 다트를 취미로 할 생각 따위 요만큼도 없었다. 애초에 다트 화살에 욕심을 내는 것 자체가 불가해한 현상이다. 내 안에 뭔가 근본적인 이유가 숨겨져 있는 것이라면 총명한 그분께 이 수수께끼를 좀 풀어달라고 부탁하고 싶을 정도였다. 과연 이런 엉뚱하기 짝이 없는 욕망에 홀딱 넘어가도 될까.

 또 한 가지, 진열된 화살 위쪽의 가격표에 시선을 빼앗겼다. 네 자릿수 범위에서 한껏 세력을 확대하여 금세라도 다섯 자릿수로 넘어갈 것 같은 금액이다. 이건 아마추어가 이해하기 쉬운 품질보증인 동시에 아마추어가 섣불리 접근할 만한 물건이 아니라는 뜻이기도 하다. 게다가 다트는 화살만으로는 쓸 수 없다. 이 녀석을 사놓고도 과녁판을 갖고 싶어 하지 않는다는 게 과연 가능할까? 가능하지 않다. 그렇게 되면 재정에 끼칠 영향이 무시할 수 없는 수준에 달하게 된다.

 사랑을 택할 것이냐, 현실을 택할 것이냐. 눈앞에서 흔들리는 화살에 꽂혀 내 마음도 흔들렸다. 어떻게 할까, 고민하고 있으려니 불쑥 말을 걸어오는 사람이 있었다.

 "한번 던져보시죠."

 던지다니, 안 돼! 옛 유도선수 연인에게 힘껏 내던져진 경험의 후유증에 따라 나는 후다닥 경계 태세를 취하며 몸을 돌렸다.

양복 차림의 남자였다. 나이는 나와 별 차이가 없을 테지만, 뿔테 안경이며 상쾌하게 깎은 헤어스타일을 보니 인상이 상당히 세련되었다.

"던지다니, 내가요?"

돌연한 사태에 내가 멈칫거리자 남자는 친근함이 가득한 웃음을 보였다.

"당연히 당신이 던져야지. 저쪽에 시험용 다트가 있어요. 구매하기 전에 일단 시투해 보는 게 좋아요."

이렇게 권하는 걸 보면 잡화점 관계자인 모양인데 점원이 입는 노란색 유니폼 차림은 아니었다. 그렇다면 직원인지도 모른다. 아직 젊은데도 양복 차림이 매우 원숙해 보여서 이런 멋스러운 잡화점에서 근무한다는 게 아니꼽게까지 느껴졌다.

남자의 지적에 따라 나는 조금 전에 봤던 화살이 이른바 견본인 것을 알았다. 그 뒤쪽에 번듯하게 화살 세 개 한 세트 상자가 질서정연하게 고리에 걸려 있었다. 나는 견본을 손에 들었다.

"저기를 겨냥하고 던져요."

그가 가리킨 보드는 약간 낡아서 명백히 고객에게 파는 상품이 아니었다. 발밑에 비닐 테이프를 붙여둔 걸 보니 거기 서서 던지라는 모양이다. 자의식과잉에 따른 긴장감으로 바짝 얼어붙은 채 우선 권하는 대로 던져보았다. 하지만 화살은 과녁을 한참 벗어나 보드 아래쪽 벽을 맞추고 켁 하는 비명을 올렸다.

"앗, 미안. 저기라는 건 이 보드라는 뜻이었는데?"

나도 압니다, 알아요. 말 그대로 미안한 표정의 남자에게 도리어 신경질이 났다. 화살을 다시 집어 들고 테이프가 붙여진 원위치로 돌아오자 바로 옆에 노란 유니폼 차림의 여점원이 휴대전화를 한쪽 귀에 대고 어이없다는 얼굴로 나를 올려다보고 있었다. 그 즉시 얼굴이 붉어져서, 나보다 더 부끄러워해야 할 사람은 근무 중에 태연히 개인 통화를 하는 그녀가 아닌가, 하고 생각했다.

우향우해서 두 번째 시투. 이번에는 가까스로 과녁 안에 들어갔지만, 중심에서 크게 벗어나 외측 더블링과의 경계선, 2싱글에 꽂혔다. 누구든 처음부터 잘 던질 리도 없건만 나는 이 화살에 욕심을 냈던 게 점점 미안해져서 1라운드에 해당하는 3투로 끝내기로 했다.

이렇게 되면 남는 건 오기뿐이다. 각오하고 눈을 질끈 감은 채 마지막 화살을 던졌다.

"웃!"

남자가 괴상한 소리를 내는 바람에 잠시 현실을 직시할 용기가 나지 않았다. 그래봤자 결과가 바뀌는 것도 아닌데 나는 머뭇머뭇 실눈을 떴다.

기적이었다. 화살은 과녁 한가운데 중에서도 한가운데,

불스 아이에 정확히 꽂혀 있었다. 정작 내 눈은 아직 다 떠지지도 않았는데.

"이, 이거 사야겠어요!"

"다행이군요, 결정하셨다니."

느닷없이 괴이한 탄성을 지른 탓인지 남자는 딱딱한 웃음을 보였다. 나는 오른편으로 한 걸음 비켜서 다시 진열대로 향했다. 그런데 이게 웬일인가.

"어라, 어디 갔지?"

조금 전까지 분명히 고리에 매달려 있던 다트 화살 상자가 사라지고 없었다. 시투하는 틈에 다른 손님이 사 갔을까. 상자를 바라본 게 한순간이었기 때문에 고리에 여러 개가 있었는지 아니면 마지막 한 세트였는지도 확인 못 했다.

"저런, 딱하게도. 다시 다음 기회에 사셔야겠네."

남자는 상냥한 대응으로 얼버무렸지만 내 충격까지 없애주지는 못했다. 어렵사리 결심했는데. 어물거린 내 잘못이라는 건 잘 알면서도 손에 넣을 수 없다고 생각하니 점점 더 갖고 싶었다. 하지만 어쩔 수 없다.

"번거롭게 해서 죄송합니다……."

나는 어깨를 떨구고 터벅터벅 고코로후토를 나왔다. 원래 다른 매장도 돌아볼 생각이었지만 안타깝게도 그럴 기분이 아니었다. 다코야쿠시 쪽 출구로 나와 미련 가득한 마음으로 건물을 돌아보니, 근무 태도에 문제가 있는 여점원이 아직도 내게 시선을 던지고 있었다. 메롱 하고 혀를 내밀어 줄까, 하고 생각한 바로 그때.

"아오야마 씨."

등 뒤에서 들려온 목소리에 내 처진 어깨가 슬쩍 젖혀졌다.

"앗, 바리스타."

몸을 돌려 바라보니 미호시 바리스타가 수줍은 미소를 짓고 있었다.

"탈레랑 밖에서까지 그렇게 부르시면 좀 부끄럽죠."

내 얼굴에는 헤벌쭉 웃음이 번졌다.

"이건 특별한 인연 아닙니까? 이런 데서 만나다니!"

"정말 그렇죠? 고코로후토에는 커피 관련 기구나 식기를 보러 나오셨나요?"

"아뇨, 그냥 심심해서요." 나는 머리를 긁적이며 말했다. "그쪽은 뭐 하고 있었어요? 오늘 정기 휴일이잖아요."

"가끔은 쇼핑이라도 하자 싶어서 이 근처를 돌아다녔는데 저쪽 모퉁이에서 마침 고코로후토에서 나오는 아오야마 씨의 모습이 보였어요. 실은 나도 십여 분 전까지 여기 있었거든요."

그녀는 고코로후토의 노란색 작은 종이봉투를 얼굴 옆으로 치켜들었다. 말하면서 어깨가 잘게 흔들릴 때마다 레이스 튜닉 옷자락이 하늘하늘 헤엄쳤다. 그녀의 그런 모습이 실로 즐거워 보여서, 이거, 이거, 너무너무 예쁜 거 아냐, 라고 생각하고 말았다.

본능적이고 충동적으로, 감정이 내 등을 떠밀었던 것일까. 아니면 이미 한 가지 놓쳐버린 소망이 또 다른 소망에 대한 탐욕을 부추겼던 것일까.

그다음 말이 뜻밖에도 수월하게 내 입에서 흘러나왔다.

"그나저나 이제 곧 저녁인데, 시간 있어요?"

순식간에 그녀의 얼굴이 진지해지는 바람에 나는 머릿속이 하얘졌다. 아차차, 싶었다.

그래서 그녀의 대답은 하얘진 머릿속에 상큼하게 울렸다.

"네, 오늘 밤 한가해요."

부드러운 목소리가 가슴속을 꽉 움켜쥐었다. 그다음 말은 아예 말더듬이처럼 띄엄띄엄 튀어나왔다.

"혹시 괜찮으시면, 그러자는 얘기인데, 혹시 밥이라도 함께, 하셔도 될지 어떨지."

"청해주시면 저야 영광이죠." 그녀는 빙긋이 미소를 지었다. "함께 가요."

상쾌한 전자음이 귓속에 울려 퍼졌다. 불스 아이를 맞췄을 때 다트 머신이 올리는 그 소리다.

"그럼 따라오시지요. 내가 기야마치에 좋은 식당을 알고 있으니."

저물어가는 거리에 의기양양하게 걸음을 내딛다가 나는

문득, 커피 없이 만난 우리 두 사람의 관계에 신비한 감개를 느꼈다. 신호를 기다리느라 멈춰 섰을 때, 탈레랑에 드나들기 시작한 이유가 대체 뭐였더라, 하고 다시 제정신이 돌아올락 말락 했지만 옆을 보니 바리스타는 즐거운 듯 나를 쳐다보고 있어서, 뭐, 됐어, 하고 나 자신을 납득시켰다.

2

교토에는 '오반자이'라는 요리가 있다.

한마디로 반찬류를 말하는 것인데, 천연 조미료 등으로 순하게 맛을 낸 소박하고도 건강한 경향을 가진 오반자이는 일반적으로 상상하는 반찬과는 구별되는, 역사 깊은 교토 고유의 풍정이 진하게 느껴지는 요리다. 본래 가정식이었지만 이게 술안주로도 딱 좋아서 일본 3대 명주로 이름 높은 후시미 청주가 술술술 들어간다. 교토 최고의 술집 거리 기야마치에서 오반자이가 맛있는 주점을 발견한 이래로, 이런 곳에서 친근한 여성과 술잔을 주고받을 수 있다면, 하고 동경해 왔던 나는 마침 잘됐다 하고 미호시 바리스타를 안내하여 그곳으로 찾아갔다.

큰길 모퉁이에 우뚝 선 건물에 도착해 엘리베이터로 4층에 올라갔다. 그런데 포렴이 내걸린 격자 미닫이문 너머는 뭔가 분주할 뿐 손님을 맞아주는 기척이 없었다.

"엇, 오늘 장사 안 하나?"

"안에 사람이 있으니까 그건 아닐 거예요. 너무 일찍 온 거 아닌가요?"

영업시간을 확인해 보았다. 오후 6시 개점. 시계 확인. 오후 5시 45분.

"대단한 통찰력이십니다. 그나저나 이걸 어떡하죠?"

억지웃음으로 얼버무리고 있는데 미닫이문이 열리고 점원인 듯한 여자가 나왔다.

"미안합니다, 개점까지 잠시만 기다려주시겠어요?"

그야 당연히 기다려야 한다. 이쪽에서 반칙했으니까.

"자리 예약해 드릴 테니 성함을 말씀해 주세요."

"아오노 야마토……아니, 그게, 푸를 청에 뫼 산을 쓰는 아오야마靑山예요."

옆을 흘끔 보았다. 그새 바리스타는 차례를 기다리는 벤치에 오도카니 앉아 휴대전화로 뭔가 보내고 있었.

가까스로 난관을 뛰어넘은 모양이다. 안도하면서 바리스타 옆에 나란히 앉았다. 그녀는 휴대전화를 챙겨 넣고 느긋하게 물었다.

"오반자이 주점이네요. 이런 데를 좋아하나 봐요."

"감동할 만큼 화려하지는 않지만, 질리지 않는 깊은 맛이 있거든요."

"나한테는 오반자이라면 돌아가신 부인이 해주시던 요

리였어요."

나는 미간을 쓱쓱 비볐다. 부인, 즉 모카와 부인이 이른바 교토 토박이라는 얘기는 이미 들은 적이 있다. 바리스타는 교토 출신은 아니지만 거주한 지 2년 반밖에 안 된 나와는 달리 교토의 음식 문화를 접할 기회가 많았을 터였다.

"아차, 그렇군요. 내가 영 센스가 없어서."

"천만에요, 오랜만이라 반갑다는 뜻으로 한 말인데요."

그렇다면 다행이다. 자칫 내 입에서 쓸데없는 말이 튀어나올까 봐 나는 코를 훌쩍이는 것으로 대답을 대신했다.

"오래 기다리셨습니다. 이쪽으로 오세요."

조금 전의 점원이 안내한 곳은 작은 테이블 좌석이었다. 은은한 조명, 주점이라는 말과는 어울리지 않을 만큼 멋스러운 실내, 등롱을 본뜬 따듯한 색감의 불빛이 정겹다. 상석인 소파에 바리스타를 앉히고 나는 등의자 쪽에 자리를 잡았다.

처음부터 청주를 공략해 얼떨떨하게 취해버리는 것도 아까운 일이라서 우선 교토 맥주를 주문했다. 바리스타는 매실주에 소다수 칵테일. 술이 센 편인지 아닌지, 약간 애매한 종목이다. 거기에 곁들이는 안주로는 나마후(생 밀기울로 만든 떡.) 간장 조림, 직접 만든 히로우스(으깬 두부에 당근, 실 다시마 등을 넣어 둥글납작하게 튀겨낸 것.), 토란 찜 등을 주문했다.

잠시 뒤 테이블에는 원뿔형 맥주잔과 큼직한 샴페인 글라스가 차려졌다. 빛이 투과해 테이블을 호박색으로 물들인 두 개의 유리잔을 손에 들고 우선은 건배.

"무엇에 건배할까요?"

내 말에 바리스타가 문득 미소를 지었다.

"그러면 숫자 8에, 라는 건 어때요?"

굳이 물어볼 것도 없이 설명을 기다리는 처지가 되었다.

"지금은 10월, 영어로 October예요. 그런데 오늘 우리가 만난 곳이 다코야쿠시蛸薬師 길이었죠. '다코(일본어로 '다코'는 '문어')'는 영어로 octopus니까 양쪽 다 'octo'가 들어가네요."

"아, 'octo'라는 건 분명 라틴어로는 8이지요?"

"그렇죠. October는 고대 로마 달력으로 여덟 번째 달에 해당한다는 데서 붙여진 이름이라더군요. 그리고 일본에서 8은 예로부터 그 한자 모양에 따라 끝이 점점 넓어지고 번창하는 재수 좋은 숫자로 여겨졌어요. 어때요, 그렇게 보면 오늘 저녁 우리의 해후도 더 멋있겠지요?"

뭔가 뜨끔했다. 그녀의 웃는 얼굴에서 묘한 속셈 따위는 보이지 않았기 때문에 더욱더.

"그러니까 숫자 8에, 에잇, 건배하자구요."

"eight에 건배? 그런 썰렁한 말은 안 하시는 게 더 좋았을 거 같은데."

쨍, 하고 마주친 유리잔의 진동이 마음까지 떨리게 했다.

동서양을 절충하여 세심하게 배려한 식당 분위기는 샴페인 글라스와 오반자이가 줄줄이 차려진 뒤에도 여전히 조화로웠다. 그녀는 히로우스를 한 입 먹어보더니 역시 집에서 한 요리와는 다르다면서 빙긋이 웃었다. 마음에 든 모양이다. 수다분한 대화가 편안하게 흘러가고, 일부러 술기운을 빌릴 것도 없이 행복한 기분을 곱씹으며 나는 별다른 치장 없이 담백한 요리를 입맛을 다셔가며 먹었다.

청주를 도쿠리 술병으로 주문하자 바리스타는 술 따르기를 자청했다.

"감개무량한데요, 이렇게 미호시 씨가 채워주는 술잔을 받다니."

작은 사기 술잔을 내밀며 말했다. 부끄러웠지만, 지시하신 대로 바리스타 대신 이름을 불러본 것이다.

"아이, 뭘 그렇게까지. 원래 마실 것은 항상 내가 만들어줬는데요."

"아뇨, 이건 틀림없는 내 본심입니다. 본의 아니게 성차별을 조장하는 발언이 될까 봐 걱정스럽지만, 이렇게 훌륭한 여성과 일대일로, 그것도 옛 도쿠리 술병에서 따라주시는 술을 받는다는 건 참으로 비할 데 없는 기쁨이죠."

조금씩, 하지만 분명하게 술기운이 올라오는 모양이다. 평소답지 않게 대담한 발언이 내 입의 필터를 스르륵 통과했다. 하지만 그녀는 지극히 침착한 모습이었다.

"하지만 이런 기회가 처음은 아니지요?"

엇, 지금 이 장면에서 그런 언급을 하시다니. 표현은 직설

적이 아니지만 바리스타의 그 말이 내 전 여자 친구를 넌지시 암시한다는 건 명백했다. 뜻밖이라는 마음에 나는 말했다.

"어인 일로 그리 깊이 파고드는 질문을 하시는지요. 저의 극히 사적인 영역에 대해 지금까지 재미 삼아 알아맞힌 적은 있어도 순수하게 궁금해한 적은 없었던 것 같은데요? 그래서 나한테 전혀 관심이 없으신 줄 알았습니다."

어디까지나 농담 삼아 해본 말일 뿐이다. 그런데 바리스타는 약간 특이한 반응을 보였다.

"거슬렸다면 사과할게요. 기분이 좋아서 너무 버릇없이 굴었나 봐요. 죄송합니다."

그렇게 말하고 깊숙이 머리를 숙인 것이다.

"아뇨, 딱히 화가 난 건 아니고요. 괜찮습니다, 물어보시는 것도, 대답하는 것도."

나는 급히 손을 내저었다. 하지만 그녀의 흐려진 표정이 밝아지지 않아서 분위기상 주절주절 말이 많아져 버렸다.

"예에, 분명 처음은 아닙니다. 하지만 돌이켜보면 그 사람은 마치 애완견을 복종시키려는 어린애처럼 나를 다뤘던 것 같아요. 마음에 들지 않으면 화를 내고 못살게 구는 식으로 말이죠. 술잔을 채워주는 것까지도 모두 그녀의 계획에 따른 일이랄까, 나는 마치 불필요한 옷이 입혀진 애완견의 심정에 가까웠어요. 그 당시에는 뭐, 그것도 괜찮았지만, 오늘 저녁의 이 술잔과는 전혀 다른 게 아니었을까요."

거슬리는 일 따위 하나도 없다는 뜻으로 털어놓은 말이었지만, 내뱉고 나서야 괜한 소리를 지껄였다고 후회했다. 바리스타의 얼굴빛이 여전히 흐려서, 유리잔을 잡은 손끝에 힘이 들어간 것조차 무섭게 느껴졌다.

더 이상 내 얘기는 하지 말자. 나는 작은 사기잔의 술을 탁 털어 넣고, 손쉽게 공을 되받아치는 수로 나갔다.

"그쪽이야말로 나보다 더 오래 사셨으니……."

"그래봐야 겨우 1년이에요." 살짝 뺨이 풀어지며 웃는다.

"아까 말씀하신 '이런 기회'도 분명 있었을 것 같은데요. 사적인 질문을 사과하느니 나도 사적인 질문을 하게 해주시지요."

나 역시 바리스타와는 커피점 직원과 손님의 거리를 일정하게 유지하며 여태껏 사적인 질문은 애써 피해왔다. 그런 낌새는 전혀 느껴지지 않았지만, 그녀가 여기서 '사귀는 사람이 있다'고 말한다 해도 이상할 건 없다.

다행이라고 할까, 그녀는 그런 말은 하지 않았다. 그저 고개를 떨군 채 토란에 젓가락을 내밀었다.

"문자 그대로 '술잔을 채워주는 기회'라면 전혀 없지는 않았어요. 하지만 그 이상의 의미가 있는 일이라면 귀를 즐겁게 해드릴 만한 얘기가 하나도 없는 경험의 일천함이 부끄러울 따름이군요. 실은 '이런 기회'라는 것도 벌써 몇 년 만인지 모르겠어요."

오잉? 나는 지금까지 그녀에게서 발견한 몇 가지 마음에 걸렸던 점들이 생각났다. 장마철, 그녀의 태도에서 감지되었던 일그러진 쓸쓸함. 여름, 만남에서 교제까지 너무도 빠르다는 것에 그녀가 보였던 놀람. 가을, 나를 위한 일이라면서 전 여자 친구를 선처하라고 충고했을 때의 안타까운 표정.

혹시, 하고 나는 머릿속에 떠오르는 대로 말해버렸다. 하지만 이건 내뱉고 나서야 또다시 후회하는 말이 되었다.

"남자를, 혹은 남자와의 사랑을 피하시는 건가요? 혹시 과거에 무슨 일이 있었다든가?"

"……아오야마 씨."

그녀의 목소리는 차갑고 날카로웠다.

"말씀하신 대로 나는 그쪽보다 1년쯤 더 인생을 살아왔어요. 당연히 여러 가지 일이 있었죠. 힘든 일도 있었고 슬픈 일도 아주 많았어요. 그런 모든 걸 거쳐서 나는 아오야마 씨를 만났고 지금 이렇게 같은 시간을 공유하고 있는 거예요."

가볍게 고개를 끄덕일 수도 없었다. 접시 위에서는 토란이 젓가락에 찔려 있었다.

"이건 나 혼자만의 희망 사항인지도 모르지만, 아오야마 씨와는 언젠가 서로의 마음속까지 들어갈 수 있는 사이가 될 거라는 예감이 들어요. 하지만 지금은 아직 그럴 용기가 없군요. 부디 조금만 더 이대로 가만히 놔두실 수 있을까요? 적절한 시기가 되면 반드시 내가 먼저 청할 테니까요."

그건 지극히 추상적인 말이어서 내가 그걸 모두 다 이해했다고는 생각되지 않았다. 다만 그녀가 마음속에 떠안고 있는 것의 정체를 감추면서도, 그런 게 존재한다는 걸 내게 알리려고 한 의도만은 정확히 전해졌다. 애초에 그 마음속에 맨발로 쳐들어가려던 것도 아니었고, 그녀의 비밀스러운 뭔가를 받아들일 각오가 되어 있느냐고 묻는다면 선뜻 그렇다고 대답할 수도 없었다. 내가 할 수 있는 일이라고는 그녀가 필요로 할 때, 그 마음속에 가만히 들어가는 정도일 것이다.

"미안합니다. 괜찮아요, 말하고 싶은 것만 말씀하시면 됩니다."

"저런, 사과하실 게 뭐가 있다고?" 그녀의 목소리에 겨우 따스함이 돌아왔다. "나야말로 미안하죠. 아마 내가 항상 우울한 얼굴을 하고 있었나 봐요. 그런 나를 염려해 주시는 친절한 마음에는 항상 진심으로 감사드려요."

"그런 고상한 게 아니에요. 내가 생각해도 경박했죠. 하지만 너무 힘들 때, 누군가에게 뭔가 털어놓고 싶을 때, 나라도 괜찮으시다면 언제든지."

"고마워요. 조금 힘든 시기도 있었지만, 이제 괜찮아요."

그녀가 원래의 웃음을 보였을 때, 나는 안도하는 한편으로 오늘 밤 부쩍 좁혀진 듯했던 둘 사이의 거리가 다시 원래대로 리셋되었다고 느꼈다.

"나를 항상 지켜준 사람이 있어요. 지금도 소중한 친구죠."

그건 참으로 다행이다. 내가 나설 자리 따위, 없는 게 훨씬 더 바람직한 것이다.

아무 말도 나오지 않았다. 어떻게 처신하는 게 정답인지 알 수 없었다. 내리뜬 시선은 빈 술잔을 포착했지만, 이런 상황에 잔을 채워달라고 하는 것도 어울리지 않는 것 같았다.

"……잠깐 화장실에."

내가 선택한 것은 결국 잠시 자리를 뜬다는 흔해 빠진 도피였다. 그런데 그 한심한 도피가 적어도 바리스타에게는 정답이었다는 것을 나는 그 직후에 깨달았다.

재차 담판을 벌여볼 것인가, 아니면 다음 기회로 미룰 것인가.

결정하지 못한 채 자리로 돌아와 보니, 내가 없는 사이에 바리스타는 술을 추가 주문했다. 아무래도 술이 센 편인 모양이다. 자연스럽게 상황은 재차 담판하는 쪽으로 접어들었고, 이번에야말로 바리스타는 수고스럽게도 내 술잔을 채워주었다.

어슴푸레한 조명이 갑작스럽게 한층 더 컴컴해진 것은 오후 9시를 지난 무렵이었다.

배경음악이 문득 바뀌었다. 누구라도 귀에 익은 정다운 노래를 보사노바풍으로 편곡한 것이었다. 가게 안쪽에서 웨이터가 파파팟 터지는 불꽃이 꽂힌 조촐한 케이크를 손에 들고 다가왔다.

설마 나한테? 케이크가 극히 자연스러운 동작으로 내 눈앞에 착륙했다.

"해피 버스데이, 아오야마 씨."

잘 보이지 않는데도 그녀의 웃는 얼굴이 손에 잡힐 듯 느껴졌다.

"기억하고 있었어요?"

내가 알려주기도 전에 그녀는 내 생일을 알아맞혔었다. 신神 없는 달, 즉 10월의 말일, 서양식으로 번역하면 핼러윈 데이. 오늘은 그 당일은 아니지만 축하를 받기에 딱 좋은 타이밍이라고 할 만남이었다. 하지만 건배의 말로 그 얘기를 꺼내지 않아서 나는 이미 요만큼도 기대하지 않고 있었다.

"와아, 이건 또 아주 재치 있는 '사죄'로군요."

그녀의 목소리에 의아함이 담겼다. "사죄?"

"지난달에 약속한 사죄도 할 겸, 겸사겸사 축하 아닌가요?"

"그것과 이건 전혀 별개예요. 생일을 축하하는 데 무슨 다른 이유가 필요해요?"

순수한 후의가 눈이 부셨다. 타산으로 치부했던 나의 천박함을 부끄러워하며 겸연쩍은 얼굴을 하고 있으려니 바리스타도 그 해석에 있어서 오류를 범했다.

"아, 그때 일이 아직도 마음에 걸리는 모양이죠? 그때는 정말 죄송했어요. 안심하세요, 아저씨에게 따끔하게 말해서 연락처도 삭제하라고 했으니까."

"아뇨, 그건 이제 괜찮아요. 그나저나 모카와 씨는 반성을 좀 하셨어요?"

그녀도 쓸쓸한 얼굴이 되었다.

"전혀. 여전히 영업 중에 잠만 자요. 아예 그 구석 의자에 큼직한 봉제 인형이라도 갖다 놓을까 봐요. 강제로라도 자리를 빼앗지 않으면 늘 농땡이 부릴 궁리만 하신다니까."

의자를 치워버리면 되지 않을까요, 라는 말은 하지 않았다.

잠시 뒤, 실내에 원래의 불빛이 돌아왔다. 케이크를 잘라 주는 그녀를 바라보며 나는 말했다.

"그래서 아까 술을 추가 주문했군요. 가게 쪽에 케이크를 부탁할 기회는 딱 한 번, 내가 자리를 떴을 때뿐이었어요. 케이크가 도착하려면 한참 걸리니까 그때까지 시간을 벌기 위해서 술을?"

"정답이에요. 자, 드세요."

아담한 크기의 호박 케이크는 얼핏 보기에도 생일 축하용은 아니었지만, 갑작스럽게 마련한 것치고는 지나치게 완벽할 정도였다. 모카와 씨가 만드는 애플파이만큼은 아니어도 맛 또한 두말할 나위 없었다.

그녀의 빈틈없음에 존경의 뜻을 표하려던 나는 아직 칭

찬이 부족했다는 것을 깨달았다.

"생일이라면 빠뜨릴 수 없는 게 있죠?"

그러면서 바리스타가 고코로후토의 작은 종이봉투를 내민 것이다.

"선물이에요. 받아주세요."

"엇, 그래도 이건……."

"사양하실 거 없어요. 그러려고 샀고, 아주 싸게 구입했으니까."

감사 인사를 하면서 나는 내심 고개를 갸우뚱했다. 고코로후토 앞에서 만났을 때, 그녀는 이미 이 종이봉투를 들고 있었다. 꼭 오늘이 아니어도 가까운 시일 내에 내 생일을 축하해 줄 생각이었던 건가.

바리스타는 마치 자신이 선물을 받은 것처럼 싱글벙글하며 내가 봉투를 열기를 이제나저제나 기다리고 있었다.

"마음에 꼭 드실걸요?"

"유난히 자신만만하군요. 커피 관련 상품인가."

종이봉투 위쪽의 테이프를 뜯으려다 나는 순간 손을 멈췄다.

"커피 쪽은 아니에요. 한 가지 힌트를 드리죠. 오늘의 건배는 숫자 8에 했어요. 8을 다르게 말하면 뭐가 될까요? 아니면 '꿀벌(숫자 8은 일본어로 '하치' 혹은 '야' 등으로 읽히는데, '하치'는 '벌蜂', '야'는 '화살矢'과 발음이 같은 동음이의어다.)'로 바꿔 읽고 그들이 잘하는 동작을 연상해 보는 것도 좋을 거예요."

곧바로 퍼뜩 떠오르는 게 있었다. 하지만 그건 불가능한 일이다.

설마, 하고 생각한 순간, 더 이상 견딜 수 없었다. 급히 테이프를 뜯고 봉투 안에서 문고본 크기의 상자를 꺼냈다. 포장지를 벗기는 시간도 아까워 고코로후토 로고가 찍힌 종이를 거의 찢다시피 했다.

그리고 말문이 턱 막혔다.

"어때요, 마음에 드세요?"

감쪽같이 해치웠다, 라는 듯 의기양양한 얼굴의 그녀를 멍하니 바라보았다. 어떻게 이 녀석이 여기에?

마음에 들고 말고가 아니었다. 빈틈없는 바리스타가 준비한 선물은 불과 몇 시간 전에 내가 울며불며 포기했던 바로 그 다트 화살이었다.

3

"아하, 알겠네요, 미호시 씨!"

일어날 수 없는 일은 일어나지 않는 것이다. 아무리 총명한 미호시 바리스타라도 나와 이 다트의 만남을 사전에 예측할 수는 없다. 즉 논리적으로 도출되는 결론은 단 한 가지.

"내가 시투하는 모습을 고코로후토의 같은 매장 어딘가

에서 몰래 지켜보고 있었지요? 그리고 내가 자리를 뜨자마자 급히 이 녀석을 구매했고, 다른 출구로 나와서 내게 말을 건넸다. 어때요, 맞죠?"

"전혀 잘못 짚으셨어요!"

바리스타는 한순간의 망설임도 없이 즉각 부정했다. 이번에도 또 잘못 짚었나…….

"앞서도 말했듯이 나는 아오야마 씨가 고코로후토에서 나오는 모습을 목격했어요. 빌딩을 돌아보는 모습이 그야말로 아쉬워서 어쩔 줄 모르는 표정이었지만, 그건 겨우 십여 초였잖아요? 내가 이걸 사서 선물 포장까지 한 뒤에 다른 출구로 우회해 아오야마 씨 등 뒤로 가기에는 시간이 너무 부족한 것 같은데요. 게다가……."

"게다가?"

"본인이 사지 않기로 한 물건을 선물한다는 것도 좀 이상하죠."

"아니, 정말로 사고 싶었는데 살 수가 없어서……."

그렇다. 나는 이 녀석을 포기해야만 했던 이유가 퍼뜩 생각났다.

"아, 알았다! 시투를 하기 전에 분명히 진열되어 있던 이 화살이 내가 시투를 끝내고 와보니 하나도 남김없이 사라졌어요. 그렇다면 내가 한창 시투하는 중에 누군가 사 갔다고 할 수밖에 없겠죠. 그게 바로 미호시 씨였던 거예요."

"그렇다면 시투를 해본 아오야마 씨가 살 필요가 없다고 생각할 가능성을 내가 전혀 고려하지 않았다는 얘기가 되는데요?"

끄응 신음했다. 생각해 보니 내가 이 녀석을 사기로 결심한 것은 3투 때의 기적 때문이었다. 2투 때까지의 그 한심한 결과뿐이었다면 나는 분명 화살을 사지 않았을 것이다.

"……아니, 시투를 해봤다는 건 이미 이 녀석에게 상당히 관심이 있었다는 뜻이니까 그 단계에 미리 상품을 확보했겠지요. 계산대로 가져가는 건 시투가 끝난 다음에라도 괜찮으니까요."

"글쎄 그런 거라면 첫 번째 의견과 마찬가지로 나한테 그럴 만한 시간이 없었다니까요."

그녀는 깨끗이 내 논리를 때려눕히더니 문득 자신의 휴대전화를 확인했다.

"시간도 꽤 늦었고, 그만 나갈까요?"

계산을 마치고 엘리베이터로 기야마치 길에 나섰을 때, 당연하지만 이미 해는 떨어진 뒤였다. 밤길을 혼자 보낼 수도 없고, 배웅을 겸해 수수께끼의 진상을 캐보려고 했는데 바리스타가 냉큼 달아날 태세를 취했다.

"그러면 저는 여기서 이만."

"여기서? 집에 혼자 가려고요?"

"걱정할 거 없어요. 저쪽에 기다리는 사람이 있으니까."

"마중 나오셨군요, 모카와 씨가."

"아뇨, 아저씨는 오히려 내가 번번이 모시러 나가야 하는걸요."

그녀는 강렬한 블랙 조크를 대신하는 것으로 대답을 회피했다. 다카세가와 강변에 떠오른 그녀의 웃음은 평소와는 달리 어딘가 침착성이 부족했다.

그제야 나는 깨달았다. 남자 친구가 이 근처까지 마중을 나왔구나, 하고.

그게 아니고서야 마중 나온 사람이 누군지 알려주지 않을 이유가 없다. 그리고 '술잔을 채워줄 기회'가 전혀 없지는 않다고 말했던 것도 식사를 함께할 정도의 이성 친구가 있다는 얘기다. 나와 그 남자, 어느 쪽이 더 중한가는 제쳐두고, 두 명의 이성 친구를 서로 마주치게 하고 싶지 않은 이유라면 얼마든지 짐작할 만했다.

"안전하기만 하다면 나야 뭐, 좋습니다." 어색한 웃음은 밤의 어둠에 섞여 들키지 않았다고 생각하기로 했다. "그래도 수수께끼의 답은 알려주셔야죠."

"그럼 그건 숙제로 할까요? 내 나름의 '트릭 앤드 트릿^{trick} $_{and\ treat}$(핼러윈 데이에 아이들이 집집마다 찾아다니며 외치는 '트릭 오어 트릿$^{trick\ or\ treat}$!(사탕 안 주면 장난칠 거야!)'을 패러디한 말이다.)'이에요. 정답이 뭔지 알아내면 탈레랑으로 오세요."

─'장난, 그리고 선물'인가.

잠깐 인사를 나누고 멀어져가는 그녀의 등을 배웅하며, 핼러윈 데이의 외침까지 멋지게 비틀어주는 빈틈없는 모습에 나는 쓴웃음을 지었다. 도무지 풀리지 않는 숙제를 내줘서 탈레랑으로 가는 길을 가로막는 것으로 그녀는 한 걸음 다가서려는 나를 일단 떼어놓으려고 했는지도 모른다는 생각이 머리를 쳐들었다. 하지만 길모퉁이로 사라지기 직전에 한들한들 손을 흔들어주는 그녀의 몸짓이 너무도 코믹했다. 나도 마주 손을 흔들고, 쓸데없는 생각일랑 훌훌 털어버리고 귀갓길에 올랐다.

상황이 크게 바뀐 것은 그로부터 채 열흘이 지나지 않은 어느 날이었다.

숙제를 안 하고 학교에 갈 만큼 넉살 좋은 편은 아니었기 때문에 나는 서글펐다. 모처럼 받은 선물은 내 것이라는 실감이 나지 않아 아직 던져보지도 못했다. 커피는 마시고 싶다. 하지만 정답을 찾지 못해서 선뜻 탈레랑에 갈 수 없다. 결국 나는 항상 가는 록온 카페에서 별 도움도 안 되는 추리를 멍하니 굴리고 있었다.

문득 자가 로스팅의 고소한 향기가 코끝을 간질여서 가게 안에 바람이 들이치는구나, 하고 생각했다. 입구 유리문으로 시선을 던졌다.

"어?"

거의 동시에 그런 소리가 두 사람의 입에서 흘러나왔다.

그 회색 양복은 본 기억이 있다. 거리를 두고 보니, 키는 훌쩍 크고 뿔테 안경은 오뚝한 콧날에 꼭 맞아떨어졌다.

"안녕하쇼?"

놀랐다. 인사와 함께 친근한 웃음을 던진 사람이 고코로후토에서 내게 다트 시투를 권했던 그 남자였기 때문이다.

"아, 지난번에는 고마웠어요."

"고맙기는 무슨, 난 그냥 던져보라고 했을 뿐인데."

남자는 겸연쩍게 웃으며 내 인사를 물리쳤다. 연중무휴 잡화점에서 근무하면 주말과는 아예 담을 쌓고 지내는지, 일요일인데도 번듯한 정장 차림이었다. 남자가 몸을 돌려 카운터 안쪽에 있던 카페 사장에게 말을 건넸다.

"저 친구와 합석해도 될까요?"

"응, 괜찮지. 그보다 합석이라는 건 서로 모르는 손님들이 한자리에 앉는 거잖아?"

씨익 웃는 사장의 컬컬한 목소리가 풍성한 턱수염과 어우러져 상당히 박력이 있다. 대학생이 많은 이 지역에 주목하고, 개업한 지 몇 년 만에 부동의 인기 카페를 만들었을 만큼 수완가다. 바리스타 양성 코스가 개설된 오사카 조리사 학교에서 강의도 하는 등 후계자 양성에도 관심이 많은 사람이다.

사장의 그 말도 쓸데없는 소리고, 남자의 "예, 한 가지 배웠습니다"라는 공치사도 쓸데없는 소리다. 우선 나는 이 남자와 딱히 할 얘기가 없다. 어째서 나를 빼고 자기들끼리 주거니 받거니 하는가. 고개를 갸웃거리면서도 어쩔 수 없이 구석 테이블에서 그와 마주 앉았다.

남자가 주문한 커피는 두 잔. 한 잔은 내 몫이었다. 미안해하면서 커피잔을 받아 들고, 이 어색함을 어떡하나 하고 난감했다. 하지만 뒤를 이은 몇 마디 대화로 나의 난감함은 단숨에 날아가 버렸다.

"아직 내 이름을 밝히지 않았군. 고나이 나미카즈라고 합니다. 잘 부탁해요."

"예, 저는……."

"아니, 알아. 우리 미호시에게도 함께 술 마시러 갈 남자가 생기다니, 놀라웠어."

입에 머금은 커피를 하마터면 뿜을 뻔했다.

"미호시 씨와 아는 사이였어요?"

"고코로후토 앞에서 당신과 대화하는 미호시, 마음 놓고 환하게 웃는 그 얼굴을 봤을 때, 깜짝 놀랐어. 이성하고도 쉽게 어울리는 예전의 그녀로 돌아왔구나 하고."

고코로후토를 등지고 나와 이야기했던 그녀의 표정이라면 물론 매장 안에서도 잘 보였을 것이다. 어느 틈에 반말 투였지만, 고나이라는 이 남자가 그녀의 이름을 스스럼없이 부르는 걸 보면 나보다 연상인 것 같아 그건 거슬리지 않았다.

다만 도저히 흘려들을 수 없는 말을 나는 다급히 물어

보았다.

"잠깐, 그게 무슨 뜻이에요, 예전의 그녀로 돌아왔다니?"

잔을 들어 올리던 그의 손이 멈췄다. 아차차, 하는 몸짓이었다.

"혹시 아무 얘기도 못 들었어?"

"이성 관계에 관한 얘기예요? 뭔가 사연이 있는 듯한 말을 내비친 적이 있지만, 그다음은 전혀."

그러자 그는 뭔가 깊이 생각하는 듯 고개를 숙였다. 나는 어떻게 해야 할지 몰라 머리 위 스피커에서 흐르는 낡아빠진 록 음악에 고막을 맡겼다. 곡이 바뀌었다. 손님이 나가고 다시 다른 손님이 들어왔다. 커피를 마셨다. 그리고 다시 한 번 곡이 바뀌었을 때, 고나이는 마음을 정한 듯 입을 열었다.

"듣고 싶어? 미호시에게 무슨 일이 있었는지."

"예?"

"그런 얘기 들어봤자 과거를 바꿀 수 있는 것도 아니야. 당신, 그녀가 짊어진 것을 받아들일 각오가 되어 있어?"

그건 이미 자문해 봤지만 나는 아직껏 대답을 찾지 못하고 있었다.

"……듣고 싶기는 하죠, 호기심이나 흥미 본위는 아니지만. 근데 그녀가, 언젠가 서로의 마음속에 들어설 것 같다, 다만 아직은 용기가 없다고 했어요. 그렇다면 그때를 기다리는 게 옳다고 생각해요. 안 그러면 그녀의 신뢰를 배반하는 일이 될 테니까."

 그럴싸한 말은 별로 잘하지 못한다. 하지만 열심히 내 마음을 전달하려고 했다. 남자의 진지한 눈빛이 내 진심을 이끌어 내는 것처럼 느껴지기도 했다.

"당신도, 그리고 그녀 자신도, 나라는 존재가 그녀에게 좀 특별하다는 건 인정했어요. 내 자만심의 착각일 뿐이라고 해서는 설명이 되지 않는 장소, 아무래도 내가 그런 자리에 있는 모양이죠. 왜 그렇게 됐는지는 나도 잘 모르겠어요. 하지만 만일 다른 어떤 누구도 들이지 않던 장소에 내가 들어가는 것이라면 여기서 일을 그르칠 수는 없어요. 그러니 나는 그녀의 뜻에 따르고 싶군요."

 그런데 고나이는 여기서 예상 밖의 발언을 했다.

"혹시 당신이나 미호시에게 위험이 닥친다고 해도?"

 무슨 말인지 알 수 없어 나는 미간을 찌푸렸다.

"위험이 닥친다고요?"

"그런 게 없었으면 나도 괜히 주절주절 얘기하지 않아. 아무래도 그리 좋은 일이 아니라서 미호시도 털어놓지 못했을 테니까. 하지만 그렇다고 아무것도 모른 채 어물거리다가는 과거가 되풀이될 수도 있어. 그런 불상사를 막기 위해서라도 내가 얘기해야 한다고 생각했어. 물론 미호시에게는 비밀로 하고."

 고나이는 내 대답을 기다리듯이 굳은 표정으로 커피잔

을 들었다.

나는 한참을 망설였다. 아직 어떤 얘기인지 모르기 때문에 우리에게 닥칠 위험이라는 게 무엇인지 판단할 수는 없다. 하지만 그가 말하는 게 사실이라면? 되풀이될 우려가 있는 과거에 이미 내가 한 발을 들이밀었다면?

스피커에서 흐르던 곡이 페이드아웃하고 다음 곡으로 바뀌었다.

"……알겠습니다." 나는 한숨을 섞어 말했다. "해주시죠, 미호시 씨의 이야기."

아무것도 모른다면 어떤 대응도 할 수 없다. 하지만 알게 되면 바람직하지 않은 불상사를 미리 막을 방법도 생각할 수 있다. 최소한 그게 필요한지 어떤지 판단하기 위한 재료만이라도 입수해 두는 게 좋지 않을까. 무엇보다 그의 말에서는 몇 분 전의 내 생각을 뒤집을 만큼 불길한 것이 진하게 묻어났다.

"당신이 응해줄 거라고 예상했지. 근데 한 가지, 조건이 있어. 당신은 지금부터 내가 하는 말을, 아니, 나와 이렇게 대화한 것도, 결코 미호시에게 알리거나 들켜서는 안 돼. 알겠지?"

턱을 끄덕였다. 그녀의 신뢰를 배반하는 일을 내가 나서서 털어놓을 리는 없다.

정신을 깨우는 브랜디를 마시듯이 커피잔을 기울이고 그

는 천천히 이야기를 시작했다.

"우화 한 편 듣는다는 기분으로 들어봐. 그녀는 4년 전 봄에 교토에 왔어. 고향에서 고등학교를 졸업하고, 이쪽 전문대에 다니기 위해서였지."

바리스타는 올해 스물세 살이라고 했다. 4년 전이라면 계산이 맞는다.

"호기심이 왕성해서 남녀노소를 불문하고, 또한 생김새며 지위를 불문하고, 누구하고나 적극적으로 소통하려는 여자였어. 입학하고 얼마 뒤에 먼 친척의 커피점에서 아르바이트를 시작했는데, 어떤 손님에게나 상냥하고 명랑하게 대했지. 손님들이 얼굴이 환해져서 돌아가는 커피점이 될 수 있게 진심을 다한다, 라는 말을 한 적도 있어."

그 말은 미묘하게, 내가 그녀에 대해 품은 이미지와는 달랐다. 분명 그녀는 지적인 호기심이 강했고, 그래서 나한테도 말을 건넸다고 할 수 있다. 하지만 다른 손님에게도 모두 똑같이 대한 것은 아니다. 오히려 조용한 시간을 즐기는 손님들을 방해하지 않으려는 소극적인 태도였다. 변했다는 게 바로 그런 것인가. 가게에서 함께 일하는 아저씨의 언동으로 보자면, 고나이가 말한 그녀의 이미지는 뜻밖이기는 해도 전혀 틀린 얘기는 아니라는 생각이 들었다.

"그래서 어깨가 축 처지거나 우울해 보이는 손님이 찾아오면 그녀는 어떻게든 이야기를 털어놓게 하고 기운을 북돋아 주었어. 물론 그 뜻은 훌륭한 것이고 그런 그녀에게 힘을 얻은 손님도 적지 않았어. 하지만 누구에게나 동등하게 친절한 것이 반드시 최선이라고는 할 수 없겠지. 그녀는 그걸 알지 못했어……. 어느 날, 한 남자 손님이 나타났어. 그는 바로 말하자면 타인의 호감을 얻기 어려운 모습이었어. 신체적 특징 같은 것 때문이 아니라, 말하자면 차림새며 청결함 같은 수준의 얘기야. 남자는 남들이 자신을 멀리한다는 사실도, 그리고 그 이유도 잘 알고 있었어. 혼자 따로 노는 데도 이미 익숙했고. 카페에서 커피를 마시는 일은 당연히 혼자 하는 거라고 생각했어. 그런 남자에게 그녀가 말을 붙인 거야. 왜 그렇게 쓸쓸해 보이는 얼굴을 하고 있느냐면서."

"그건 바람직하잖아요, 사람을 겉모습으로 차별하지 않는다는 거."

"정말로 그렇게 생각해?"

뜨끔했다. 그 눈빛이 나를 날카롭게 비난하는 것으로 바뀌었기 때문이다.

"인간의 겉모습에는 다양한 요소가 있어. 자기 힘으로는 어쩔 수 없는 것도 많아서 이를테면 키가 작다고 놀림을 당하는 사람에게 더 크라고 하는 건 잔인한 얘기겠지. 하지만 그렇지 않은 것도 있어. 남들이 자신을 멀리한다는 것을 알았을 때, 스스로 개선할 수 있는 요소도 아주 많다는 뜻이야. 옷차림은 그 가장 좋은 예겠지. 의식하느냐 아니냐를 차치

하고 누구든 타인에게 받아들여질 만한 차림새에 신경 쓰게 마련이야. 그런 노력을 내팽개치고, 있는 그대로의 나를 받아들이라고 타인에게 강요하는 건 폭거야. 그렇지?"

당황하는 가운데서도, 그건 그렇다고 고개를 끄덕였다.

"물론 사람을 겉모습으로 판단하라는 얘기는 아니야. 본인이 어떻게 해도 개선할 수 없는 부분을 이유로 남을 따돌리는 건 큰 문제지. 하지만 그렇지 않은 부분을 중시하는 건 문제가 없어. 반대로 겉모습에 전혀 신경 쓰지 않는 사람도 물론 상관없어. 그건 말하자면, 가치관의 차이야. 하지만 그걸 당신이 안이하게 '바람직한 일'이라고 일률적으로 말한 것을 지적하려는 거야. 뭔가 좀 아는 척하는 사람들은 으레 말하지. 사람을 겉모습으로 판단해서는 안 된다, 직접 겪어보지 않고서는 모르는 법이다……. 하지만 인간의 삶은 시간이 한정되어 있어. 만나는 사람 모두를 일일이 깊이 사귀면서 그 내면을 확인한 다음에 새삼 좋고 싫음을 판단할 여유 따윈 없단 말이야. 처음부터 겉모습도 속내도 모두 호감이 가는 사람을 좋아하는 게 뭐가 잘못됐지? 어째서 그런 건 도의적으로 뒤떨어진다는 평가를 받아야 해? 마음에 안 든다고 그 사람에게 뭔가 위해를 가하는 게 아닌 한, 어떤 상대를 좋아하든 말든 혹은 겉모습만으로 멀리하든 말든 그건 전혀 비판받을 이유가 없어."

"……바람직하다고 한 건 내가 경솔했군요. 하지만 겉

모습으로는 호감을 느끼기 힘든 사람이라도 어쩌면 큰 매력이 있는지도 모르잖아요. 그걸 찾아내려는 노력까지 부정할 수는 없겠죠."

"물론이야. 다만 나는 한마디 덧붙이고 싶어. 어딘가 이상한 사람을 이해해 주는 것뿐이라면 그나마 괜찮아. 하지만 그 모습 그대로 괜찮다고 긍정해 주는 건 자칫하면 세상을 향해 어리광을 부리고 우쭐하게 해서 오히려 그 사람을 못쓰게 만들 수도 있어. 타인이 문제시하는 점에 대해 개선의 여지가 있는 경우, 남에게 받아들여지려고 주의를 기울이느냐 혹은 그 자체를 포기하느냐, 그건 본인의 의사에 달렸다는 걸 잊어서는 안 돼. 어떻게 하든 괜찮다니, 그런 어린애 떼쓰기 같은 짓을 허용하는 게 과연 그 사람을 위한 일인지, 깊이 고민해 봐야 된다는 말이야."

그는 문득 헛기침을 하더니 너무 열을 낸 것 같다고 사과했다.

고나이의 말도 일리가 있었다. 다만 애초에 잘생긴 외모의 은총을 타고난 그는, 자신을 연마할 생각 따위는 포기해 버린 사람들의 심정을 아마 이해하지 못할 것이다. 애초에 자질이 없다고 뻔히 아는 일에 뛰어드는 것만큼 비참하고 고통스러운 것도 없다. 게다가 포기하자고 하면서도 마음속 깊은 곳에서는 누구라도 타인에게 받아들여지기를 원하게 마련이다.

아마도 지금 고나이에게서 느껴지는 친근한 분위기는 그의 의식적인 노력으로 빚어진 것이리라. 그렇다면 그런 면에서 게으른 사람도, 미호시 바리스타가 그런 사람을 받아준 것도 도무지 말이 안 된다는 그의 생각도 이해는 간다…… 아니, 그건 아니지. 나는 다시 생각을 가다듬었다. 그는 이 이야기의 결말을 알고 있다. 그 '남자'가 미호시 바리스타의 과거 오점으로 남은 장본인이라면 그녀에 대해 잘 아는 고나이가 그 남자를 혐오하는 건 자연스러운 흐름이다. 고나이는 그걸 일반론으로 발전시켜 좀 더 보강하고 혹은 정당화하려는 것이다.

"본론으로 돌아가지. 타인에게 받아들여지기를 포기한 남자의 마음속에 그녀는 주저 없이 다가갔어. 그리고 굳게 닫힌 그 문을 찬찬히 시간을 들여 조금씩 열어갔어. 처음에는 별생각 없이 커피점에 드나들던 남자도 점차 그녀에게 마음을 열었고, 어느새 이런 생각을 하게 됐어. 지금까지 누구도 들여다보지 않던 나의 내면까지 애써 들여다봐 주는 이 사람은 분명 나에게 특별한 존재다, 라고."

기묘하게도 그건 미호시 바리스타와의 관계에 대해 내가 앞서 말했던 것과 완전히 뒤바뀐 것 같았다. 그렇다면 내가 나를 그녀에게 '특별'하다고 자리매김했던 것과는 반대로, 그 남자에게는 바리스타가 '특별한 존재'였을 것이다. 하지만 그 남자는 누가 누구에게, 라는 점을 혼동해 버렸다.

"이윽고 남자는 그녀에게 품은 그리 익숙하지 않은 감정을 이른바 사랑이라고 판단하고 그녀에게 교제를 신청했어. 하지만 당연한 일이라고 할까, 그녀는 정중하게 거절했지. 그런데 남자는 그것이 도저히 용서되지 않았어. 결국 거절할 거면서 왜 내 마음을 녹이려 들었는가. 열 생각도 없었던 문을 그래도 그녀를 믿고 열어준 내 마음은 대체 어디로 가야 하는가……."

불합리한 얘기, 라고 생각하면서도 왠지 공감하는 나 자신이 있었다. 남들에게서 친절한 대우를 받지 못하는 동안에는 누구보다도 그 고마움을 잘 알지만, 막상 친절하게 대해주면 그걸로는 또 뭔가 부족해서 이런저런 주문을 덧붙이려 한다. 꼴사나운 일이지만, 이를테면 값비싼 고급 요리의 맛을 몰랐을 때는 정크 푸드도 얼마든지 맛있게 먹었는데, 라고 실감하는 순간이 분명 있는 것이다.

"그리고 사건이 일어났어. 어느 날 밤의 일이야. 탈레랑 앞을 지나가던 남자는 우연히 집 사이로 생긴 터널에서 비슷한 또래의 남자와 나란히 걸어가는 그녀를 발견했어. 그 자는 탈레랑의 단골손님이었지."

이야기가 핵심으로 향하고 있었다. 나는 점점 숨이 막히는 느낌이었다.

"그녀가 여전히 그런 처신을 하면서 다른 이성에게 겁 없이 다가가는 것을 알게 된 남자는 자신이 품었던 번민 따위, 그녀에게는 아무 계기도 되지 않았다는 것을 깨닫고 불끈했어. 반성하게 만들어야겠다고 생각했지. 사거리에서 단골손님과 헤어진 그녀가 인적 드문 골목길로 들어섰을 때, 남자는 뒤에서 그녀를 덮쳤고……."

무음. 두 사람을 감싼 공기에서 소리란 소리가 일제히 사라졌다. 고나이가 잠시 말을 끊은 것뿐인데도 나는 일순 내 청각이 없어져 버린 줄 알았다.

잠시 뒤, 무거운 바위를 굴리듯이 고나이가 다시 입을 열었다.

"그나마 다행이었던 것은 방금 헤어진 단골손님이 다시 돌아왔다는 거야. 그 손님이 그녀에게 돌아왔을 때, 남자의 모습은 이미 그곳에 없었고 그녀는 가까스로 화를 면했어. 다만 남자는 사라지면서 그녀에게 몇 마디 말을 남겼어."

"어, 어떤 말을?"

"남의 마음을 갖고 놀지 말라고. 남자는 그렇게 그녀의 귓가에 속닥거렸어."

처음에는 그게 별 의미도 없는 상투적인 말로 들렸다. 하지만 귓속에서 두 번 세 번 반추해 보는 사이에 단지 그것뿐인 몇 마디 말이 그녀에게 얼마나 큰 충격을 주었을지, 결로처럼 상상이 스멀스멀 얼어붙었다.

"그건 그녀가 믿어온 것과 완전히 정반대의 평가였어. 하지만 현명한 그녀는 자신의 무엇이 남자를 미쳐버리게 했는지 순식간에 이해했어. 그리고 두려워졌지. 앞뒤 가리지 않고 누군가의 마음을 열어젖히는 일이 얼마나 무책임한지 깨달은 거야. 그녀는 한동안 휴양한 뒤에 커피점에 복귀했지만, 예전과는 딴판으로 손님들과 항상 일정한 거리를 유지하게 됐어. 아니, 손님뿐만이 아니야. 똑같은 일이 벌어질 우려가 있는 모든 사람에게 마음의 문을 닫아버렸어. 아니, 정확하게는 상대 쪽에서 문을 닫게 했다는 게 맞을지도 모르겠군."

―지금은 아직 그럴 용기가 없어요.

다코야쿠시 주점에서 그녀가 했던 말이 다시 떠올랐다. 들어오게 할 용기, 라고 생각했었다. 자신의 마음을, 아픔을 드러낼 용기라고 생각했었다.

나는 착각한 것이었다. 상대의 마음에 들어설 용기, 그녀는 그것을 말한 것이다.

"여기까지가 4년 전 이야기야. 그 뒤로 그녀에게는 당신보다 더 친밀한 남자는 없었어. 적어도 내가 아는 한."

"당신은요? 그보다 미호시 씨 일을 어떻게 그토록 상세히 알고 있죠?"

새삼스럽지만 이제야 그런 의문을 던지자, 고나이는 피식 웃었다. 그 표정이 내 눈에는 왠지 자조적으로 보였다.

"거짓말에는 영 소질이 없어서 솔직히 말하겠는데, 방금 한 이야기에는 나도 등장했어."

흠칫했다. 이야기 속에 등장한 남자라면 그가 말한 '남자'를 빼고는 한 사람밖에 없다.

"당신도 사건 관계자였군요. 그래서 일의 전말을 모두 알고 있었고."

"……그날 밤은 어쩐지 불길한 예감이 들었어."

불길한 예감, 이란 말인가. 그는 그것을 믿고 다시 돌아가 미호시 바리스타를 위기에서 구해냈다. 영웅적이라고 할 만한 행동인데도 그의 웃음에서는 자조적인 기미가 사라지지 않았다.

"그런 일이 벌어진 뒤로 나는 드러내놓고 그녀와 만날 수는 없게 됐지만 아직도 먼발치에서나마 내 나름대로 그녀를 지켜보고 있어. 과대평가할 생각은 없지만 그녀에게 도움이 된 부분도 전혀 없지는 않을 거야. 어쨌든 단념하지 않으면 안 될 일도 있었으니까."

나는 그제야 고나이가 지은 그 자조적인 표정의 이유를 깨달았다. 이성과 마음을 주고받는 것이 힘들어져 버린 그녀를, 그래도 어떻게든 도와주려는 마음 하나로 그는 자신의 사랑까지 단념한 것이다. 아무리 훌륭한 정신이라는 칭찬을 받더라도 거기에 고통이 없었을 리 없다.

항상 지켜주는 사람이 있다고 미호시는 말했었다. 지금도 소중한 친구라고 했다. 그것이 누구를 가리키는 말인지 깨닫고, 나는 그녀를 다시 일어서게 해준 사람에게 감사하려다가 그러기에는 아직 이르다는 것 또한 깨달았다.

"위험이 닥칠 거라고 하셨죠? 하지만 그건 과거의 일이잖아요. 그 뒤에도 끊임없이 그 남자가 주위를 어슬렁거렸다면 큰 문제겠지만, 그러지 않아서 그녀도 다시 일어설 수 있었겠죠. 언제까지고 똑같은 위험에 계속 겁을 내며 살 이유는 없지 않을까요?"

"분명 4년 전의 일이지." 고나이는 씁쓸한 웃음을 지었다. "이미 결판난 일로 생각하겠다면 그것도 뭐, 당신이나 미호시의 자유야. 나는 단지 경고밖에는 할 수 없어. 하지만 사랑하는 사람을 위해 어떻게 하는 것이 옳은지, 찬찬히 고민해 보는 게 좋을 거야."

"아, 아직 사랑한다고 할 정도까지는 아니라고 할까……." 갑작스레 허를 찔린 기분이 들어서 나는 중언부언했다. "실은 그녀가 내려주는 커피를 좋아합니다. 그 맛의 비밀을 알아보려고 접근했다고 할까. 나는 그 맛이 변하는 일이 없기를 바라고 있고, 그러기 위해서라면 내가 할 수 있는 일은 무엇이든 할 거예요. 섬세한 미각이란 온화하고 안정된 정신이 있어야 비로소 만들어진다고 생각하니까요."

"흠, 커피라……."

그렇게 중얼거리고 그는 남은 커피를 마셨다. 덩달아 나도 마셨다. 미지근해졌는데도 얼굴이 화끈거리는 건 어째서일까.

"이제 슬슬 가봐야겠군. 계산서는?"

손목시계를 흘끗 들여다보고 그는 자리에서 일어섰다.

"괜찮습니다. 중요한 얘기를 들려주셨으니 오늘은 내가 내는 것으로."

"그래? 고맙네. 거듭 다짐해 두지만, 여기서 나눈 얘기는 모쪼록 그녀에게는 비밀로 해줘. 아, 그리고 이거."

그는 품에서 수첩을 꺼내더니 책장 끝을 찢어내 뭔가 급히 썼다. 열한 개의 숫자를 적는 그 상황은 나도 기억에 있었다.

"내 전화번호야. 미호시 일로 뭔가 어려운 일이 생기면 연락해."

"그건 나와 그녀의 관계를 응원하겠다는 말씀인가요?"

"응원이고 뭐고, 인간관계란 당사자 간의 인식 나름이잖아. 내가 할 수 있는 건 기껏해야 충고 정도야. 그 충고에 주의하든 말든, 그건 좋을 대로 해. 근데 뭐, 풀어놓는다기보다 놓아기른다고나 할까."

그리고 고나이는 다시 한번 바람을 일으키며 총총히 이 마데가와 도로를 건너 시야에서 사라졌다. 유리문 너머로 그를 배웅한 뒤, 손안에 남은 숫자를 바라보며 나는 생각했다. 이제 탈레랑에 갈 수 있겠구나.

당장 그와의 약속을 깨려는 게 아니다. 그렇다면 무슨 말인가.

물론 수수께끼 숙제가 풀렸다는 얘기다.

4

"⋯⋯어째서 숙제의 답을 들어야 할 사람이 원두를 갈고 있죠?"

창가 테이블에서 말을 건네자, 미호시 바리스타는 핸드밀을 손에 들고 빙긋이 미소 지었다.

"아오야마 씨의 말을 더 잘 들으려고요."

빨간 모자의 늑대가 하는 말 같다. 요컨대 내가 숙제를 제대로 했는지, 맑은 정신으로 철저히 확인할 작정인 것이다.

평소와 뒤바뀐 역할이 어쩐지 실감이 나지 않았다. 탈레랑에 들어서는 나를 보자마자 바리스타는 두 사람의 자리를 이곳에 마련했다. 마주 앉는 것으로 대결 자세를 연출하려는 것인가. 어쨌거나 가게 안은 오늘도 텅 비어서 그녀가 직원다워야 할 상황이라고는 생각되지 않았다.

"선물은 어떻게, 잘 쓰고 있어요?" 핸들을 돌리며 그녀가 물었다.

"그게, 실은 다트판이 없어요. 지금은 주로 던지는 연습이나 이미지 트레이닝을 하고 있죠."

"고코로후토 매장에 가서 연습하면 좋지 않을까요?"

그야 말로 하기는 쉽죠. 어느 정도 기초 실력이 쌓이기 전에는 공공장소에서 던지고 싶지 않은 이 심정을 설명하면 이해해 주실까.

"선물은 그렇게 됐지만, 숙제에 대한 답은 분명히 갖고 왔어요. 미호시 씨가 항상 하던 말처럼, 아주 잘 갈아졌습니다!"

"그럼 들어볼까요?"

대담한 웃음을 던지는 바리스타를 마주하고 나는 우선 카페모카로 목을 축였다. 초콜릿은 두뇌 활동을 도와준다는 말을 어디선가 얻어들어서 확인해 보자는 생각에 주문했다.

카페모카는 에스프레소를 활용해 제조한 음료다. 일본에서는 에스프레소를 그대로 마시기보다 이를 활용하는 경우가 많다. 커피점에 따라 제조법의 차이가 있지만, 이를테면 카페라떼는 에스프레소에 따뜻하게 데운 우유를, 카푸치노는 에스프레소에 거품을 낸 우유를, 그리고 카페 마끼아 또는 에스프레소 위에 소량의 스팀 우유를 무늬처럼 떨어뜨린다. 그밖에 향을 첨가하기도 하는데, 카페모카는 에스프레소에 스팀 우유와 초콜릿 시럽을 넣은 것이다.

하긴 미량의 초콜릿 시럽에 두뇌 회전의 효과를 기대하는 것보다 핸드밀을 빙빙 돌리는 게 더 나을지도 모른다. 나는 숙제에 대한 답을 발표하기 시작했다.

"순서에 따라 생각해 봅시다. 우리가 다코야쿠시에서 만났을 때, 미호시 씨는 이미 고코로후토 봉투를 들고 있었죠. 하지만 내 시투가 끝날 때까지 기다린 뒤라면 선물을 준비할 시간이 부족했다는 건 이미 입증되었어요. 그리고 내가 그 다트를 살지 말지 결정하기 전에 미호시 씨가 선물을 샀다는 것도 논리적으로 맞지 않아요. 그렇다면 생각할 수 있는 건 단 한 가지, 우리가 만난 시점에는 아직 선물을 준비하지 못했고, 그 봉투 안에는 전혀 다른 물건이 들어 있었다는 거예요."

드르륵드르륵. 그녀의 웃는 얼굴은 변함이 없다.

"그다음부터는 나와 행동을 함께했기 때문에 선물을 사러 갈 기회가 없었다는 건 두말할 것도 없겠죠. 그런데 선물을 건네줄 때, 나한테 '아주 싸게 샀다'라고 말했어요. 내가 사전에 그 다트 가격을 확인했는데 다섯 자릿수에 가까운 네 자릿수 가격이었으니까 부담 없이 주고받을 만큼 저렴한 선물이라고 하기는 어려워요. 그렇다면 바리스타가 한 그 말은 아마도 '당신이 생각하는 것보다 싸게 구매했다'라는 뜻이겠지요."

미리 머릿속에 정리해 둔 대로 이야기를 풀어나갔다.

"어떻게 내가 알고 있는 가격보다 싸게 살 수 있었는가. 포장지가 고코로후토 것이었으니까 다른 가게에서 샀다는 설도 성립하지 않죠. 여기서 나는 가까스로 '직원 할인'이라는 단어를 떠올렸고, 이어서 공범자가 있다고 생각하기에 이르렀어요."

이런 추리의 흐름은 거짓말이다. 사실은 순서를 건너뛰어 미리 해답을 봐버린 셈이다. 하지만 그건 내가 원한 결과가 아니었을뿐더러 불가항력이었으니 넘어가기로 했다.

"고코로후토에서 근무하는 친구나 지인이 있지요? 그 사람에게 연락해 나한테 줄 선물로 무엇이 적당한지 알아보라고 했고, 그걸 다코야쿠시 주점까지 갖다 달라고 한 거 아닌가요?"

―우리 미호시에게도 함께 술 마시러 갈 남자가 생기다니, 놀라웠어.

고나이는 그렇게 말했었다. 고코로후토에서도 나와 바리스타의 관계를 짐작할 수는 있었겠지만, 둘이 함께 간 곳이 다코야쿠시 주점이라는 것까지는 알 리가 없다. 이건 나중에 바리스타에게서 얘기를 들었다기보다 그녀가 걸어둔 트릭의 산물이라고 보는 것이 타당하다.

"그런 다음에 내가 화장실에 간 사이에 직원에게 맡겨둔 선물을 찾아 원래 들고 온 봉투 속의 물건과 바꿔치기했겠죠. 물리적으로 그것밖에는 다른 방법이 없어요. 그러면 숙제는 해결된 거나 마찬가지예요. 하지만 여기서부터 상황이 좀 까다로웠어요."

얘기가 길어져서 나는 일단 카페모카로 달아났다. 바리스타는 재미있다는 듯 귀를 기울였지만, 옆의 테이블 밑에서 샤를은 따분한지 하품을 하고 있었다.

"처음에는 우리의 우연한 만남을 기회로 삼아 미호시 씨가 친구에게 연락했다고 생각했죠. 그 직전까지 고코로후토에 있었다고 했으니까, 친구가 거기서 근무 중이라는 건 미리 파악했을 거예요. 하지만 미호시 씨가 그 친구에게 연락을 취할 기회는 지극히 한정적이었어요. 왜냐하면 내 앞에서 휴대전화를 사용한 것은 단 한 번, 주점이 문을 열 때까지 기다리는 동안뿐이었으니까요."

화장실에 다녀온 몇 분 동안 외에는 그녀에게서 눈을 뗀 적이 없다. 화장실에 그리 오래 있었던 것도 아니니까 내가 자리를 뜬 시점에 이미 선물은 도착했었다고 봐야 할 것이다.

"연락할 기회가 단 한 번뿐이었다면, 미호시 씨는 갑작스럽게 그 친구에게 '이러이러한 사람이 갖고 싶어 한 물건을 이 주점으로 보내달라'는 메시지를 보냈다는 얘기겠죠. 그런데 그건 시도는 가능하지만 성공할 가능성이 너무 적어요. 그 친구가 고코로후토에서 나를 발견하지 못했다면 그걸로 끝나버릴 얘기니까요. 일방적으로 메시지를 보내놓고 무작정 기다릴 수도 없고, 아마 여러 번 휴대전화를 확인해야 했겠죠."

"내가 휴대전화를 사용한 것은 아오야마 씨가 주점 점원과 이야기를 주고받는 아주 잠깐이었어요. 사정을 낱낱이 설명하려면 긴 문장이 될 게 분명한데 그런 메시지를 보내기에는 아오야마 씨의 말대로 시간이 부족했을 거 같네요."

그것도 그렇다. 어쨌든 여기까지는 잘 맞힌 모양이다.

"즉 우리가 만난 이후로는 친구에게 연락할 만한 충분

한 기회가 없었어요. 그렇다면 남은 가능성은 우리가 만나기 이전뿐이겠죠. 생각해 보면 미호시 씨가 일단 나왔던 고코로후토로 다시 돌아온 것부터가 부자연스러운 일이었어요."

언젠가 들었던 말을 빌리자면, 그 만남은 '운명'이라고 부르고 싶을 만큼 우연에 우연이 겹친 결과였다. 지나치게 상황과 잘 맞아떨어진 것이다.

"우리가 만난 게 완전한 우연은 아니었다는 거예요. 미호시 씨의 친구는 어떤 형태로든 내 얼굴을 미리 알고 있었고, 그래서 고코로후토 매장에서 나를 발견하자마자 아직 멀리 가지는 않았을 미호시 씨를 다시 불러들였어요. 그 통화 때에 미호시 씨는 내가 무엇을 갖고 싶어 하는지 알아보라고 얘기했고, 나를 매장에 되도록 오래 붙잡아두라는 부탁도 했겠죠."

그래서 그때 다트 화살 상자가 갑자기 사라진 것이다. 모처럼 관심을 가진 상품을 내가 냉큼 사버리면 선물로 줄 수 없게 된다. 시투를 하면서 눈을 질끈 감은 틈 등을 이용해 일단 화살 상자를 치워뒀다가 최종적으로 내가 구매를 결정하는지 지켜보고, 그제야 그걸 선물로 정한 것이다.

"하지만 내가 취한 연락이 그것뿐이라면 아직 충분한 답이 되지 않아요."

"그렇죠. 그 후에 식사하러 갈 것까지는 예상했다고 쳐도, 다코야쿠시 주점으로 결정한 건 나였으니까요. 최소한 어디의 어떤 주점인지 전해줄 필요가 있었겠죠. 그게 바로 개점을 기다리면서 휴대전화를 사용했을 때 보낸 메시지예요."

선물에 관한 정보만 사전에 알아두면 그 시점에 전할 말은 주점 이름과 그곳으로 물건을 보내달라는 것뿐이다. 수십 초 정도면 별 어려움 없이 목적을 이룰 수 있다. 그나저나 아무리 친구라지만 직원에게 물품을 배달시키고 게다가 어디선가 기다렸다가 집에 데려다 달라고 하다니, 미호시 바리스타, 사람 부리는 게 보통 능숙한 게 아니다. 고나이의 입장에서는 사랑하는 여자라서 차마 거절을 못 한 것인가.

이것으로 '트릭 앤드 트릿'은 모두 밝혀졌다. 바리스타는 정답지에 동그라미를 쳐주듯이 핸들을 느릿느릿 돌린 뒤, 손뼉을 치며 말했다.

"아주 잘하셨어요, 아오야마 씨!"

잔뜩 흥분한 그녀의 웃음에 나도 덩달아 미소가 번졌다.

"이번에는 전혀 잘못 짚은 거 아니죠?"

"네, 미처 알아뵙지 못해 미안하군요. 솔직히 이렇게까지 완벽한 추리를 하실 줄은 몰랐어요. 특히 '싸게 샀다'는 말에서 '직원 할인'을 이끌어 낸 그 예리함은 정말 감동적이군요. 그 말을 흘려 넘겼다면 직원이 아니라 단순한 쇼핑객으로도 성립되는 트릭이었으니까요."

식은땀이 흘렀다. 사실은 미리 고코로후토의 직원을 만나 얘기를 들었기 때문에 가능한 추론이었다. 실제로는 이치에 맞지 않더라도 일단 전체적인 줄거리를 미리 짜오기를 잘했다.

"미안합니다." 바리스타가 꾸벅 머리를 숙였다. "실은 아오야마 씨를 내 친구에게 미리 알려줬어요. 최근에 이런 사람과 친하게 지낸다고 얘기했죠, 이름이며 신분까지 포함해서."

그리 싫지만은 않은 고백이다. 게다가 그녀의 힘들었던 과거를 감안한다면, 점점 친밀해지는 이성에 대해 신뢰해야 할지 경계해야 할지, 친구와 상의도 하고 싶었을 것이다. 그건 어쩔 수 없죠, 라고 열심히 손을 내저으며 나는 그녀의 사과를 철회하도록 했다.

"근데 친구라는 분은 어떤 사람인지······."

내가 생각하기에도 참 거짓말을 잘한다. 하지만 나에 대해 알고 있다는 사람에게 일단 관심을 표해두는 게 자연스럽다.

"그건 이제 곧······."

"아, 저기 오는구먼."

그때까지 카운터에서 소일거리처럼 휴대전화를 만지작거리던 모카와 씨가 창밖을 턱으로 가리키며 말했다. 내다보니 누군가 가랑비가 흩뿌리는 가운데 탈레랑으로 다가오고 있었다.

바리스타는 환하게 웃으며 통통 뛰듯이 문 쪽으로 갔다. 이어서 딸랑하고 울리는 종소리. 편안한 잠을 방해한 데 대한 항의 표시인지 샤를이 작은 소리로 야옹 울었다.

방문객이 우산을 접었다. 그리고 그 밑에서 나타난 사람의 모습에 나는 엇 하고 놀랐다.

"소개할게요, 아오야마 씨." 바리스타의 손바닥과 가지런히 맞춘 손끝이 곁에 선 방문자에게로 향했다. "이쪽은 내 친구이자 이번 트릭의 중심인물, 미즈야마 쇼코水山晶子예요."

등 뒤로 길게 내려온 갈색 머리. 키는 바리스타보다 훌쩍 크고, 나를 빤히 바라보는 싸늘한 얼굴에 상냥함이라고는 한 조각도 없다. 수水, 정晶, 산山이 들어간 이름에서 최고급 쿠바산 원두, 크리스털 마운틴이 연상되었다.

첫 대면이 아니다. 그녀는 틀림없이 그날 고코로후토에서 봤던, 근무 태도에 문제가 있는 그 점원이었다.

"웬일이야, 미호시? 느닷없이 아저씨 휴대전화로 사람을 불러내고."

"쇼코의 활약을 마음껏 누린 사람에게 꼭 알려주고 싶었거든. 아이, 괜찮잖아, 금세 달려온 걸 보니 어차피 학교 땡땡이 치고 집에서 뒹굴고 있었지?"

"시끄러워. 내 현실을 까발리지 말라고."

"안 돼, 가끔은 착실히 공부도 해야지. 안 그럼 또 1년 더 다녀야 해."

"자, 자, 잠깐만요."

엄청난 혼란에 휩싸인 채 나는 가까스로 두 사람의 대

화에 끼어들었다.

"대체 어떻게 된 일인지……."

바리스타는 잠시 어리둥절해하다가 말했다.

"아, 쇼코는 나와 대학 동기인데 2년 만에 졸업한 나와는 달리, 벌써 4년째 학교에 다니고 있어요. 항상 아르바이트하느라 졸업이 늦어져서……."

아니, 그런 게 아니고요. 나는 고개를 홰홰 저었다.

"친구가 여자분이었어요?"

두 사람은 서로를 마주 보았다. 이윽고 의아한 얼굴로 바리스타가 대답했다.

"지난번에 말했죠, 남자와 둘이 술 마시는 기회조차 몇 년 만인지 모르겠다고. 내가 남자와 만나는 자리를 피한다는 건 아오야마 씨도 이미 아시잖아요?"

"아니, 그때 미호시 씨를 기다린다는 사람과 내가 마주치는 걸 꺼려 하는 것 같아서……."

"당연하죠, 그때 쇼코를 소개했다면 숙제의 답을 알려주는 거나 마찬가지잖아요."

"이봐요, 고코로후토에서 몇 번이나 눈이 마주쳤잖아. 뭔가 이상하지 않았어?"

미즈야마 쇼코도 어이없다는 듯 말했다. 그건 안다, 근무 중 그녀가 통화한 상대가 미호시 바리스타였다라는 얘기다. 물론 머리로는 나도 아는데…….

그렇다면 왜 등장인물 한 명이 남는 것인가.

 "......그래, 뭔가 이상하다고 생각했어."

 나는 숨을 헉 삼켰다. 불쑥 그렇게 중얼거린 바리스타의 입술이 새파랗게 질려 있었기 때문이다.

 "아까 아오야마 씨를 매장에 되도록 오래 붙잡아 두라고 쇼코에게 부탁했을 거라고 했죠? 분명 누군가 당신을 붙잡아둔 기억이 있는 모양이죠? 하지만 나는 그런 부탁은 한 적이 없어요. 왜냐하면 쇼코가, 어떤 낯선 남자와 다트 시투 중이니까 아직 한참 동안 매장에 있을 것 같다고 알려줬으니까요."

 "낯선 남자라니, 그 사람, 고코로후토 직원 아니었어요?"

 "고코로후토에 양복 차림으로 접객에 나서는 남자 직원은 없는데?"

 쇼코의 대답에 혼란은 가속화되었다. 아예 시시콜콜 다 털어놓고 답을 맞춰보고 싶었다. 하지만 남자와 했던 약속이 마음에 걸렸다.

 "게다가 아까 내가 사과했을 때는 '그건 어쩔 수 없다'고 했어요. 뭐가 어쩔 수 없죠? 친밀해진 사람의 정보를 친구에게 얘기해준 것에서 어떤 어쩔 수 없는 사정을 찾아냈다는 거예요?"

 바리스타의 두려움은 점점 커져갔다. 그럴싸한 표현으로 흘려들을 만한 실언조차 그녀는 결코 놓치는 법이 없다.

"얘, 지금 무슨 생각을 하는 거야?"

이변을 감지한 쇼코가 바리스타의 팔을 잡았다. 멀리서 지켜보던 모카와 씨, 그리고 고양이 샤를까지 그녀를 주시하고 있었다. 하지만 바리스타에게서 발산되는 불온한 기척은 진정되기는커녕 한층 더 강해지면서 나를 옥죄었다. 탈레랑 안에는 지금 흉흉한 기류가 자욱하게 피어올라 촉수처럼 꿈틀거리고 있었다.

나는 생각했다. 내 귀로 들은 말들을 필사적으로 떠올렸다. 결코 미호시에게 알리거나 들켜서는 안 된다. 그녀의 과거를 자기 마음대로 이야기하는 거라서? 정말로 그 이유뿐인가? 남자는 생각했다. 남자는 판단했다. 어떻게 그런 마음의 움직임까지 알고 있지? 그녀를 발견했다. 우연히. 어떻게 그것이 우연이었다고 단언할 수 있지? 그날 밤은 어쩐지 불길한 예감이 들었다. 뭔가 일어날 듯한 예감? 아니면 뭔가 방해자가 끼어들 듯한 예감인가? 드러내놓고 그녀와 만날 수는 없게 되었다. 그녀가 마음을 닫았기 때문, 이 아니라고 한다면? 거짓말에는 영 소질이 없다. 방금 한 이야기에 나도 등장했다. 그가 말한 '남자'를 빼고? 누가 그걸 빼도 된다고 했지? 위험이 닥친다고 해도. 그 경고는 친절한 마음에서? 아니면…… 선전포고?

내가 뭔가 엄청나게 큰 착각을 한 것 같다.

"말해보세요, 아오야마 씨……."

미호시 바리스타가 떨리는 목소리로 말했다. 크라켄(전설 속의 바다 괴물로, 거대한 문어나 대왕오징어 같은 모습이다. 촉수로 지나다니는 선박을 휘감아 난파시킨다고 한다.)처럼 날뛰던 기류는 그 한마디에 거대한 화살로 형태를 바꾸어 내 마음을 정체 모를 공포에 결박하고 쿡쿡 찔렀다.
"대체 누구한테, 무슨 얘기를, 들은 거예요?"

제 6 장

In the closed room
Animals

1

"미호시 씨, 세계 3대 커피라는 거 알아요?"

비 오는 날의 탈레랑. 평일 오후에는 항상 그렇지만 손님의 발길도 뜸하다.

12월은 뜨거운 커피를 한층 더 사랑하게 되는 계절이다. 다정한 사람들이 그리워지는, 이라는 형용사가 붙기도 하는 요즘, 나는 여전히 시간을 내어 탈레랑을 찾아오고 미호시 바리스타도 평소와 똑같은 미소로 나를 맞아주었다. 두 사람의 관계에는 이렇다 할 진전이 보이지 않았다. 하지만 현재 상황을 생각하면 변화가 없다는 것에 도리어 가슴을 쓸어내리는 나 자신이 있었다.

관계에 특별한 변화가 없었다고 눈앞의 커피에서 느껴지는 미묘한 변화를 알아차리지 못할 일은 없다. 계절 탓인가. 아니면 웬일로 맛에 오차가 생겼는가. 혹은 나의 심리적인 요인 때문인가. 어떻든 카운터 너머로 날아오는 엉뚱한 질문에도 상냥하게 답해주는 바리스타에게서는 미각의 흔들림을 암시할 만한 동요 따위는 보이지 않았다.

"네, 알아요. 블루마운틴, 킬리만자로, 코나."

물론 이 커피 원두들은 세계 3대 커피로 일컬어진다. 블루마운틴은 자메이카의 블루마운틴 산맥 고지대에서 재배되는 고급 브랜드로, 특히 일본에서 인기가 높다. 말할 것도 없이 바리스타가 내 메일 주소에서 연상한 브랜드가 바로 이 것이다. 킬리만자로는 원래 탄자니아의 킬리만자로 산악 지역에서 산출되는 커피 원두의 브랜드였지만, 현재는 폭넓게 탄자니아산 커피 원두의 총칭이 되었다. 미호시 바리스타의 성씨는 '기리마'지만, 킬리만자로를 키리만이라고 줄여 부르기도 한다. 그리고 코나는 하와이섬이 원산지인 원두, 이 쪽도 고급이다. 하와이 코나라는 명칭에서는 역시 한 인물이 떠오르는데⋯⋯. 하지만 이 이름은 그날 이래로 바리스타 앞에서는 금기어가 되었다.

─그날로부터 벌써 한 달이 다 되어간다.

"미, 미호시 씨!"

약속을 깨지 않을 수 없게 된 내가 고나이 나미카즈의 이름을 입 밖에 낸 순간, 미호시 바리스타는 실이 끊긴 마리오네트처럼 그 자리에서 실신했다.

그 뒤부터가 황망했다. 미즈야마 쇼코가 바리스타의 어깨를 안고 이름을 부르며 뺨을 두드렸다. 모카와 씨는 카운터 안쪽 스태프실로 뛰어가 귀여운 무늬의 주머니를 미즈야마 쇼코를 향해 휙 던졌지만, 그녀는 지금 약은 못 먹는다면서 받지 않았다. 허공에서 열린 주머니에서 수많은 종류의 알약들이 튀어나와 바닥에 흩어졌다. 모카와 씨가 다시 뛰어가더니 이번에는 작은 유리잔과 위스키 병을 들고나왔다. 미즈야마 쇼코가 정신이 나게 한 모금 먹여주자, 바리스타는 그제야 가늘게 눈을 떴다. 이제 괜찮다고 도리질하는 그녀를 부축해 미즈야마 쇼코와 모카와 씨가 스태프실로 데려갔다. 이윽고 바리스타를 남겨두고 둘이 다시 나올 때까지 한심하게도 나는 그 자리에서 꼼짝도 하지 못했다.

바리스타와 교대하듯이 내 앞에 앉은 미즈야마 쇼코는 스태프실 침대에 미호시를 눕혀놓고 왔다고 말했다. 스태프실을 들여다본 적은 없지만, 침대가 있는 걸 보니 생각보다 넓은 방인 모양이다.

"하나도 감추지 말고 말해봐. 미호시의 질문에 대한 대답, 내가 대신 들어줄 테니까."

따르는 수밖에 없었다. 나는 고나이와 나눈 대화를 기억나는 대로 들려주었다. 그게 끝났을 때, 미즈야마 쇼코는 고개를 저으며 자신의 휴대전화 화면을 내게 내밀었다.

"이건……"

파란 하늘이 펼쳐진 교토 마루야마 공원, 새잎이 돋은 벚나무 아래에서 촬영한 것 같았다. 피사체는 세 명이다. 중앙에는 웃는 얼굴의 미호시 바리스타. 지금보다 머리가 길고, 꽃무늬 니트 셔츠에 멜빵바지를 입은 옷차림이 아직 어리고 귀엽다. 그 왼편에 미즈야마 쇼코, 그리고 오른편에는 머뭇머뭇 웃고 있는, 젊지만 어딘지 촌스러운 인상의 남자가 서 있었다.

"변명하는 것 같지만……" 미즈야마 쇼코는 짙은 한숨

을 내쉬며 말을 이었다. "내가 못 알아볼 만도 하지? 이 사람이 바로 4년 전의 고나이 나미카즈야."

경악했다. 거기에는 그 세련된 청년의 특징이라고는 하나도 없었다. 내가 만난 고나이는 이 사진 속 남자와는 완전히 다른 인물이었다. 하지만 얼굴을 부위별로 나눠 내 머릿속 영상과 조합해 보는 사이에 가까스로 동일한 사람으로 받아들일 수 있었다.

"몇 번 찾아왔던 커피점 손님과 공원에 놀러 간다고 하길래 아무래도 걱정스러워서 내가 따라갔어. 그 당시는 나도 미호시와 막 친해진 참이었지만 뭔가 아슬아슬하다 싶어서 일부러 따라간 거야. 그날은 별일 없었는데, 설마 그자가 이렇게 두고두고 속을 썩일 줄은 몰랐어. 처음부터 내가 좀 더 뜯어말렸어야 했는데."

"그렇다면 쇼코 씨도 고나이를 알고 있었군요?"

"어디까지 우연인지는 모르겠고, 분명 고나이는 미호시를 미행하다가 고코로후토에서 나를 발견했을 거야. 그리고 통화 내용을 훔쳐 듣고 그걸 바탕으로 당신에게 접근했겠지. 직원인 척했는지 아니면 단순히 시투를 권한 것뿐인지, 그건 나도 모르지만."

"왜 나한테 접근을?"

"당신과 미호시가 어떤 관계인지 캐보려고 했을 거야. 그러니 둘이 주점에 간 것까지 알고 있었지."

뒤를 밟았단 말인가. 그 모습을 상상하니, 오싹했다.

"고나이가 지난 4년 동안 은밀히 미호시의 동향을 감시해 왔다면 당신을 평범한 단골손님으로 봤을 리 없어. 그래서 뒷조사를 해봤고 우연을 가장해 당신을 만나러 갔겠지. 그 남자, 그런 짓쯤은 서슴없이 할 사람이야."

그녀의 말에 나는 가슴이 뜨끔했다. 좀 더 자세히 묻고 싶었지만, 지금은 그런 얘기를 하고 있을 상황이 아니다.

"이 사진, 만일의 경우를 대비해 계속 보관해 뒀어. 일이 이렇게 되고 보니 아무 의미도 없게 됐지만."

미즈야마 쇼코는 시선을 테이블 위의 휴대전화에 떨구었다. 실례지만, 어느 쪽인가 하면 냉랭한 분위기를 휘감고 있는 여자다. 그러면서도 친구에 대한 정은 그 깊이가 범상치 않았다. 섣불리 친밀함을 겉으로 드러내지 않는 사람일수록 그 안에 깊은 정을 품고 있는 것일까. 그게 아니면 조금 전의 말에서도 감지할 수 있듯이 바리스타의 슬픔에 대해 어떤 책임감을 느끼는 것인가. 그런 서글픈 우정이라고는 되도록 믿고 싶지 않았다.

"최근 4년 동안 쇼코 씨는 고나이의 상황을 전혀 알지 못했군요. 겉모습의 변화를 알아보지 못했을 정도니까요."

"그러게 말이야. 게다가 등을 돌리고 서 있어서 제대로 보지도 못했어. 지금 그자를 못 알아봤다고 나무라는 거라면 당신도 마찬가지로 죄가 있어. 그의 얘기에는 이질감을 찾아낼 만한 포인트가 수없이 많았잖아."

"아니, 나무라는 건 아니에요. 어쩌면 그 이질감을 알아차리지 못한 건 고나이가 '그 남자'를 몹시 경멸하는 투로 말했기 때문인지도 모르겠어요."

타인에게 받아들여지기 위한 노력에 소홀했던 '그 남자' 같은 인간을 고나이는 상당히 엄격하게 비판했다. 하지만 '그 남자'가 다름 아닌 고나이였다는 것을 알고 보니, 그건 바꿔 말하면 과거의 자신에 대한 통렬한 비판이었다는 얘기다.

"내게 말을 건넨 고나이는 다른 누구보다 차림새며 태도에 신경을 쓴 사람이라서 '그 남자'와는 정반대인 것처럼 보였어요. 물론 성장이란 과거의 자신에 대한 부정 위에서 성립되는 경우가 많으니까 그것 자체가 이상한 일은 아니겠죠. 하지만 현재의 모습을 손에 넣으면서 고나이는 자신의 과거를 철저히 돌아봤을 거예요. 그런데 왜 새삼스럽게 또다시 미호시 씨에게 집착하는 걸까요?"

"아주 어려운 질문을 하시네?" 쇼코는 검지를 세워 긴 머리칼을 귀에 걸었다. "깜빡 잠그지 않은 창문으로 빈집털이범이 들어왔을 때, 확인하지 않은 자신도 원망스럽지만, 빈집털이범도 당연히 원망스럽겠지? 이 두 개의 미움은 각각 독립적이고, 그래서 그 뒤에 아무리 문단속을 잘해도 빈집털이범에 대한 원망은 사라지지 않아."

"빈집털이범인 건가요, 미호시 씨가?"

"산타클로스였더라도 고나이에게는 빈집털이범으로 보였을 거야."

이해하기 어려운 비유다. 하지만 자신을 성장시키는 계기가 된 존재에 대해 감사하기는커녕 증오를 불태우는 심리가 지극히 흔하다는 건 알고 있다. 고나이는 4년이 지난 지금도 미호시 씨가 자신에게 했던 것과 똑같은 행동을 하고 있다는 게 용서가 되지 않는 것이다.

"그토록 몰라보게 자신을 변화시켰는데도 가장 안 좋은 부분은 변하지 않았군요."

"당신에게 당당히 신분을 밝히고 연락처까지 알려줬을 정도니까 말 다했지 뭐. 당신을 잘 조종해서 두 사람을 갈라놓을 계획이었겠지만, 아무리 생각해도 제정신이 아니야. 그게 아니라도 당신을 만나러 온 이유는 딱 한 가지밖에 없어."

쇼코는 애원하는 듯한 눈빛을 내게로 향했다.

"부탁이야. 그런 일, 두 번 다시 일어나게 해서는 안 돼."

지켜준 사람. 그 말이 거짓이나 과장이 없다는 것을 나는 새삼 깨달았다.

"고나이의 얘기에는 나오지 않았지만, 그 무렵에 미호시가 얼마나 절망했는지는 뭐, 말로 다할 수 없어. 구체적인 피해가 아니더라도 정신적인 피해라는 것은 주관적으로 측정할 수밖에 없는 거잖아. 누구보다 밝고 순수했던 아이가 자꾸 고개를 숙이고 말수도 줄어들고……. 아까 그 약, 당신도 봤을 거야. 요즘은 그나마 좀 나아졌지만, 그때는 그런 약이 아니면 잠도 못 잘 정도였어."

바닥에 쏟아졌던 약은 어느새 모카와 씨가 대충 챙겨갔다. 어쩐지 내가 섣불리 손대서는 안 될 것 같았다. 눈으로만 보고 어떤 약인지 알 만큼 지식이 풍부한 건 아니지만 아마도 수면제나 신경안정제일 터였다. 그 정도에 호들갑을 떨며 놀랄 일은 아니라 해도 역시 가슴이 아팠다.

"그래서 당신과 친해졌다는 얘기를 들었을 때, 나는 고마웠어. 천천히 시간을 들여 가까스로 이만큼 다시 일어선 거야. 근데 또다시 그런 놈이 방해하고 나서다니."

"하지만 아직 무슨 일이 일어난 것도 아니고……. 고나이도 예전처럼 마구잡이로 덤벼들지는 않았으니까요."

"지금 그런 태평한 소리를 할 상황이야? 직접 찾아와 '위험이 닥쳐오고 있다'고 말했잖아. 그건 명백한 협박이야. 행여 똑같은 일이 일어나기라도 해봐, 지난번에는 천만다행으로 살았지만, 다음에도 그러리라는 보장은 없어. 또다시 그런 일이 일어난다면, 미호시가 자신이 다른 남자와 마음을 주고받는 바람에 더 큰 일이 일어났다고 생각하기라도 한다면, 그때는 정말 다시 일어설 수 없을지도 몰라."

"그러면 이제 더 이상 만나지 말라는 건가요?"

나는 시선을 떨구었다. 쇼코가 흐음, 하고 긴 한숨을 내쉬었다.

"관계성을 감안해 다시 고나이의 말을 되짚어 보면, 그는 기리마 미호시에게 접근하지 말라는 뜻을 내게 전하려고 했어요. 과거를 되풀이하지 말라는 게 바로 그런 얘기겠지요. 그녀의 커피를 마시러 오는 것조차 나한테는 허락되지 않겠군요."

"아니, 난 그건 아니라고 생각해."

"그럼 어쩌라는 겁니까. 태평하다고 쇼코 씨는 말하는데, 나 역시 고나이의 뜻대로 하고 싶지 않아서, 미호시 씨가 내려주는 커피를 마실 수 없는 건 싫어서, 일이 그렇게 되지 않고도 끝낼 방법은 없을까 생각해 본 것뿐이에요. 되풀이하지 말라고 하는데, 나는 그 당시 일은 알지도 못하고 고나이의 인격도 거의 모르잖아요. 대체 무슨 다른 방법이⋯⋯."

"생각을 해내야지!"

그녀가 날카롭게 소리치자 깜짝 놀란 새끼 고양이가 계산대 카운터 뒤로 도망쳤다. 모카와 씨는 가게 한구석에서 이쪽을 흘끔 쏘아봤지만 그래도 침묵을 유지하고 있었다.

"이제 겨우 마음을 나눌 상대를 찾았다, 미호시가 그렇게 생각했다면 당신이 떠나는 게 정답일 리는 없어. 그렇게 되는 걸 바라지 않는다면 당신도 방법을 생각해 내야지. 이대로 가만히 있는 건 단순한 도피라고, 당신도 잘 알잖아? 생각해 내. 나도 생각해 볼 테니까."

방법. 과거를 되풀이하지 않을 만한 방법. 고나이의 흉행旡行에서 기리마 미호시를 구할 방법······.

"일단 오늘은 가봐야겠어요. 미호시 씨의 간호, 잘 부탁드립니다."

나는 자리에서 일어섰다. 스태프실에 가볼 마음은 나지 않았다. 문에 달린 종이 딸랑 울렸을 때, 문득 생각나서 다시 몸을 돌렸다.

"한 가지, 물어봐도 될까요?"

"뭔데?"

쇼코는 나를 경멸하는 듯한 표정이었다.

"미호시 씨는 그런 중요한 상대로 왜 하필 나를 골랐을까요. 나는 예전의 그녀처럼 적극적으로 마음의 문을 열려고 했던 적도 없어요. 아니면 거꾸로 내가 예전의 고나이처럼 마음의 문을 여는 게 서툴러 보여서? 그건 동정 같은 거잖아요."

"나야 모르지, 그딴 거." 그녀는 답답하다는 듯 고개를 돌려 창문을 노려보며 말했다. "근데 미호시가 그런 말을 했었어. 커피를 엄청 맛있게 마신다고."

······커피, 라고?

"그, 그건 뭔가 좀 시시한 이유인 것 같은데요."

"원래 그렇잖아. 누군가에게 마음이 흔들리는 이유 따위."

시원스럽게 내뱉는 미즈야마 쇼코에게 작별을 고하고 집으로 돌아가는 길에 나 스스로 돌이켜보며 생각했다.

그래, 분명 그런 것인지도 모른다······.

―긴 침묵을 털어내듯이 나는 짐짓 명랑하게 응했다.

"역시나 프로 바리스타, 대답에 막힘이 없군요. 하지만 미호시 씨, 내가 상정한 건 그쪽이 아니고 세계 3대 '환상의 커피' 쪽이에요."

"아, 그렇다면 인도네시아의 코피 루왁, 또 다른 명칭은 족제비 커피죠, 그리고 아프리카의 몽키 커피, 그리고 베트남의 너구리 커피?"

바리스타의 미소에는 역시 한 치의 동요도 없다.

"모두 커피의 열매인 커피 체리를 먹은 동물의 똥에서 소화가 덜 된 원두를 채집해 세정과 건조를 거친 다음 추출에 사용하는 것이죠. 소화 메커니즘에 따라 동물의 몸속을 거치는 과정에서 생기는 성분 변화로 복잡하고도 독특한 향미가 더해진다는군요. 코피 루왁은 희소가치가 높아서 엄청난 고액에 거래되고, 그밖에 몽키 커피 등은 이미 전설의 영역으로 취급되고 있어요."

"똥에서 원두를 채집하다니, 잘 모르는 사람들에게는 충격적일 거예요. 커피 좋아하는 나도 솔직히 미간이 찌푸려지는데."

"나는 맛있는 커피를 마실 수만 있다면 그런 것쯤 아무렇지도 않은데요?"

그런 그녀에게는 '똥배짱'이라는 말을 선사하고 싶다.

"하지만 보통 커피에 비해 저항감이 든다는 것까지 부정하지는 않겠지요? 그래서 말인데, 실은 어저께, 카페를 경영하는 지인이 대만 여행을 다녀오는 길에 선물로 그 몽키 커피를 좀 나눠줬어요. 대만의 고지대에서 커피나무가 재배되는데 야생 대만원숭이가 커피 체리를 싹 주워 먹고 퉤 뱉어낸 씨앗을 모아들인 것이래요. 어때요, 똥보다는 그래도 훨씬 마셔볼 마음이 나지 않아요?"

"와아, 정말? 실로 흥미 깊은 일이군요. 참으로 인심 좋은 지인이 계시네."

"아뇨, 원체 값이 비싸 놔서요, 자기가 사 온 걸 눈곱만큼 덜어주더라고요. 안타깝게도 끽해야 두세 잔 분량이에요. 어떤 맛인지 상세한 내용은 내가 마셔보고 나중에 정식으로 보고를……어라, 뭐 하시는 겁니까?"

바라보니 바리스타는 조금 전까지 만지작거리던 식기들을 건성건성 치워놓고 서둘러 남색 앞치마를 벗고 있었다. 등 뒤로 손을 돌려 가슴이 뒤로 젖혀진 자세 그대로 말씀하시는 바는…….

"아오야마 씨, 미리 양해 말씀을 드리겠는데, 아무리 친구라지만 이성인 당신의 집에 찾아가는 건 원래 내 신조에 따르면 그리 장려할 만한 짓은 아니랍니다. 하지만 커피 외길을 추구하는 몸이니 역시 약간의 모험은 감수해야겠지요. 모쪼록 그런 짓에 주저함이 없는 여자라는 오해는 하지 말아주시기를."

"저어, 그 말씀은 혹시……." 왠지 내게는 크게 실례되는 말인 듯한 느낌이 든다. "지금 당장 우리 집에 가시겠다는 말씀?"

"이 기회를 놓치면 오늘내일 사이에 아오야마 씨가 혼자 다 마셔버리겠죠? 그렇다면 다른 선택지는 없어요. 단장斷腸의 심정이지만, 어쩌겠어요, 일이 이렇게 되었으니 남자 집이든 어디든 가봐야죠."

'단장'이라는 말의 어원은, 새끼 원숭이를 빼앗긴 어미 원숭이의 창자가 끊어질 만큼 애통한 마음을 표현한 것이다. 바리스타가 그 말을 인용한 건 참으로 잘 갖다 붙인 것이라고 할 수 있겠으나, 애초에 지금 상황에서 '단장'이라는 말 자체가 쓸데없는 거 아닌가.

과장되게 한숨을 내쉬며 나는 의자를 젖혀 실내를 둘러보았다. 아까부터 모카와 영감님이 바닥을 기어다니며 가구 밑이며 틈새에서 뭔가 찾고 있는 게 영 신경이 쓰였다. 테이블 위에 동전들이 나뒹구는 것이 상황을 설명해 주는 듯하지만, 지금 나는 적당한 상상력이 작동하지 않았다.

비애감을 휘감고 북북 기어다니는 영감님의 슬픈 등을 쳐다보며 나는 가까스로 표정 관리를 할 수 있었다. 그렇게라도 하지 않으면 입가에 벙실벙실 번지는 웃음을 참을 수 없었을 것이다. 내 계획이 지나칠 만큼 술술 잘 풀리고 있었다.

"어허, 그렇게까지 말씀하시니 어쩔 수 없군요." 어디까지나 떨떠름하게 수용하는 척한다. "하지만 미호시 씨가 우리 집에 가게 되면 이 가게는 어쩌시려고?"

그러자 느닷없이 영감님이 스윽 일어서더니 우리를 돌아보며 가슴을 탁 쳤다.

"나한테 맡기면 되는구먼."

두 사람은 침묵했다. 정적 속, 뭔가 먹이를 물어왔는지 샤를이 뽀독뽀독 씹는 소리만 울렸다.

"커피 연수를 위한 임시 휴업이에요. 이 시간에는 손님도 별로 없고, 괜찮아요. 아오야마 씨, 대단히 죄송하지만 괜찮으시면 바깥의 전기 간판 좀 가져와 주실래요?"

"네, 알겠습니다."

"나한테 맡기면 된다니까 그러네."

지시한 대로 나는 가게 밖 도로 위의 전기 간판을 끌고 왔다. 바퀴는 달렸지만, 붉은 벽돌 길을 지나올 때 생각보다 더 덜커덕거려서 오 분 넘게 걸렸다. 분명 평소에는 영감님이 맡아 하시던 일일 것이다.

돌아와 보니 문 옆에 큼직한 토트백이 놓여 있었다. 가방 속에 흑백 무늬 유니폼이 살짝 보였다. 바리스타가 서둘러 옷을 갈아입은 모양이다. 과연 옆의 화장실에서 나오는 바리스타는 회색 코트로 몸을 감싸고 있었다.

"오래 기다리셨습니다. 자, 그럼 가볼까요?"

목소리에 반응하여 영감님이 우리 쪽으로 돌아서더니

여전히 미련이 남았는지 세 번째로 똑같은 말을 내뱉었다.

"글쎄 나한테 맡기면 된……."

"맡길 수 없어요!"

크윽, 심장에 안 좋다. 마치 화산 분화처럼 내 옆에서 바리스타가 소리친다.

"젊은 여자 손님에게 자꾸 치근거리니까 결국 커피값을 죄다 동전으로 내동댕이치고 갔잖아요! 그런 아저씨에게 결단코 이 가게를 맡길 수 없어요! 동전을 하나도 남김없이 모두 찾아낼 때까지 절대로 용서 안 할 테니까 그런 줄 아세요!"

사정이 충분히 짐작되었다. 아무래도 내가 오기 전에 한바탕 난리가 난 모양이다. 아니, 그보다, 진짜 왜 그러세요, 영감님.

자진해서 바리스타의 토트백을 들고, 이게 예상보다 꽤 무거웠지만, 어찌 됐든 곧장 집으로 향했다. 재판소 앞 버스 정류장으로 가는 길에 바리스타는 내 모스그린 색 우산을 보고 반갑다는 듯 미소를 지었다. 눈 깜짝할 사이에 흘러가 버린 나날들이 확실하게 우리 두 사람의 거리를 좁혀준 모양이다. 원래의 소망을 달성하는 것도 이제 시간문제인지 모른다. 하지만 오늘은 한 가지 목적을 위해, 라면서 스스로 경계하자 끊임없이 마음에 걸려 있던 안개 같은 불안도 어디론가 사라져 버렸다.

2

기타시라카와에 자리 잡은 낡아빠진 연립주택, 그중 꼭대기 층에 해당하는 2층 한 칸이 나의 성이다. 가장 가까운 버스정류장 이름은 '긴카쿠지 길'이다. '재판소 앞' 정류장에서 타면 갈아탈 필요 없이 한 번에 갈 수 있다.

"날마다 이마데가와 길로 걸어서 다니지만, 버스를 이용할 때는 시라카와에서 타기도 합니다. 탈레랑에 갈 때는 그게 편리하죠."

설명하는 사이, 집에 도착했다. 열쇠로 문을 열고 먼저 안에 들어가 현관으로 바리스타를 맞아들였다.

"자자, 어서 들어오세요, 좁아터진 곳입니다만."

"실례합니다."

살짝 고개를 숙이더니 바리스타는 위대한 한 걸음을 내디뎠다. 욕실 앞을 지나고 좁은 주방을 가볍게 빠져나와 내 방 입구에 서서 감상 한마디.

"깔끔하게 사시네요."

"그래요? 어제 어쩌다 청소기를 돌려서 그런가."

능청스럽기는. 실은 만일의 상황에 대비해 어제 구석구석 꼼꼼히 청소해 뒀다. 방 안쪽에 침대가 있고, 그 앞에 낮은 테이블과 필요한 최소한의 가구뿐이어서 깨끗한 것 외에는 칭찬할 만한 요소도 없다. 살풍경하지만 독신 남자의 방이란 대개 이런 것이리라.

바리스타는 내 방에 들어서자 코트를 벗고 착착 접어 핸드백과 함께 침대 옆에 내려놓았다. 프레피룩이라고 하던가, 아가일 무늬 카디건에 퀼로트 바지의 조합이 멋졌다. 내가 아무렇게나 내려놓은 토트백까지 자신의 짐 옆에 나란히 챙겨놓고, 좌우를 둘레둘레 둘러보며 속닥였다.

"자, 그럼 어서 그 물건을."

"무슨 수상쩍은 마약도 아니고, 물건이라니요. 아무튼 이쪽으로 오시죠."

나란히 주방으로 가자 나는 찬장에서 원두를 보관해 둔 캐니스터를 꺼냈다. 지인이 덜어준 것을 미리 옮겨 담은 것이다. 뚜껑을 열자 볶은 원두 향기가 주위에 가득 퍼졌다.

"이게 그 몽키 커피?" 바리스타의 눈빛이 황홀해졌다. "저절로 끼아아악 소리가 나오는데요, 원숭이처럼."

못 들은 것으로 했다. "로스팅은 그 지인이 해줬어요. 이제 이걸 갈아서 드립만 하면…… 아차차."

"왜요?"

"어휴, 이제야 생각났네. 종이 필터, 다 떨어졌는데……."

"아오야마 씨 같은 분도 필터를 떨어뜨리는 일이 있군요."

"그야 뭐 당연히. 미안하지만 근처 편의점에 다녀와야겠어요."

"난 집에 있을게요."

"그건 안 되죠. 여긴 내 집이에요."

왠지 부루퉁한 그녀를 잡아끌고 나는 일단 집을 나섰다. 바깥 복도를 따라 계단참까지 갔을 때 잠깐 멈춰 서서 뒤축을 꺾어 신은 운동화를 제대로 신었다. 그러자 아래층에서 야구 모자를 깊숙이 눌러쓴 남자가 올라왔다. 한쪽으로 비켜서서 길을 터주었다.

"방금 저 사람은?"

뭔가 마음에 걸렸는지 그녀가 뒤를 돌아보며 물었다.

"글쎄요, 아마 여기 사는 사람이거나 신문 배달원일 거예요."

"신문, 들고 있었던가요?"

"딱 한 부라서 안 보였겠죠. 혼자 사는 대학생이 대부분이라서 석간신문을 보는 사람은 나 한 사람 정도니까요."

계단을 다 내려와 나는 우산을 펼쳤다. 바리스타도 어느 틈에 잽싸게 자기 우산을 챙겨 들고 왔기 때문에 '한 우산 쓰기'는 성공하지 못했다. 빗물을 털어내듯 손잡이를 빙글빙글 돌리며 나는 앞장서서 이마데가와 비탈길을 내려갔.

교토대 농학부 앞 편의점에 종이 필터가 있었다.

사는 김에 차에 곁들일 과자까지 사 들고 연립주택에 돌아오는 데 걸린 시간은 이십여 분. 계단 밑에서 젖은 우산을 접고 있으려니 바리스타가 문득 위쪽을 올려다봤다.

"또 누군가 있는데요?"

말을 듣고 보니 이층 복도를 빠른 걸음으로 달아나는 듯한 발소리가 들렸다.

"아마 지각할까 봐 급히 뛰어간 모양이죠. 이제 곧 다음 강의 시작할 시간이니까. 이 연립, 일렬로 각 호실이 길게 이어져서 반대편에도 계단이 하나 더 있어요."

그녀는 아무래도 지나치게 예민한 것 같다. 내가 상상한 그 이유 때문이라면 그것도 충분히 이해되었다. 그녀가 먼저 오자고는 했지만 내 나름대로 책임감이 느껴져 가슴이 아팠다.

이층 복도에는 인적이 없었다. 현관문에는 아니나 다를까 석간신문이 꽂혀 있었다. 그것을 빼내고 다시 열쇠로 현관문을 열었고, 안쪽 내 방으로 그녀를 데려갔다.

"이게 뭐예요?"

테이블 위의 큼직하고 화려한 선물 자루에 바리스타는 시선을 빼앗기고 있었다.

"하하, 도착한 모양이네요. 부탁해 두었던 언젠가의 그 사죄."

미리 준비해 둔 말일수록 막상 내뱉으면 어색하다. 겸연쩍은 것도 감출 겸 석간신문을 침대로 휙 던졌는데 낱장으로 흩어지는 바람에 한심한 꼴이 되어버렸다.

"와아." 흐뭇한 반응을 보인다. 그녀가 기도하듯이 맞댄 손을 입가에 대고 놀람을 표시한 것이다. "이런 멋진 일이다 있네요. 실은 나도······."

"아참, 모처럼 원두도 갈아야 하고, 미호시 씨에게 수수께끼 풀이를 부탁해 볼까요?"

내 제안에 바리스타가 눈을 깜빡였다. "무슨 말씀이신지."

"처음 이 방에 왔을 때는 테이블 위에 아무것도 없는 건 보셨지요? 그런데 이 선물이 어떻게 여기 있을까요? 나는 당신과 함께 편의점에 다녀왔으니까, 선물을 테이블에 올려놓을 기회가 없었다는 건 두말할 것도 없겠죠."

"저어, 아오야마 씨."

"네, 말씀하시지요."

"처음부터 이렇게 할 계획이었군요?"

크윽. "무슨 말씀이신지. 몽키 커피를 얻어온 건 우연한 일이고, 그보다 미호시 씨가 이곳에 오고 싶다고 얘기하셨······ 미안합니다, 죄송합니다, 용서하십시오."

대체 어떻게 된 일인가. 끝까지 버티려고 했는데 어느새 나는 엄청난 기세로 머리 숙여 사과하고 있었다.

"그렇게 머리를 숙이시면 아오야마 씨 계획대로 조종당한 내가 더 한심해지잖아요."

바리스타는 울상에 웃음이 뒤섞인 얼굴로 말했다. 데마치야나기 카페에도 꼭 가보자고 조르던 그녀다. 다시 입수하기 힘들 만큼 희귀한 원두라면 분명 신선도가 떨어지기 전에 어서 마셔보고 싶다고 나설 것, 이라고 내다본 것이다. 문제는 그것이 남자 집이어도, 라는 점이었는데 그녀의 호기심은 그야말로 쉽게 경계심의 벽을 뛰어넘었다.

"솔직히 이렇게까지 잘 풀릴 줄은 몰랐어요. 잘하면 오늘 저녁에나 올 거라고 예상했는데 가게 문까지 닫고 당장 가자고 하다니."

"그만하시라니까요." 얼굴이 좀 더 붉어진다.

"아무튼 원두는 갈아야 해요. 그 참에 이 수수께끼도 함께 풀어보는 건 어때요? 아, 잠깐만요, 지금 주방에서 원두와 핸드밀을……."

"정 그러시다면." 바리스타는 우선 선물 자루를 두 팔로 껴안더니, 어중간하게 문이 열린 옷장을 쳐다보고, 이어서 테이블 바로 위의 천장을 올려다보고, 마지막으로 현관으로 시선을 던졌다. "굳이 핸드밀을 돌릴 필요도 없겠군요. 이미 잘 갈아졌으니까."

오잉? 뭐가 잘 갈아졌어요?

"지극히 고전적인 수법이에요. 살짝 열린 옷장 안쪽, 아마 테이블보다 높은 위치에 놓아두었던 선물 자루에 긴 낚싯줄 같은 것을 꿰어 테이블 바로 위 천장 훅에 걸었을 거예요."

그녀는 저기, 라면서 천장을 가리켰지만, 안 봐도 안다. 그곳에는 내가 달아둔 작은 금속 훅이 있다.

"그대로 낚싯줄을 눈에 띄지 않게 현관 쪽까지 주욱 이어요. 집을 나설 때 현관문 틈새에 미리 걸어둔 낚싯줄 끝을 잡고, 걸어가면서 슬슬 당겼어요. 이 정도 무게라면 선물 자루는 낚싯줄에 의해 옷장에서 위로 매달려 올라가다가 천장의 훅에 닿았을 때 멈추겠지요. 그때 신발 뒤축을 고쳐 신는 척하면서 멈춰 서서 팽팽해진 낚싯줄을 자르면 선물 자루는 낙하하고 그것 자체의 부드러움이 쿠션이 되어 테이블 위에서 움직임을 멈춥니다. 그다음은 자른 낚싯줄의 한쪽을 당겨서 거둬들이기만 하면 되겠죠."

"그, 그건 그냥 억측이죠!" 나는 이게 이야기 속 세계라면 자백이나 다름없는 말을 내뱉었다. "증거 있어요, 증거?"

"증거라면 아마 지금도 저기 있을걸요?"

현관의 우산대를 가리키는 바리스타는 결코 적으로 돌려서는 안 된다는 생각이 들 만큼 용감했다.

"유난히 우산을 빙글빙글 돌리는구나 하고 생각했죠. 손잡이를 돌려 낚싯줄을 거둬들였던 거예요. 단순히 선물 운반만을 위한 작전치고는 꽤 공을 많이 들이셨군요. 하지만 아오야마 씨."

"네!" 갑작스러운 호명에 나는 저절로 등을 곧추세웠다.

바리스타가 배시시 웃었다.

"이 정도 트릭에 원두를 갈라고 하시다니, 나를 너무 얕잡아 보셨어요."

"예에, 내가 졌습니다!"

자칫하면 무릎이라도 꿇을 뻔했다. 처음부터 끝까지 그

녀가 한순간에 간파한 그대로였다. 몽키 커피를 받아온 어제, 이런 계획이 퍼뜩 생각나서 오래전부터 점찍어 둔 선물과 필요한 도구들을 사들였고, 오늘 아침에 몇 차례 실험을 거쳐 트릭의 정밀도를 높였다. 어떻게든 바리스타를 깜짝 놀라게 해주고 싶었다. 한창 설치하던 때는 내가 고안했지만 참으로 기막힌 트릭이라고 생각했는데, 그 해결은 바리스타에게는 식은 죽 먹기였다. 분하다.

그녀는 신이 나서 선물 자루를 흔들어보며 말했다.

"이거, 풀어봐도 되나요?"

말하기 바쁘게 자루의 개봉에 돌입한다. 주둥이를 묶는 리본 끈이 원래부터 딸린 염낭 같은 선물 자루는 낙하 충격 때문인지 리본 끈을 풀 것도 없이 벌써 주둥이가 비죽이 열려 있었다. 바리스타가 그곳에 손을 넣어 넓게 벌렸다.

말 그대로 얼굴을 쑥 내민 것은 대형 테디베어였다.

"와아, 귀여운 선물이네요." 귀엽다는 게 테디베어인지 아니면 내 선택인지, 양쪽 모두로 해석되는 말이었다.

"전에 얘기했었죠? 모카와 씨의 낮잠 버릇을 고치기 위해 구석 의자에 봉제 인형이라도 갖다 놔야겠다고."

"아, 그래서? 실익을 겸한 선물이네요. 후후, 정말 고마⋯⋯."

웬일인지 그녀가 자루를 벗겨 내리던 손을 문득 멈췄다.

"이따 가져갈 때 비에 젖으면 안 되니까 이 자루는 탈레랑에 가서 풀어야겠어요."

억지웃음으로 마무리하는 그 표정이 아무래도 심상치 않았다.

"그래도 일단 전체적인 모습을 한번 보셔야죠."

"아뇨, 그냥 이대로……."

"괜찮아요, 괜찮아. 한번에 쭉."

내가 옆에서 힘껏 자루를 내린 순간, 바리스타는 터지는 비명을 억누르듯이 흡 하는 소리를 냈다.

"엇, 이게 뭐야!"

내 눈앞의 것을 나는 미처 받아들일 수 없었다.

마침내 온몸을 드러낸 테디베어, 평범한 곰 인형이었던 녀석이 마치 방금 또 다른 곰과 사투를 펼치고 온 것처럼 몸통과 사지 곳곳이 갈기갈기 찢겨 있었다.

3

선물에는 곧잘 '정성이 담긴'이라는 수식어가 붙지만, 거기에 '영혼을 불어넣은'이라는 뜻은 없을 터였다.

"자루 안에 봉제 천이 뜯어진 게 살짝 보였어요. 아오야마 씨가 눈치채기 전에 내가 가져가 꿰매서 쓰려고……. 근데 설마 이런 모습일 줄은."

바리스타는 창백한 얼굴로 말했고, 나는 완전히 넋이 나갈 정도였다.

"어떻게 이럴 수가 있죠? 오늘 아침 나가는 길에 이걸 옷장에 설치하면서 틀림없이 안을 확인했습니다. 리본 끈을 풀고 아무 이상이 없는 걸 내 눈으로 직접 봤어요. 그리고 집에서 나갈 때는 분명히 문을 잠갔죠. 즉 곰 인형은 밀실이 된 이 집 안에서 갈기갈기 찢긴 거예요."

봉제 인형에 영혼이라도 깃든 것인가. 물론 바리스타는 그런 말에는 고개를 끄덕이지 않는다.

"우리 외의 다른 누군가가 이런 짓을 했다는 건 틀림없어요. 아오야마 씨, 집의 복사 열쇠는 잘 보관하고 있나요?"

나는 주방에 가서 찬장 서랍을 열었다. 집주인이 내게 준 유일한 복사 열쇠는 항상 넣어두는 그 자리에 있었다. 그걸 들고 방으로 돌아왔다.

"복사 열쇠라면 여기……. 앗, 미호시 씨, 뭐 하는 겁니까!"

위기일발. 나는 바리스타의 양팔을 뒤에서 움켜잡았다. 그녀가 옷장의 양쪽 문을 잡고 바야흐로 활짝 열어젖히려는 찰나였다.

"이거 놓으세요." 옷장에서 떼어놓은 뒤에도 바리스타는 숨까지 헐떡거리며 여전히 팔을 내밀었다. "지금 살펴보니까 창은 안에서 잠겼어요. 현관문도 잠갔잖아요? 그리고 당신은 복사 열쇠도 없어지지 않았다고 했어요. 이 상황이 무엇을 의미하는지 아시겠어요?"

"아까도 말했지만, 밀실이었다는 것밖에는."

"네, 그리고 그건 결국 우리 말고는 이 집에서 나간 사람이 없다는 얘기예요."

머리털이 쭈뼛 곤두섰다. 밖에서 문을 잠그는 수단이 없다면 아무도 이 집을 밀실 상태로 만들고 나갈 수는 없다. 말을 바꾸면 저 테디베어를 갈기갈기 찢어놓은 '침입자'는 아직도 이 집 어딘가에 있다고 생각할 수밖에 없다.

"하, 하지만 아직 침입 경로가 밝혀진 것도 아니고, 어딘가로 들어왔을 테니까 나갈 때도 거기로 나갔다고 보는 게 맞겠지요."

"아오야마 씨, 정말로 직접 열쇠로 현관문을 잠갔어요?"

"예? 그건 이미 인정했잖아요, 현관문이 잠겨 있었던 건 틀림없다고."

"아오야마 씨가 열쇠로 현관문을 여는 것은 나도 봤어요. 하지만 열쇠로 잠그는 건 확인하지 못했어요."

그런 말을 들으면 갑자기 자신이 없어지는 게 인간의 심리다.

"그러면 침입자는 내가 잠그는 것을 깜빡한 문을 열고 들어와 안쪽에서 잠갔다는?"

"곰 인형에 이런 짓을 한 뒤에 일부러 아오야마 씨의 트릭을 원래대로 해두었다고는 생각할 수 없어요. 침입한 타이밍은 아마 우리가 편의점에 다녀온 이십여 분 사이일 거예요."

가장 먼저 야구 모자를 쓴 남자가 떠올랐다. 그때는 신문 배달원이라고 생각했지만, 편의점에 다녀오는 길에도 급한 발소리를 들었으니까 오히려 그쪽이 신문 배달원이라고 할 수도 있다.

"하지만 침입자의 목적이 뭐였을까요? 곰 인형에 이런 짓을 하는 게 무슨 의미가 있죠?"

바리스타는 여전히 겁에 질린 시선을 옷장 문짝에서 떼지 못하고 있었다.

"깜빡 문을 잠그지 않은 걸 알았을 정도니까 우연한 침입이든 아니든 분명 침입자는 우리를 지켜봤을 거예요. 그렇게 모든 걸 파악하고, 한눈에도 선물이라는 게 보이는 곰 인형을 이렇게 찢어놓은 행위가 어떤 의도로 저질러진 것인지를 상상하면 나는 정말……."

등 뒤에서 안고 있는 자그마한 몸이 갑작스럽게 묵직해지는 것 같았다.

"또다시 실신할 것 같아요."

전율했다. 바리스타는 이걸 그 남자, 고나이 나미카즈의 소행이라고 생각하는 것이다.

말에 의한 경고로 효과가 없다면 이제 실력 행사로 나오겠다는 것인가. 그의 위협을 그대로 받아들인 것은 아니지만, 만일 그렇다면 참으로 끔찍한 사고 회로다. 침입자에 대한 공포만으로도 버거운데 더구나 그 실체가 고나이 나미카즈라면 그녀가 이렇게 두려워하는 것도 당연한 반응이다.

그 야구 모자 남자가 고나이 나미카즈였을까. 필사적으로 다시 떠올려봤지만 생각나지 않았다. 분위기는 전혀 달랐지만, 그럴수록 더더욱 수상쩍다. 미호시 바리스타의 눈이라면 결코 놓칠 리 없다, 라고 생각하고 싶은 마음이 굴뚝같지만, 그자의 모습이 전혀 딴판으로 바뀌었으니, 그것조차 미심쩍다.

"하지만 미호시 씨." 별수 없이 나는 중요한 반론을 시도했다. "설령 그 추리가 옳다고 해도 침입자는 이 옷장에는 없어요. 안에 물건이 꽉 들어차서 저 곰 인형을 넣기도 힘들 정도였습니다. 사람 하나가 숨을 만한 공간이라고는 절대로 없어요. 그건 내가 보증해요."

거짓말은 아니었지만, 그건 오로지 옷장 안을 그녀에게 보여주지 않으려는 이유 때문이었다. 속옷 서랍 외에도 그녀가 보면 곤란할 내 프라이버시에 관한 모든 것을 그곳에 처넣어 둔 것이다. 누구나 특정한 사람에게 들키고 싶지 않은 게 한두 가지는 있는 법이다. 그녀의 말을 빌리자면, 언젠가 털어놓을 때가 온다고 해도 '지금은 아직 그럴 용기가 없는' 일이다.

납득한 건 아닐 테지만 그제야 겨우 그녀는 얌전해져서 옷장 문 열기를 단념했다.

"알았어요. 내가 확인하는 게 마음에 걸린다면 아오야

마 씨가 직접 확인해 보세요. 안을 확인하지 않고서는 도무지 마음이 놓이지 않을 거 같아요. 원하신다면 내가 잠깐 자리를 피해줄 테니까."

"예, 그렇게 해주신다면."

안에 사람이 있을 리는 없다고 생각하면서도 그녀의 말에 따르기로 했다.

"그럼 나는 주방에 가 있을게요. 뭔가 일이 생기면 크게 소리치세요. 내가 금세 뛰어올 테니까."

뒤에서 잡았던 팔을 풀어주자, 바리스타는 방을 나갔다. 금세 뛰어오겠다고 했지만, 혹시라도 괴한이 출현한다면 그녀는 어떻게 할 작정일까. 식칼이라도 들고 오려나. 그거야말로 불길한 예감만 커지는 일이다.

아무도 없다는 걸 잘 알면서도 바리스타가 그토록 놀라는 모습을 본 다음이라서 역시 좀 으스스했다. 움찔움찔하면서 옷장을 열었다. 하지만 그건 내가 기억하는 그대로 꽉꽉 채워진 옷장 속일 뿐이었다. 태어난 지 얼마 안 된 새끼 곰이라면 혹시 모르지만, 인간 침입자가 숨을 만한 공간 따위 없다는 건 굳이 옷가지를 헤쳐볼 필요도 없이 명백했다.

다시 옷장 문을 단단히 닫았다. 틈새 없는 벽처럼 안쪽을 밀실로 만든 두 짝의 문을 바라보며 나는 퍼뜩 생각했다. 침입자가 아직도 이 집 어딘가에 숨어 있다고 치고, 그는 왜 그런 행동을 하고 있을까.

집에 돌아온 우리의 틈새를 노려 뭔가 저지를 생각이라면 미리 곰 인형을 찢어놓은 건 불가해한 일이다. 자신의 존재를 부각하는 그 행위는 우리의 경계심을 불러일으킬 뿐 침입자에게는 아무 득도 없는 것이다.

애초에 바리스타가 오늘 이곳에 온 것 자체가 전혀 예정에 없던 일이다. 따라서 침입자의 행동도 즉흥적일 뿐이다. 그렇다면 침입자는 곰 인형을 찢어놓는 것으로 일단 만족했는지도 모른다. 하지만 그가 집을 떠나기도 전에 우리가 돌아오는 바람에 불가피하게 어딘가로 몸을 숨겼다. 이런 경우에 대비했다고 본다면 침입자가 현관문을 잠가둔 것도 앞뒤가 맞는다.

지금껏 모습을 드러내지 않은 점을 보면 침입자는 가능한 한 우리의 눈을 피해 온건하게 이 집을 탈출할 생각인 게 아닐까. 그리고 급히 몸을 감추는 순간에도 그런 사고력이 발동했다고 한다면 최대한 현관문과 가까운 곳에 숨으려 했을 것이다. 하긴 독신자를 위한 비좁은 집 안에 숨을 만한 공간은 몇 군데 되지도 않는다. 딱 좋은 장소가 있다고 한다면 그건 단 한 군데…….

"꺄악!"

요란한 금속음과 함께 바리스타의 비명이 집 안을 울려서 나야말로 하마터면 실신할 뻔했다.

침입자가 숨기에 딱 좋은 공간이라면 현관문을 들어서서

바로 옆의 욕실 말고는 없다. 그는 그곳에 숨어 우리를 지나가게 한 뒤에 탈출 기회를 엿보고 있는지도 모른다. 그런데 설령 그 자신은 뛰쳐나올 마음이 없었더라도 누군가 그 문을 열어버리면 그는 강력한 수단을 쓸 수밖에 없다. 바리스타는 단순히 화장실에 가려던 것뿐이라고 해도 그게 침입자의 방아쇠를 당기는 행동이 되고 만다.

순서가 잘못되었다. 우선 욕실부터 확인한 다음에 바리스타를 주방으로 보냈어야 했다.

"미호시 씨!"

나는 구르듯이 방을 뛰쳐나갔다.

냄비며 양푼이 와르르 쏟아져 나온 주방에 멀거니 서 있던 그녀가 내 쪽을 돌아보며 겸연쩍은 듯 에헤헤 웃었다.

"뭐, 뭐 하시는 겁니까?"

"미안해요. 무기 삼아 식칼을 꺼내려다가 그만……."

싱크대 아래쪽 서랍을 열다가 안의 것이 쏟아져 나온 모양이다.

"심장이 딱 멈추는 줄 알았어요."

"허락도 없이 싱크대를 열어보다니, 상식 없는 짓이라는 건 알아요. 하지만 정말 마음이 급했어요. 그나마 식칼을 들이대지 않고 일이 끝나서 다행이네요. 옷장 속에는 침입자가 없었던 거죠?"

"내가 말했잖아요, 거기는 사람이 들어가기에는 너무 비좁아요. 그보다 욕실은 어때요? 나는 아무래도 그쪽이······."

"이미 확인했어요. 아무도 없다는 걸 한눈에 알아봤죠."

어느 틈에? 여전히 바리스타는 빈틈이 없지만, 욕실을 들여다볼 거라면 미리 한마디 해줄 것이지. 비상사태니까 비상식적인 점은 눈감아준다고 쳐도, 너무 위험하지 않은가 말이다, 식칼도 들지 않은 맨몸으로.

"상황이 원점으로 돌아갔군요. 그밖에 숨을 만한 곳도 없고, 역시 침입자는 이 집을 자유롭게 출입했다고 보는 게······."

"그렇다면 더 우려할 만한 사태예요. 한시라도 빨리 경로를 알아내 적절히 손을 써야 해요. 저기, 아오야마 씨."

잔뜩 굳은 그녀의 표정에 나도 모르게 차렷 자세가 되었다. "네, 말씀하십시오."

"핸드밀 좀 주시겠어요? 아, 그리고 커피 원두도."

오옷, 마침내 등장하는구나. 다시 믿음직한 표정을 보이는 바리스타에게 나는 세라믹 핸드밀을 내주었다. 호퍼에는 아까부터 꺼내놓았던 몽키 커피를 정확히 계량해 투입했다.

"갈아도 괜찮을까요, 이런 귀한 원두를?"

"다 갈아질 때쯤에는 틀림없이 수수께끼도 말끔히 풀리겠지요. 그러면 우리 함께 몽키 커피로 건배합시다."

그녀는 결의가 가득한 웃음으로 고개를 끄덕였다.

"괜히 곁에서 얼쩡거리면 집중이 안 되겠죠. 나는 다시 한번 방 안이나 살펴보고 올게요."

드르륵드르륵을 시작한 바리스타를 남겨두고 내 방으로 돌아왔다. 편의점에 나가기 직전의 기억을 필사적으로 떠올리며, 상이점이 없는지 점검했다. 테이블에 올려놓은 선물과 치워버린 낚싯줄, 이건 내 계획이 성공한 증거다. 문이 닫힌 옷장, 아까 내가 닫았다. 그다음은 편의점 비닐 봉투, 석간신문, 그리고 바리스타의 토트백이 넘어져 있는 것 정도인가.

뭔가 단서가 있을 터였다. 방바닥에 엎드려 침대 밑을 들여다보았다. 하지만 도시 전설처럼 누군가와 눈이 딱 마주치는 일은 없었다, 라기보다 우선 사람이 들어갈 만한 공간 자체가 없다. 청소기를 돌렸는지라 그곳에는 먼지 하나 없……. 아니네.

카펫의 끝자락, 침대가 차양이 되지 않은 그늘진 곳에서 나는 묘한 것을 발견했다.

머리카락이다. 꽤 긴 머리카락이지만 굳이 길이를 따질 것도 없이 미호시 바리스타에게서 떨어진 것도 아니고 더구나 내 것도 아니다. 왜냐하면 그 머리카락은 밝은 갈색이었기 때문이다. 게다가 한두 올이 아니라 다발로 뭉텅 떨어져 있다. 어제 청소기를 돌렸기 때문에 오래전부터 여기에 떨어져 있던 것일 리는 없다. 또한 옷에 붙은 채 따라왔다고 보기에는 그 양이 너무 많다. 그렇다면 이것도 '누군가'가 한 일이라고 생각할 수밖에 없다. 침입자가 여러 명일 리도 없으니까 아마 곰 인형을 찢어놓은 자와 동일한 누군가가.

무슨 의도로 이런 짓을 했는가. 새삼 나는 생각했다. 테디베어를 갈기갈기 찢어놓아야 할 의도. 누구 것인지도 모를 머리카락을 남겨놓고 가야 할 의도. 그러자 희미하게나마 한 가지 추론이 떠올랐다. 그 두 가지 행위에 공통될 만한 목적이 달성되면 가장 좋아할 사람은 누구인가. 그 인물은 침입 및 탈출 경로를 확보하는 것이 가능한가. 두 개의 질문은 명확히 한 가지 진실을 가리키고 있었다.

"아하, 알아냈어요. 미호시 씨."

어떻게 설명할까, 고민하면서 나는 주방으로 향했다. 바리스타의 얼굴은 약간 핏기가 되살아난 것 같았다. 드르륵 소리도 또렷또렷하다.

"곰 인형에 할퀸 흔적을 남긴 범인 말인가요?"

"예, 무서운 일을 겪게 해서 미안해요. 실은 모두 다 내 잘못이었어요."

나는 창자처럼 배에서 솜이 빠져나온 테디베어를 두 손으로 껴안았다.

"선물 자루에 낚싯줄을 꿸 때, 안의 것만 쑥 빠져나올까봐 곰 인형의 몸에도 함께 돌려 감았거든요. 그걸 집 밖에서 잡아당기니까 자루 입구 쪽으로 쳐들린 인형이 훅에 걸렸고, 그렇게 비비적거리는 사이에 금속 훅에 천이 찢어진 거예요. 실험할 때는 잘 됐는데, 막상 실제로 해보니까 역시 생각지 못한 문제가 발생하는군요."

바리스타는 아직도 드르륵을 멈추지 않았다. 어서 빨리 얘기를 마무리하라고 채근하기 전에 내가 먼저 말했다.

"그러니까 이제 걱정할 거 없어요. 안타깝지만 일이 어그러진 건 내 탓이니 사죄는 다시 다음에 새로 준비하지요. 침입자의 위협에 비하면 그나마 다행이라고 생각하자고요. 오늘 일은 부디 용서하십시오. 괜히 난리를 쳐서 죄송합니다."

하지만 때는 늦었다. 그녀가 미소를 지으며 외친 것이다.

"전혀 잘못 짚으셨어요!"

드르르륵.

"……아니, 트릭 주재자인 내가 그렇다는데, 이번만은 반론의 여지가 없잖아요. 그리고 곰보다 지금은 원숭이가 더 중요해요. 원두, 다 갈아졌어요?"

"네에." 바리스타는 핸드밀 서랍을 꺼내 몽키 커피의 향기를 맡았다. "아주 잘 갈아졌어요."

그 말은 혹시?

"거짓말, 미호시 씨는 알 리가 없는데……."

"아뇨, 거짓말은 아오야마 씨가 하셨죠. 두려움을 없애주려는 배려에는 감사하지만, 내가 그런 얄팍한 원숭이 꾀에 넘어갈 줄 알았어요? 그것도 한 번도 아니고 두 번씩이나."

이런 상황에서도 또 그놈의 원숭이 타령인가.

"이제 걱정할 필요 없다는 그 말, 고스란히 되돌려드릴게요. 곰 인형에 손톱을 세운 범인을 알아냈거든요, 이 원숭이 커피 덕분에."

핸드밀을 높이 쳐든 바리스타에게 나도 모르게 재우쳐 물었다.

"원숭이 커피? 핸드밀이 아니고요?"

"아까 탈레랑에서 세계 3대 커피 얘기를 했었지요?"

"네, '환상의' 커피라면 코피 루왁, 몽키 커피, 그리고 너구리 커피였어요."

"몽키 커피는 그 이름대로 원숭이의 똥에서 원두를 채집해요. 그럼 코피 루왁이나 너구리 커피는 어떤 동물의 똥에서 건져내는지 아세요?"

"물론 알고말고요. 그건 둘 다 사향고양이라는 동물이죠."

사향고양이는 아시아의 열대 및 아열대 지역 등에 널리 분포하는 포유강 식육목 사향고양잇과의 생물이다. 그 이름 때문에 오해하기 쉽지만 이른바 고양잇과의 동물과는 달라서, 일본 국내에 서식하는 동물로는 유일하게 사향고양잇과에 속하는 흰코사향고양이가 가장 가까운 종이라고 할 수 있다.

코피 루왁이 현지어로 '사향고양이 커피'를 의미하는 데 비해, 몽키 커피나 너구리 커피 같은 호칭은 미국 국내에서 유통될 때의 영어 상품명 'Weasel Coffee'에서 나왔다. 당연하지만 족제비와 너구리와 사향고양이는 전혀 별개의 생물인데도, 불필요한 혼동을 낳는 이 호칭이 그대로 정착되어 버렸다.

내 대답을 듣고 바리스타는 만족스러운 듯 고개를 끄덕였다.

"아오야마 씨에게 부탁이 있어요. 다시 한번 옷장 안을 살펴보세요. 내가 여태 찾지 못한 걸 보면 범인은 그곳에 있다고 할 수밖에 없거든요. 이미 살펴봤다는 말은 하시지 말고, 옷이 가득하다면 그걸 헤치고, 서랍에 틈새가 있다면 그곳도 손전등으로 비춰보면서 샅샅이 살펴봐야 해요. 귀찮으시다면 내가 하고요."

겁에 질린 기색은 이제 사라졌지만, 그녀의 눈빛은 진지함 그 자체였다. 그 기세에 눌려 나는 쓸데없는 일이라고 생각하면서도 다시 옷장 앞에 섰다. 문을 활짝 열고 행어에 걸린 재킷이며 코트 안쪽으로 손을 깊숙이 넣었다. 그러자…….

"으힉!"

손끝에 뜨뜻미지근한 것이 만져져서 나는 한심한 비명을 올렸다. 그 즉시 들려온 소리가 있었다.

"야옹!"

야옹, 이라고?

곧바로 이번에는 두 팔을 다 넣어 온기를 지닌 그 물체를 조심조심 끌어냈다.

"네, 네가 어떻게 여기에?"

양쪽 옆구리를 내게 잡힌 채 아무 저항도 없이 앞발을 쭉 내민 것은 샴고양이 샤를이었다.

4

"인간을 위한 탈출 경로도, 숨을 장소도 없다면 애초에 인간이라는 전제가 잘못됐다는 얘기예요. 사향고양이는 고양이와는 다르지만 그래도 샤를을 떠올리기에는 충분했죠. 곰 인형의 상처는 눈으로 보기에도 동물의 발톱 자국 같았으니까요."

바리스타가 설명해 주었다. 옆으로 포개 앉은 그녀의 다리 위에 기분 좋은 듯 몸을 웅크리고 있는 샤를의 등을 쓰다듬으며.

"그러고 보니 나도 처음에 그런 느낌이 들긴 했어요. 마치 다른 곰과 한바탕 사투를 벌이고 온 것 같았죠. 하지만 샤를이 어떻게 내 방에?"

"그건 아마도 저거예요."

그녀가 가리킨 것은 침대 옆의 토트백이었다. 옆으로 쓰러져 바리스타의 유니폼이 삐죽이 나와 있었다.

"저 안에 들어간 채 여기까지 실려 왔다는 건가요?"

"내가 옷을 갈아입고 화장실에 다녀오는 사이에 이 토트백은 탈레랑 문 옆의 바닥에 있었어요. 아오야마 씨는 가게 밖에 나가 있었고 아저씨는 항상 그 꼴이시니까 샤를이 토트백에 들어가는 걸 아무도 알지 못했죠."

"가방을 들어보면 무게로 알 수 있었을 텐데요?"

"지난주에 샤를의 몸무게를 재봤더니 1.5킬로그램이었어요. 생후 5개월에 그 정도면 건강한 편이라고 수의사 선생님이 인정해 주셨죠."

1.5킬로그램. 나는 커피 매장에서 원두를 무게로 달아 샀을 때의 느낌을 떠올렸다. 다른 짐과 함께 들면서 그걸 무겁다고 느낀 적이 있었는가. 그 정도의 무게는 전혀 의식도 못 했던 것 같다.

"빈 가방이었다면 그래도 무게의 변화를 느꼈겠지만, 원래부터 묵직했던 데다 그 토트백, 아오야마 씨가 들고 오셔서 나는 거의 손도 대지 않았어요."

"아차, 그렇군요. 내가 들고 왔으니까 더욱 알기 어려웠겠네요. 그럼 샤를은 우리가 편의점에 간 사이에 선물 자루 안의 곰 인형을 공격했던 거군요."

"아무도 없는 방에서 기척을 느끼고 위를 올려다보니 혼자 슬금슬금 움직이는 선물 자루가······. 새끼 고양이가 분노해서 공격하는 것도 당연하죠." 그녀의 웃음에 나까지 덩달아 웃어버렸다. "비좁고 컴컴한 토트백 안에 갇혀 있었던 탓에 신경이 날카로워지기도 했을 거예요. 곰 인형을 물어뜯으며 한바탕 날뛴 끝에 어지간히 속이 풀리자 옷장으로 달아나 그 안에서 잠들어버린 거예요."

샤를은 아직도 자고 있었다. 애완동물은 주인을 닮는다지만, 닮아야 할 주인을 착각한 것 같다.

"그나저나 아주 얌전한 녀석이에요. 토트백 속에서 이리저리 흔들리는데도 버둥거리지 않고 우는 소리 한 번 내지 않았다니."

"빗소리와 버스 엔진 소리에 지워졌을 가능성도 있지만, 그래도……."

뭔가 말끝이 애매하다. 바리스타 스스로 그건 아니라고 생각한 모양이다.

"샤를이 버둥거렸다면 금세 문제가 해결됐을 텐데, 갑작스럽게 잠이 쏟아졌던 모양이지요. 그 직전까지는 기운차게 먹이를 뽀독뽀독 먹고 있었는데."

"샤를이 먹이를?"

바리스타가 미간을 찌푸리는 이유를 알 수 없었다.

"고양이도 먹고 살아야죠. 그때 깨물어 먹는 소리, 못 들었어요?"

"글쎄 잘 생각나지 않지만, 아무튼 샤를에게는 적정한 시간에 적정한 분량의 먹이만 주고 있어요. 점심을 다 먹은 건 내가 봤고, 가게 안에 따로 먹이가 될 만한 건 없었을 텐데요?"

한바탕 끙끙거린 뒤에 바리스타는 샤를을 지그시 바라보며 걱정스럽게 중얼거렸다.

"이건 아무래도 나 때문인 것 같군요."

"미호시 씨 때문이라니요?"

"샤를이 먹은 게 내가 상비약으로 갖고 다니는 알약 중의 하나였던 모양이에요. 전에 내가 실신했을 때, 아저씨가 던진 주머니에서 알약이 바닥에 쏟아졌다고 했어요. 그때 다 줍지 못한 알약을 샤를이 먹이인 줄 알고 먹어버린 게 아닌지……."

아하, 하는 탄식을 흘린 뒤 나는 그녀에게서 슬그머니 시선을 피했다.

"하지만 그건 벌써 한 달 전 일이에요. 항상 청소도 열심히 하는데 알약 같은 게 여태껏 바닥에 굴러다녔을까요?"

"분명 찬장 밑으로 들어갔겠죠. 그걸 오늘 바닥에 엎드려 동전을 찾던 아저씨가 무심코 밖으로 긁어냈다거나."

"아, 그렇구나. 근데 인간에게 처방된 약이 고양이에게도 효과가 있어요?"

"나도 잘은 모르지만, 이를테면 디아제팜이라는 약은 다양한 정신질환이나 전간癲癎 증세에 처방되는데 해외에서는 대표적인 수면제로 통한대요. 그리고 신경안정제로 고양이에게 처방한 사례가 있다고 들었어요. 효과는 개체별로 차이가 있지만 개중에는 복용 후에 푹 자버리는 고양이도 있다는 거예요."

그녀는 자그마한 고양이의 등에 가만히 손을 얹고 있었지만, 이윽고 마음을 정한 듯 고개를 들었다.

"아직도 이렇게 잠에 빠진 걸 보니 아무래도 걱정스럽네요. 혹시 모르니까 동물병원에 데려가야겠어요."

"그게 좋겠네요, 자칫하면 때늦은 일이 될 수 있으니까요. 나도 같이 갈까요?"

"됐어요, 풍미가 떨어지면 아깝잖아요. 아오야마 씨는 찬찬히 코피 루왁을 음미하셔야죠."

완전히 포기한 모양이다.

"미호시 씨는, 괜찮겠어요?"

"그래도 이 아이의 건강과 바꿀 수는 없어요. 참으로 단장의 마음이지만." 바리스타는 아쉽다는 듯 미소를 지었다. "코피 루왁의 맛에 대한 리포트, 기대할게요."

품에 안겨서 가는 것보다 그나마 편할 것 같아서 가엾게도 샤를은 다시 토트백에 넣어 데려가기로 했다. 바리스타는 가방에서 자신의 옷을 꺼내 수건 대신 고양이를 푹신하게 감싸 침상을 만들었다.

"들고 가기 힘들지 않겠어요? 꽤 무거웠는데."

"괜찮아요, 올 때보다 훨씬 가벼울 테니까."

그리고 그녀는 토트백에서 40제곱센티미터쯤이나 되는 납작한 상자를 꺼내 내게 건넸다. 눈부신 노란색 포장지에는 고코로후토의 로고가 찍혀 있었다.

"이게 뭐예요?"

"아까 말하려고 했는데 가로막으셨죠? 이런 멋진 일이 다 있다고 생각했어요. 실은 나도 오늘 사죄를 겸해 선물을 준비했거든요."

깜짝 놀라서 나는 거의 반사적으로 상자의 정체를 확인했다.

내가 해야 할 사죄는 함부로 '너'라고 불러버린 데 대한 것이고, 바리스타의 사죄는 모카와 씨의 배덕 행위에 대한 것이었다. 사죄의 짐을 짊어진 것도 같은 날이었는데 그 짐을 내려놓는 것도 같은 날이라니, 이건 정말 멋진 일이다. 하지만 꼭 단순한 우연만은 아닌 모양이다.

"이게 아직 집에 없다고 하셔서 얼마 전에 내가 구매했어요. 내내 탈레랑에 보관해뒀는데, 벌써 한참 전 일이라 이미 사버렸을까 봐 내가 직접 확인하고 건네주려고 했죠."

"그럼 이것 때문에 우리 집에 온 거였군요?"

"몽키 커피에도 관심이 있었지만, 이게 핑곗거리였던 것도 사실이에요. 그러지 않고서야 남자 집에 찾아와 둘만 있다니, 그런 낯 뜨거운 짓은……."

점점 목소리가 작아지는지라 고개 들어 바라보니 바리스타의 얼굴이 발갛게 물들었다. 이제 와 새삼 무슨 말씀을, 이라는 마음도 있었지만, 간단히 말하자면 이번 '기리마 미호시의 방문'을 둘 다 사죄의 헌상품을 건네는 좋은 기회로 이용하려 한 것이다. 실로 재미있는 줄다리기였다.

"그럼 서둘러 가봐야겠어요. 갑작스러운 방문에 실례가 많았습니다."

샤를을 토트백 안에 눕히고 바리스타는 씩씩하게 자리에서 일어섰다.

"나야말로 고마워요. 이거, 잘 쓰겠습니다. 내가 드리는 사죄는 다시 다음 기회에."

"아뇨, 곰 인형을 할퀴어놓은 건 내 고양이인데요. 고맙고 기뻤어요, 아주 많이."

바리스타가 배시시 미소를 짓는지라 내 마음은 또다시 꽉 붙잡혀 버렸다.

"······이제 두려워할 거 없어요."

현관문을 여는 그 등에 대고 나도 모르게 말했다.

"가까이 다가가고 싶은 건 가까이 다가오는 것을 허락해 준 데 대한 보답 때문이 아니에요. 그냥 다른 뭔가에 겁이 날 때는 미덥지 않을지도 모르지만 내가 틀림없이 지켜드리려고······."

돌아본 그녀는 진지한 얼굴이었다. 다만 뺨의 홍조가 한층 짙어진 것 같았다.

전염되었다. "아, 그게, 미호시 씨가 아니라, 커, 커피 맛을 지켜드린다는 얘기예요. 그걸 못 마시면 나도 곤란해서······."

"모모타로의 수수경단에 넘어간 원숭이 같네요. 하지만 고마워요."

마지막에 다시 빙긋이 웃고 바리스타는 현관문을 나섰다. 나에 대한 사죄의 헌상품으로 전자 다트판을 남기고.

그때 내 마음속을 가득 채운 것은 지나친 안도감이었다.

고나이 나미카즈의 출현은 우리에게 절박한 공포감을 심어주었다. 미호시 바리스타가 그토록 두려움에 떨었던 원인은 지난 4년 동안 홀로 시달려온 그자의 악의였고, 마침내 그것을 극복하고 다른 사람을 만나려고 할 때, 역시 그 일이 뇌리를 스치지 않았을 리 없다. 그녀에게는 이성과 마음을 주고받는다는 것이 항상 그런 공포와 나란히 존재했다.

그런데 총명한 바리스타가 두려워한 침입자의 정체는 결국 단순한 환상에 불과했다. 아니, 사실을 말하자면 내가 꼭 그렇게 단정한 것만은 아니지만, 어쨌든 이번의 불가사의한 수수께끼의 내막은 결국 새끼 고양이 한 마리에 지나지 않았다.

불길한 예감이 전혀 관계없는 일에까지 파급되는 것과 마찬가지로, 안도감 또한 여기저기서 자체 증식을 하는 모양이다. 저녁에 샤를의 무사함을 알리는 전화를 받고 나는, 그리고 아마 바리스타도, 근거 없는 안도감에 젖어버렸다. 그것은 결코 경솔하고 낙관적인 전망에서 생겨난 빈틈이 아니라 오래된 상처의 아픔을 극복하고 행복하게 살기를 원하는 마음이 빚어낸 작용임이 틀림없다.

―그래서 그 뒤 우리를 기다리고 있던 운명이, 튀어버린 물감처럼 미리감치 일상의 이곳저곳을 더럽히고 다닌 작은 조각들을 깜빡 놓쳐버렸다고 해도 나는 그것을 과실이

나 오산이 아니라 단순히 비극이라고 부르고 싶다. 그렇게라도 하지 않고서는 내가 내린 판단의 정당성을 도저히 믿을 수 없기 때문이다.

그날 바리스타가 갈아준 원두에서 내린 몽키 커피에서는 바닐라 맛 같은 달콤한 향기가 은은히 풍겼다. 희소한 물건인데도 왠지 미각에 친근감이 느껴지는 이 커피는 탈레랑 백작의 그 잠언이 적절히 겹친 상태로, 아주 작은 단맛을 아주 작은 감정으로 바꿔서 내 위와 가슴 근처에 뭉클한 열기를 던져주었다.

기리마 미호시와 이별하기로 결심한 것은 그 열기가 채 식지 않은 어느 겨울날의 일이었다.

제7장 당신이 내린 커피를 다시 만난다면

I

 엉덩이를 걸친 철책의 차가움이 면으로 된 바지 천을 쉽게도 통과해 살갗에 전달된다.

 인적 드문 밤거리에서 수상쩍은 사람으로 오해받지 않고 계속 서 있기 위해서는 최저한의 카무플라주 작전은 필수적이다. 남자는 때로는 휴대전화를 귀에 대고 또한 때로는 누군가를 기다리는 척 손목시계를 들여다보며 그럭저럭 삼십여 분을 한겨울의 밤공기와 싸우고 있었다.

 그 남자, 고나이 나미카즈는 자신의 몸속에서 발산되는 열로 온기를 취하며 한편으로는 의아해하기도 했다. 지금도 뱃속을 들끓게 하는 이 불길은 대체 무엇을 연료로 타오르는 것인가.

 기리마 미호시를 만나지 않았더라면 알지 못한 채 넘어갔을 감정이었다. 꼭꼭 닫아걸어 안쪽을 지키고 있던 문을 억지로 열었으면서 그가 밖으로 발을 내딛자마자 자신의 문은 닫아버린 그녀에게서, 원래대로 돌려놓지 못할 줄 뻔히 알면서 시계며 라디오를 분해하며 기뻐하는 어린애 같은 잔혹함을 느꼈다. 빗장이 부서져 버린 그의 절망에도 태연하기만 한 그녀를 목격한 순간, 거세게 타오른 분노가 예상치 못한 충동을 고나이에게 안겼다.

 하지만 그 분노는 기리마 미호시에게로 향하는 동시에

문을 처닫는 것을 허용한 그 자신에게도 향했다. 그의 충동은 불발로 끝나기는 했지만, 결과적으로 그 자신이 원하던 고통을 그녀에게 준 모양이었다. 그것으로 분노의 반절쯤은 처리되었고 나머지 반절은 그 자신에게 걸린 문제가 되었다.

고나이는 문을 수리했고 다시 처닫는 쪽은 선택하지 않았다. 그 대신 타인의 문을 열 수 있는 인간이 되기 위해 필사적으로 자신을 바꾸었다. 과거의 자신을 증오하고 철저히 부정하는 마음이 그에게 믿을 수 없는 변화를 가져다주었다. 예전에 자신이 포기해 버렸던 일, 즉 타인에게 받아들여진다는 일이 이토록 단순한 '기술'로도 가능하다는 것을 알고 적잖이 김빠지는 느낌이 들었을 정도다.

저주스러운 과거는 극복되었을 터였다. 그렇건만 왜 그는 아직도 기리마 미호시에 사로잡혀 있는가.

가게에 찾아가는 것만은 삼가게 되었지만, 휴일에 혹은 일하는 틈틈이, 고나이는 슬며시 탈레랑 주변을 염탐하며 기리마 미호시의 동향을 파악했다. 스스로 생각하기에도 비참하기 짝이 없는 짓이자 결코 해서는 안 될 행위였다. 하지만 고나이는 거기에 '기리마 미호시를 지킨다'라는 명목을 붙여 스스로 정당화했다. 그녀가 타인과 접하는 방식에는 위태위태한 면이 있다. 나는 그것을 바로잡고자 경과를 관찰하고 있을 뿐이다. 그렇게 되뇌는 것으로 억누를 수 없는 집착을 스스로에게 이해시켰다. 세월이 흐르고 기리마 미호시가 여전히 조용하게 지내는 것을 보며 고나이는 이윽고 그런 역할조차 끝나가는 것 같아 점차 탈레랑 근처를 배회하는 일이 줄어들고 집착은 희박해져 갔다. 그 스스로 과거는 이미 극복되었다고 판단했다.

그 판단이 무너져 버린 그날.

외근 중에 잠시 들른 잡화점에서 고나이는 우연히 기리마 미호시의 모습을 발견했다. 거리에서 그녀를 발견한 게 처음은 아니어서 거의 습관적으로 그는 오랜만에 그녀의 근황을 알아보기로 했다. 하지만 위층에서 한 차례 그녀를 놓쳐버렸다. 다시 찾아다니는 사이에 1층까지 내려온 고나이는 예전에 봤던 기리마 미호시의 친구를 발견했다. 그녀는 휴대전화로 통화하고 있었다. 귀를 기울여 들어보니, 그녀는 자신의 시선 끝에 있는 남자에 관한 이야기를 전하면서 기리마 미호시에게 다시 잡화점으로 돌아오라는 말을 하고 있었다.

문득 깨닫고 보니 몸이 움직이고 있었다. 그 남자 손님을 붙잡아 뒀다가 기리마 미호시와 만나게 하고, 두 사람의 관계를 확인해 보기로 했다. 그 계획은 성공했다. 고나이는 두 사람이 커피점 손님과 직원의 관계이자 단둘이 주점에도 드나드는 사이라는 것을 알았다.

손님과 직원. 고나이는 그 점을 도저히 용서할 수 없었다. 4년의 세월이 흐르고 기리마 미호시가 다시 일어서기까지의 과정 따위는 모두 지워버리고, 고나이는 다시금 자신의 분노가 무시당했다는 느낌을, 그녀가 옛날과 전혀 달라진 것 없이 손님의 마음의 문을 억지로 열려고 한다는 느낌을 받았다.

그 순간, 이미 꺼진 줄 알았던 분노의 불길이 뱃속 깊은 곳에서 다시 활활 타올랐다.

그래도 즉각 그 충동에 휩쓸리지는 않았다. 4년 전과는 달리, 그에게도 잃고 싶지 않은 것들이 생겼다. 잡화점에서 얻어들은 정보를 바탕으로 고나이는 한 카페로 그 남자를 찾아갔다. 그리고 직접적인 협박은 최대한 피하면서 적절한 경고를 해주었다. 하지만 두 사람의 관계에는 어떤 변화도 보이지 않았다. 여전히 탈레랑에 드나드는 남자의 들뜬 모습을 볼 때마다 고나이는 이제 실력 행사에 나설 수밖에 없다고 마음먹었다. 그것도 4년 전보다 훨씬 크나큰 반성과 엄청난 고통을 수반하는 실력 행사에.

─연료, 그것은 암흑 속에서도 책을 읽기 위해 읽는 족족 찢어서 불태운 페이지들이다. 기름이 깊이 스며들어 휘발하지 않는 과거를 돌아보면 자조만 흘러나왔다.

지이잉 하는 문소리에 고나이는 퍼뜩 정신을 차렸다.

감시하는 가게는 자신의 불빛을 어두워진 길에 희미하게 흘리고 있었다. 몸을 단단히 긴장시키고 귀를 기울이자, 한밤의 교토 길모퉁이에 서서 사람들의 시선을 피하는 그와는 대조적으로 타인의 존재를 두려워하지 않는 태평한 대화가 들려왔다.

"그럼 뒷마무리를 부탁드려요."

"알았어. 조심해서 가. 내일도 잘 부탁해, 바리스타."

"네, 수고하셨습니다."

그리고 차가운 정적에 빗금을 그으며 발소리가 천천히 다가왔다.

이제 슬슬 시작이다. 고나이는 마음을 진정시키려고 손에 든 캔 커피를 마시려다가 이미 빈 캔이라는 것을 깨달았다. 쓴웃음이 터졌다. 마음이 가라앉기는커녕 크게 동요했다는 게 고스란히 드러나 버렸다.

두 눈이 포착한 대상은 가로등이 적은 이쪽 골목길로 들어섰다. 어둠 속에 녹아들어 그야말로 사람 그림자 같은 모습이다. 고나이는 자연스럽게 선 위치를 바꾸어 미행하기에 가장 좋은 사각을 확보했다. 4년 전처럼 일을 그르칠 수는 없다. 또한 증거를 남기지 않고 목적을 달성하기 위해서도 사람들의 왕래는 드물지만 전혀 없는 것도 아닌 이곳에서 실행에 옮기는 건 위험하다. 신중하게 기회를 노려야 한다. 여차할 때는 단념하는 것도 선택지 중의 하나다. 기회는 딱히 오늘 밤만이 아니다. 이 가게가 망하지 않는 한, 내일도 모레도 거듭해서 찾아올 것이다.

느릿느릿 걸어서 귀가하는 그림자를 충분한 거리를 두고 따라갔다. 사전 조사에 의하면 대략 십 분 거리다. 전반의 오 분은 아무 일 없이 흘러갔다. 그리고 다시 이 분쯤 따라갔을 때, 문득 고나이에게 신기한 감각이 엄습했다.

그 순간, 거리는 숨을 쉬지 않았다. 고요히 잠들기에는 약간 이른 시간대인데도 그들 두 사람을 제외한 모든 살아 있는 것들의 기척이 완벽하게 사라졌다. 근처의 단독주택에서 새어 나온 불빛, 도로를 지나가는 자동차 헤드라이트조차 기껏해야 밤의 눈 깜빡임 정도로 느껴졌다. 그런 것을 더 들어나가 저 끝에 자리한 삶이라는 이름의 현실조차 그에게는 완벽한 허구일 뿐이었다.

운명이 악의를 드러낸 한순간이었다. 그는 주변 360도를 빈틈없이 살펴보고 위협이 될 만한 건 하나도 없다고 확인한 뒤에 걸음이 느린 그 등짝으로 잽싸게 다가갔다. 손을 뻗으면 닿을 만큼까지 거리를 좁혔는데도 아직 이쪽을 알아보는 기척은 없었다.

천재일우의 기회.

망설임은 없었다. 그는 브레스 너클을 낀 주먹을 높이 치켜들어 눈앞의 뒤통수를 향해 힘껏 내리쳤다. 오른쪽 손등에 내달리는 둔통. 미처 비명이 되지 못한 신음을 올리며 길바닥을 덮은 그림자에 녹아들듯이 무너지는 사람 그림자. 아직 돌아보지도 못한 그 등짝을 짓밟듯이 발길질을 한 번, 두 번. 그리고 다시 배 위쪽의 갈비뼈에도 발끝을 세워 한 방.

하지만 이미 아무 반응도 없었다. 최초의 일격에 깨끗이 의식을 잃은 모양이다. 양 무릎에 손을 짚고 턱까지 차

오른 숨을 가다듬으며 고나이는 약간 흥분이 식어버린 머리로 생각했다. 똑똑한 기리마 미호시다, 폭력의 의미는 정확히 전달되었을 것이다. 하지만 그건 결국 폭행자가 나라는 것을 알아챈다는 얘기다. 나는 무사히 도망칠 수 있을까. 혹시라도 경찰이 개입했을 때, 끝까지 시치미를 뗄 수 있을까.

어느새 거리는 그 생명을 되찾고, 아니, 그보다 처음부터 숨을 멈춘 적이 없었다는 듯 그 안에서 흔해 빠진 삶을 태연히 사육하고 있었다. 어찌 됐든 증거를 남겨서는 안 된다. 그러기 위해서는 이제 단 일 초라도 이곳에 머물러서는 안 된다.

열기가 빠지고 단숨에 덮쳐든 한기에 떠밀려 고나이는 악의를 내뿜는 밤거리로 자취를 감췄다. 길 가던 사람이 구급차를 부른 것은 그로부터 몇 분 뒤의 일이었다.

2

암담한 마음을 안고 종합병원의 복도를 걸어갈 때, 어디선가 두 여자의 대화가 날아와 내 청각을 간질였다.

"들었어? 305호실 환자 얘기."

"아, 무슨 바리스토인지 뭔지 하는 환자?"

"바리스타라니까, 바리스타. 커피 내리는 직업이래."

나도 모르게 발을 멈췄다. 305호실이라면 지금 내가 가려고 하는 병실이다.

대화의 발신지를 찾아보니 복도 바로 옆 병실이었다. 미닫이문 틈새로 살짝 들여다보니 중년 간호사 둘이 부지런히 정리 작업을 하고 있었다. 그 자리에 없는 환자는 퇴원을 했는지, 입원을 했는지, 자세한 사정은 나로서는 알 수 없다.

"이제 곧 크리스마스인데 그렇게 다쳐서 입원하다니, 참 딱하지 뭐야. 아직 젊은 사람이라 분명 약속 한두 가지쯤은 있었을 텐데."

홀쭉한 간호사가 말했다.

나는 그곳을 그냥 지나치지 못했다. 한 손에 움켜쥔 병문안 꽃다발은 병원이라는 장소에는 지극히 적합한 것인데도 그 화사한 향기가 너무도 어울리지 않는 것처럼 느껴졌다. 그것이 한층 더 기분을 암울하게 만들었다.

"뇌에는 이상이 없다니까 아마 크리스마스 때까지는 퇴원할 수 있겠지. 근데 머리에 두른 붕대는 한참 동안 못 풀 테니까 손님 장사는 아무래도 어렵겠어." 뚱뚱한 쪽 간호사는 교토 혹은 간사이 지방 사투리를 썼다. "그나저나 소문이 좀 흉흉하지 않어? 자기 혼자 걸어가다 계단에서 떨어졌다고 본인이 말했다더라고. 큰길까지 기어 온 참에 그만 힘이 빠져 쓰러졌다네? 근데 사실은 무차별 범죄를 당한 거 아니냐고 하더라고."

"어머, 그런 일이면 분명하게 말했겠지. 왜 피해자가 사건을 감춰서 범인을 감싸주겠어?"

"아니, 의사 선생 말로는, 계단에서 떨어진 상처로는 안 보인다고 허더라니까. 내 생각에는 범인에게 협박을 받은 거 아닌가 싶어."

"경찰에 말했다가는 죽일 테다, 그런 거? 그런 말에 아, 예에, 하고 따를까?"

"근데 처음에 우리 병원에 왔을 때, 아주 부들부들 떨더라니까. 참말로 무서운 꼴을 당한 건 틀림없는 모양이여. 위협에 굴복할 적에는 뭔가 나름대로 이유가 있을 거 아녀. 나는 무슨 짓을 당했는지 대충 상상이 되더라고."

"이유라니, 무슨 약점이라도 잡혔다는 얘기야?"

주위를 경계하는 몸짓을 보인 뒤에 뚱뚱한 간호사가 귀엣말을 속닥거리자 홀쭉한 간호사는 눈을 둥그렇게 뜨고 한숨과 함께 한마디를 중얼거렸다. "아휴, 그……?"

하지만 입술 움직임으로 나는 단순한 복창일 터인 그 말을 똑똑히 알아들었다. 그것은 성폭력을 의미하는 단어였다.

"정확한 건 나도 모르지, 진짜로 몰라. 어디까지나 내 상상이 그렇다는 얘기여." 복창을 해버리는 바람에 당황했던지 뚱뚱한 간호사가 손을 홰홰 저었다. "예를 들어 그런 거라면 폭력을 당하고서도 경찰에 신고를 못 할 수 있다는 얘기여."

"아이, 그런 섣부른 소리를! 나야 한 귀로 듣고 흘려버리지만, 혹시라도 사실이면 더욱더 입조심해야지."

"나도 그냥 흥미 본위로 하는 소리는 아니여. 내 지레짐작이라면 다행이지만, 아무튼 너무 딱하잖아. 그리 끔찍한 일을 당했는데 말도 못 하고 혼자 끙끙거리자면 얼마나 힘들까 싶어서 그래."

─꽃다발을 거꾸로 든 손이 부르르 떨렸다.

호기심을 못 이겨 남의 일에 이러쿵저러쿵 억측하는 간호사에 분노한 면도 없지는 않다. 하지만 그건 환자를 적당히 치료해야 할 물체가 아니라 한 인간으로서 바라보기 때문에 생겨난 관심이라고 이해할 수도 있다. 내 분노는 그런 지점을 지나 한참 먼 곳, 사람들이 모두 염려하여 마지않는 사건을 일으킨 장본인에게로 달려갔다.

간호사의 이야기에도 나왔지만, 이번 사건은 겉으로 드러나지 않았고 범인에 대한 확증이 있는 것도 아니다. 하지만 내게 그것은 억측이 아니라 엄연한 사실이었다.

범인은 고나이 나미카즈다. 그녀를 불행에 빠뜨리려고 할 인간이 이 세상에 누가 또 있겠는가.

멍한 말뚝처럼 우두커니 서 있으려니 병실에서 간호사들이 나왔다. 자기들끼리 속닥거린 걸 들켰다고 생각했는지 겸연쩍은 얼굴로 멀어져간다. 몇 걸음 만에 홀쭉한 간호사가 옆의 뚱뚱한 간호사를 쿡 찌르는 게 보였다.

거부할 수 없는 현실. 어쩌면 미리 방지할 수 있었던 위기. 자책의 마음이 급속히 커져 가면서 내 머릿속에서 몇 가지 말들이 빙글빙글 맴돌았다.

―남의 마음을 갖고 놀지 말라고.

그것은 고나이가 겁에 질린 그녀에게 속삭였다는 원망의 말이다. 4년 세월을 건너 아직도 고나이는 그 말을 내뱉었을 때와 똑같은 증오를 불태우고 있는 것이다.

―또다시 그런 일이 일어난다면……그때는 정말 다시 일어설 수 없을지도 몰라.

누구보다 그녀를 잘 아는 미즈야마 쇼코가 그렇게 증언했다. 그 말의 앞부분은 이미 가정이 아니게 되었다. 이미 징조가 명확한 형태로 닥쳐오고 있었는데 나는 미즈야마 쇼코의 염려에도 응하지 못한 채 안도감에 코를 처박고 있다가 결국 사건을 불러들이고 말았다.

만나러 갈 수 없다.

문득 정신이 들었을 때, 내 손에서 병문안 꽃다발이 떨어졌다. 털썩 소리와 함께 꽃잎이 흩어지고 멀리서 병원 관계자들이 급하게 뛰어왔다. 하지만 그들이 부르는 소리는 평범한 하루처럼 내 몸속을 뚫고 지나갈 뿐이었다.

만나러 갈 수 없다. 어떤 얼굴을 쳐들고 그녀를 만날 수 있단 말인가. 지금 내가 만나러 가본들 도리어 그녀의 상처를 후벼 파는 일이 된다. 그뿐만 아니라 그런 나의 추태가 어디선가 고나이의 시야에 포착된다면 사태는 점점 더 돌이킬 수 없게 흘러갈 터였다.

만나러 갈 수 없다. 다른 사람은 그럴 수 있어도 나는 더 이상 기리마 미호시가 다시 일어서는 데 아무 도움도 안 된다.

서늘한 리놀륨 복도에 무릎을 꿇었다. 돌이킬 수 없는 세계를 내 눈에서 깨끗이 지워버리고 싶어 두 눈을 가리려 했을 때, 누군가 내 어깨를 툭 쳐서 나는 얼굴을 들었다.

양쪽으로 짚은 손등에 뭔가가 내려왔다.

그것은 꽃다발이었다. 내가 떨어뜨린 것을 다시 수습했다고 하기에는 형태가 거의 무너지지 않은 꽃다발이다. 옆을 바라보니 여자 간호사가 타이르듯이 다정하게 말했다.

"정성을 담아 병문안을 와줬잖아요."

일단 감았던 눈은 초점이 잡히지 않아 잠시 손안이 흐릿하게 보였다. 비 오는 길바닥에 반사하는 네온 불빛처럼 색색으로 번진 그것은 시력이 회복됨에 따라 생생한 색채가 되어 내 미의식에 호소했다. 이윽고 세계가 원래대로 돌아왔을 때, 내 눈은 오로지 현실만을 포착했을 텐데도 꽃다발에서 뿜어져 나오는 한 줄기 광명을 보았다.

―어쩌면 도와줄 수 있을지도 모른다.

그녀의 고통을 최소한으로 줄이면서 고나이 나미카즈의 위협을 멀리 떨쳐버릴 수 있을지도 모른다.

그건 너무도 위험한 도박이고 게다가 너무도 편의적인 방법처럼 생각되기도 했다. 하지만 나는 이미 상처받는 것도 상실하는 것도 피하지 않을 각오다. 나의 방심이 불러들인 재앙을 말살할 수만 있다면 조금씩 열어가던 문을 다시 닫아버린다 해도 전혀 아쉽지 않다.

실패는 절대 허용되지 않는다. 그러기 위해 검토해야 할 일이 산더미 같지 않은가. 견딜 수 없을 만큼 마음이 급해져서 나는 간호사에게 감사 인사도 대충 던지고 305호실의 반대 방향으로 냅다 달렸다. 복도를 울리며 뛰는 발소리가 메아리치고, 병실에서는 조용히 하라고 꾸짖는 소리가 날아왔지만, 가슴에 느껴지는 통증조차 기사회생을 향해 점점 고조되는 심장의 고동 소리 속에 녹아버렸다.

III

그날도 고나이 나미카즈는 거리를 뒤덮은 어둠의 장막에 몸을 숨기고 혼자 서 있었다.

사건으로부터 열흘이 지났다. 그중 처음 닷새 동안, 고나이는 은밀히 병원에 찾아가 병문안객 기록부를 체크해 봤지만, 병실을 피난처 삼아 기리마 미호시와 그 남자가 만나는 기척은 보이지 않았다. 이번에도 역시 기리마 미호시에게 반성을 촉구하는 데 성공한 모양이라고 생각했다. 게다가 증거를 남기지 않은 덕분인지 수사의 손길이 뻗쳐오는 기미도 감지되지 않았다. 이제 안전지대에서 마음껏 그들의 결별을 지켜봐도 된다는 생각에 고나이는 치미는 웃음을 참을 수 없었다.

휴대전화에 낯선 번호가 찍힌 것은 그러던 참의 일이었다.

"고나이 나미카즈인가?"

받자마자 수화기에서 들려온 목소리는 록온 카페에서 마주했던 자의 것이 틀림없었다. 허세에 찬 적의가 느껴져서, 이미 진상을 다 알고 있는 모양이라고 직감했다.

"지난번에는 참 잘도 나를 속였더군." 이름조차 거짓으로 댄 적이 없는데 속였다니, 이건 피해망상 증세가 심해도 너무 심하다. 거짓말에는 영 소질이 없다고 말했었다. 그것도 거짓말이 아니다. "너에 관한 얘기는 들었어. 이번 일도 어차피 네가 한 짓이겠지. 들키지 않을 줄 알았나?"

가소롭기 짝이 없다. 들키고 말고가 아니라, 미호시가 내 흔적을 발견해 주지 않으면 곤란하다. 네가 한 짓이 아니냐고 큰소리치는 건 난센스일 뿐만 아니라 그것 말고는 아무 대책도 없는 답답한 심정의 표현처럼 들렸다.

그런데 남자는 거기서부터 뜻밖의 방향으로 이야기를 끌고 갔다.

"착각하지 마. 너를 경찰에 넘길 생각 따위는 없어. 섣불리 일을 크게 만들어 미호시 씨가 더 큰 피해를 입는 사태는 나도 원치 않아. 내가 전화한 것은 너와 거래하기 위해서야."

거래라니, 자기가 뭔데 거래를 하겠다는 건가. 하지만 고나이는 일단 상대의 설명을 기다렸다.

"대답해 주기 바란다. 이번에 폭력을 행사한 이유는 4년 전과 마찬가지로 손님의 마음의 문을 열려고 하는 미호시 씨를 징계하자는 의도였겠지. 그렇다면 손님인 내가 딱 잘라 미호시 씨를 거부하면 앞으로 더 이상 그녀는 힘든 일을 겪지 않아도 될까?"

침묵을 지켰다. 그녀가 앞으로도 그런 처신을 한다면 다시 내가 나설 수도 있겠지만, 그건 이 남자도 이미 다 아는 일이다. 최소한 두 사람이 인연을 끊었는데도 그 멀어져 가는 등짝을 쫓아가 치명타를 먹일 만큼의 증오는 내게 없는 것 같다. 즉 결론만 보자면, 긍정이다.

"……이의 없다는 뜻이군. 좋아, 미호시 씨와는 헤어지겠다. 그녀가 앞으로 평온하게 무사한 나날을 보내기만 한다면 나는 그걸로 충분해."

남자의 쓸쓸한 목소리가 낙숫물처럼 띄엄띄엄 이어졌다.

"부탁이 있어. 한 번만 더 그 커피점에 가게 해줄 수 있을까? 내가 전에 얘기했지? 나는 그녀가 내리는 커피를 좋아해. 마지막으로 그녀의 커피를 마시고 그 맛을 내 혀에 새길 수 있다면 더 이상 아무 미련도 없어."

온정을 베풀어달라는 건가.

"이번 크리스마스이브 저녁 8시, 탈레랑으로 만나러 가기로 했어. 그때쯤에는 퇴원할 테니까. 탈레랑은 영업하지 않더라도 그녀는 틀림없이 가게에서 기다려줄 거야. 그 자리에서 분명하게 이별을 고하면 이번에야말로 너와의 약속을 지킬 수 있어. 알겠나, 우리를 어디까지 감시하는지는 모르겠지만, 이번에는 굳이 나올 거 없어. 사나이가 두 말은 하지 않아, 미호시 씨가 또다시 위험한 일을 겪지 않게 나도 최선을 다할 생각이니까."

그러고 전화는 뚝 끊겼다.

어떻게 할까. 며칠 동안 고나이는 망설였지만 결국 가보기로 했다. 일부러 전화하고 굳이 나오지 말라고 얘기한 걸 보면 함정이나 술책이 아닌 사나이의 본심일 터였다. 하지만 만일의 경우라는 것도 있다. 사나이의 결심이 흔들리지 말라는 법도 없다. 무엇보다 그 자리에 나가는 건 영단을 내려준 자에 대한 경의의 표명이기도 하다.

짙은 어둠에 자잘한 구멍을 뚫듯이 가랑눈이 희끗희끗 휘날렸다. 입까지 가린 머플러는 추위를 막는 것뿐만 아니라 입김으로 남에게 알려지는 것을 막기 위한 목적도 있다. 정확한 시간에 집을 나와 저녁 8시 전에 현장에 도착했다.

세심한 주의를 기울여 일단 탈레랑 주변을 살펴보았다. 하지만 함정의 기척은 전혀 느껴지지 않았다. 열흘 전과 똑같은 카무플라주 작전으로 길가에 서서 수십 미터 앞, 유일하게 탈레랑과 바깥 도로를 이어주는 좁은 길을 지그시 지켜보았다.

움직임이 포착된 것은 정확히 8시가 되었을 때였다.

반대편 도로에서 남자가 모습을 드러냈다. 처음에는 점

처럼 작게, 그리고 점점 가까이 다가오는 그 발걸음은 성스러운 크리스마스이브로 들뜬 거리를 한 걸음 한 걸음 지르밟듯이 무거웠다. 좁은 통로로 빨려들기 직전, 탈레랑에서 새어 나오는 불빛에 한순간 비친 옆얼굴은 밀랍처럼 굳어 있었다.

저 딱딱한 표정이 결의의 표명이라면 좋겠다만. 고나이는 호주머니 안에서 얼음처럼 차가워진 브레스 너클을 손가락에 끼웠다. 오 분이 지나도 그다음의 움직임은 없었다. 이별을 통고하는 일이니 그리 쉽게 끝날 리 없다. 유예를 인정해 주며 삼엄한 추위를 견뎠다.

그리고 마침내 사람 그림자가 두 채의 가옥 틈새를 지나 길로 나왔을 때, 고나이는 자칫하면 소리 내어 웃어버릴 뻔했다.

─기리마 미호시, 더 따끔한 맛을 봐야겠구나!

사람 그림자는 하나가 아니었다. 남자와 나란히 걷는 회색 코트 차림의 자그마한 여자. 검은 단발머리를 뒤덮은 큼직한 흰색 모자를 쓰고 눈물이라도 흘리는지 턱을 한껏 숙이고 있다. 남자는 그녀를 달래주듯이 등을 두드리더니 마치 어린애를 데려가는 아빠처럼 그녀와 손을 맞잡고 걷기 시작했다.

내 눈으로 지켜보기를 잘했다. 자기 쪽에서 먼저 거래를 제안했으면서 이토록 간단히 그 맹세를 깨버릴 줄이야!

두 사람의 분위기를 보니, 일단 이별을 고했으나 울며 매달리는 여자에게 남자가 끌려든 게 분명하게 보였다. 정상참작의 여지가 전혀 없다고 확신했다. 하지만 끓어오르는 감정 속에 아주 조금 남아 있던 냉정한 부분에서 순수한 궁금증이 생겼다.

왜 그렇게까지 다른 사람의 마음의 문을 열려고 하지?

남자가 예전의 자신과 상통하는 부분이 있다는 것, 정확히 일치하지는 않더라도 분명 유사한 인종으로 분류된다는 것은 첫 대면 때 감지했다. 자신이 나서서 마음의 문을 열거나 적극적으로 타인의 문을 열려고 할 인간은 아니었다.

책임지고 아이를 키울 수 없다면 애초에 만들어서는 안 된다. 기리마 미호시의 처신은 그런 경우와 똑같다. 그다음에 대한 상상력의 결여가 실제로 상대를 명백히 상처 입히는 것이다. 그런데도 왜 상대의 문 안쪽에 들어가겠다는 오만한 짓거리를 밀어붙이는가.

좀 알려줄래? 내가 직접 해봤는데 전혀 알 수 없었어.

억지로 열어본 문 너머에서 너는 뭘 찾고 있지?

두 개의 등짝이 다가왔다. 자신이 뛰어나갔다는 것조차 고나이는 잠시 깨닫지 못했다. 고개를 숙인 채 어깨를 잘게 흔드는 여자. 어물어물 에스코트하듯이 반걸음 앞서가는 남자. 정답게 맞잡은 손과 손. 다가간다. 점점 가까워진다. 그렇건만 등짝은 뒤돌아보지 않았다. 왜 돌아보지 않아? 나라는 존재 자체를 무시하니? 일말의 외로움이 몸속에 휘발유를 비처럼 쏟아부었다. 커져 간다. 점점 커져 간다. 두 사람의 등짝도, 내 뱃속을 태우는 불길도.

―지금이다!

힘없는 기리마 미호시는 제쳐두고 남자부터 잽싸게 때려눕히는 게 훨씬 더 확실하다는 것을 잘 알면서도 고나이는 처음부터 아래로 내려다보이는 흰색 모자의 뒤통수를 겨냥하는 데 망설임이 없었다. 언젠가 치유될 부상에 그치지 않는 치명적인 문門의 고장, 갈기갈기 찢겨 한층 거스르기 힘든 압도적인 금기를 기리마 미호시의 마음에 심어주리라.

열흘 전과 한 치도 다를 바 없는 동작으로 단단히 움켜쥔 주먹을 높직이 쳐들었다. 그제야 눈치를 채고 두 사람이 맞잡은 손을 놓았다. 하지만 이미 때늦은 일, 아무 의미도 없는 반응일 터였다.

허공을 가르며 주먹을 내리쳤다.

대체 무슨 일이 일어났는지, 선뜻 판단이 서지 않았다.

다만 그 순간, 고나이를 둘러싼 세계가 빙그르르 회전했고, 판단이 그것을 따라잡기도 전에 그는 아스팔트 바닥에 등짝을 부딪치며 내동댕이쳐졌다.

너무도 강력한 일격이었다. 주변에는 날카롭게 신경을 곤두세웠지만 막상 표적이 되는 기리마 미호시에게는 눈곱만큼도 경계심을 품지 않았다. 지난번에 습격했을 때 완전히 무력했던 그녀를 상대하면서 설마 유효한 반격이 있으리라는 예상 따위, 뇌리를 스친 적도 없었기 때문이다. 그런데 왜 지금 나는 이런 차가운 길바닥에 내동댕이쳐진 채 힘없이 하늘을 우러러보고 있는가.

숨이 컥 막히고 게다가 두개골에서 뇌가 쿵쿵 뛰는 감각에 의식이 가물가물해졌다. 고나이의 두 눈이 마지막에 포착한 광경, 벌렁 나동그라진 자신의 얼굴을 들여다보는 가증스러운 두 사람의 모습에, 금세라도 굴러떨어질 듯 어둡고 깊은 나락의 가장자리에서 그는 아주 조금 남은 힘을 쥐어짜 가녀린 목소리로 욕을 내뱉었다.

―누구야, 이 여자!

4

커피점 탈레랑으로 통하는 오래된 두 채의 가옥 사이 터널.

좁고 짧은 그 길에 들어서기 전에 발을 멈춘다.

오늘까지 몇 번이나 이 '문'을 지나갔을까. 그녀가 내려주는 커피를 기대하며 몇 번이나 저 중후한 문을 열었을까. 잔뜩 긴장한 날도 있었다. 흥분한 날도 있었다. 외로웠던 날도, 우울했던 날도, 평온했던 날도, 행복한 날도, 헤아릴 수 없을 만큼 이곳을 지나갔지만, 그 안에서 기다리는 세계는 항상 다정하게 나를 맞아주었다. 생각건대 커피점이란 분명 누군가에게 항상 그런 장소가 되기를 바라면서 한결같이 손님을 기다리는 곳이리라.

그것으로 만족한다. 내가 자초한 일이니. 스스로 되뇌면서 나는 몸을 터널 안으로 밀어 넣었다. 교토 번화가 뒤편에 비밀스럽게 펼쳐진 밤의 정원에는 탈레랑 건물에 배어든 인간의 온기처럼 은은한 램프 불빛이 번졌다. 나도 예전에는 그 빛에 감싸였다는 것을 생각하면 눈물샘이 오작동할 것 같아 서둘러 마음을 다잡았다.

묵직한 문을 밀었다. 딸랑 종이 울린다. 모카와 영감님의 목소리가 들려왔다.

"어, 미안하구먼. 우리는 지금, 영업을 안 허······."

내 쪽을 보자마자 모카와 영감님은 시간이 멈춘 것처럼 정지해 버렸다.

가게 안을 둘러보았다. 바깥 세계의 크리스마스이브 따위 관심 없다는 듯 평소와 똑같은 풍경이 펼쳐졌다. 다만 카운터 자리에 앉은 미즈야마 쇼코가 애플파이를 먹으려던 포크를 손에 든 채, 놀란 얼굴로 이쪽을 빤히 쳐다보았다. 눈인사를 건네고 창가 테이블 자리에 앉자 나는 카운터를 향해 말했다.

"뜨거운 커피."

만났을 때와 똑같은 방식으로 주문하면서, 유난히 조용하네, 라고 생각했다. 배경음악이 없기 때문일까. 그러고 보니 영업 중이 아닌 이 가게를 찾아온 건 처음이다.

가게 안을 가득 채운, 깜빡 잠들어 버릴 듯한 기나긴 정적. 그런 다음에 말이 되살아났다.

"네, 알겠습니다."

미호시 바리스타는 나를 보고 가냘프게 미소 지었다. 눈에 익은 흑백 유니폼 차림, 눈에 익은 검은 보브 헤어를 흔들며.

잔을 들어 가슴 가득히 향기를 들이마셨다.

미즈야마와 모카와 영감님의 뜨거운 시선이 아프다. 미호시 바리스타도 카운터에 몸을 맡기고 뭔가 할 말이 있는 듯한, 하지만 입을 꾹 다물고 누구를 위해서인지 핸드밀을 돌렸다. 샤를까지 새침한 얼굴을 내 쪽으로 향하고 앉아 있다. 뭘 보고 있어? 무슨 말을 하려는 거야?

에스프레소와 드립 커피는 별개라는 것을 알면서도 나는 눈앞의 커피를 탈레랑의 잠언에 따라 하나하나 확인해 갔다. 악마처럼 검고. 이건 합격이다. 지옥처럼 뜨겁고. 추출하는 물의 온도가 높다고 반드시 좋은 건 아니지만 피어오르는 김의 양이며 잔을 만져본 촉감으로는 원두의 향미를 확실히 이끌어내는 최적의 온도라고 해도 좋다. 천사처럼 순수하고. 기품 있고 세련된 향기는 쓸데없는 것이 일절 섞이지 않은 청량한 맛을 말해준다. 그리고…….

한 모금. 지금까지의 어떤 테이스팅 때보다 미각을 갈고 닦아 마음을 비우고 맛을 감정했다. 두 모금. 세 모금. 잔 안의 내용물이 줄어들수록 내 확신은 깊어갔다.

역시 그렇다. 요즘 들어 어렴풋이 느꼈던 게 결코 지나친 생각이 아니었다.

반 가까이 마신 참에 잔을 접시에 내려놓았다.

"미호시 씨."

목소리에서 벌써 이변을 감지했는지 그녀가 흠칫 얼굴을 들었다.

"네, 무슨 일이신지요."

"커피 맛, 변했군요. 살짝 맛이 떨어졌어요."

정직하기 이를 데 없는 감상을 나는 서슴없이 말했다.

그녀는 눈이 둥그레져서 손의 회전을 멈추고 새파래진 얼굴로 고개를 저었다.

"아무것도 바꾼 게 없는데?"

"하지만 실제로 맛이 변했어요. 물론 그 책임이 모두 바리스타에게 있다고는 하지 않겠으나 이유야 어찌 되었든 커피 맛에 오차가 생긴 건 사실입니다. 프로 바리스타라면 언제 어디서나 손님에게 최상의 맛을 제공할 수 있어야죠. 잠시 잠깐의 감정 따위에 결코 좌우되는 일 없이."

잔에 남은 커피를 다시 반쯤 마시고 나는 자리에서 일어섰다.

"그만 가봐야겠어요. 폐점 때 찾아와 실례가 많았습니다."

자진해서 계산대에 나온 건 모카와 씨였다. 꼼짝도 못하는 바리스타를 그나마 배려해 주는 때도 있는 모양이다.

계산을 마치자 나는 다시 한번 그녀를 바라보며 고했다.

"이제 두 번 다시 이곳에 오는 일은 없을 겁니다."

그녀는 헉 숨을 삼켰다.

"어째서요?"

"커피 맛이 변했기 때문이에요. 미호시 씨가 내리는 커피는 이제 나에게 최상의 상태가 아닙니다. 너무 달콤해져 버렸어요."

"그래서 더 이상 만나지도 않겠다고요? 거짓말이었나요, 지켜주겠다는 말도?"

"내가 말했지요, 커피 맛을 지켜주겠다고. 하지만 아무리 지켜주고 싶어도 그쪽에서 맛을 바꿔버렸으니, 나로서는 어쩔 도리가 없어요."

"내가 내리는 커피 말고는 관심이 없었다는 말씀이네요."

떨리는 그 목소리에 안타까움이 산처럼 쌓였지만, 나는 코웃음으로 그것을 없애버렸다.

"어폐가 있군요. 마치 내가 나쁜 사람 같잖아요. 분명 서로 친해진 과정을 돌이켜보면 커피에 관한 관심이 중요한 요소였지만 그렇다고 미호시 씨에게 아무 매력도 느끼지 못했던 건 아니에요. 다만 나는 최상의 커피 한 잔을 내리는 바리스타로서의 당신에게 끌렸어요. 그걸 전제로 하는 것에 무슨 문제가 있습니까? 아무리 좋아하는 가수라도 그 노래가 더 이상 감동을 주지 않는다면 더 이상 팬으로 남을 수는 없겠죠."

그녀는 뭔가 말하려다가 결국 말을 잇지 못했다.

"지금까지 이래저래 고마웠습니다. 자, 그럼."

인사를 건네고 발길을 돌려 문을 잡았다. 종소리는 만남만이 아니라 이별도 알리는 소리라는 걸 이제 새삼 깨닫는다. 이 소리가 멈췄을 때, 나는 마음껏 슬퍼할 수 있으리라. 하지만 닫히는 문 틈새를 뚫고 뒤따라온 목소리가 내 등을 찔렀다.

"어때요, 반년씩이나 공들여 훔치려 했던 맛을 잃어버린 기분은?"

흠칫 발을 멈췄다. 반발하듯이 문은 다시 열리고 종소리는 좀체 멈추지 않는다.

"훔치려고 했다? 네, 분명 훔치고 싶었죠. 그러면 굳이 탈레랑에 오지 않더라도 마음껏 그 커피를 마실 수 있으니까."

"보기 흉하네요, 마지막만이라도 사실대로 얘기하세요. **그쪽 카페에서 낼 생각이었잖아요**, 탈레랑의 맛을 재현해 자기가 독자적으로 고안한 커피랍시고."

미호시 바리스타는 평소와 다른 엄격한 말투로 떠나가는 나를 규탄했다.

정말 그녀의 총명한 두뇌에는 당할 도리가 없다. 돌아보는 내 입가에는 저절로 웃음이 번졌을 것이다.

"아주 잘 갈아졌다, 라는 얘기군요."

"글쎄요. 하지만 당신이 누구인지는 이미 오래전에 잘 갈아졌어요."

핸드밀을 내려놓으며 바리스타는 깊은 한숨을 쉬었다. 그건 가능하면 말하고 싶지 않은 것을 억지로 입 밖에 밀어내기 위한 호흡 같은 것이었는지도 모른다.

"항상 나를 바리스타라고 불렀지만 **당신도 바리스타였어요**, 저 인기 있는 록온 카페의. 그렇죠, 아오야마 씨, 아니, 아오노 야마토靑野大和 씨."

5

두 사람과 한 마리의 관중이 있어서 도리어 침묵은 강조되었다.

"와아, 정말 대단하군요. 전에 이런 말을 한 적이 있어요, 뻔히 아는 사안에 대해 계속 거짓말을 하는 것만큼 우스꽝스러운 일도 없다…. 자아, 언제부터 알고 있었어요?"

사실이라는 걸 이미 알면서도 바리스타는 새삼 크게 낙담하는 기색이었다.

"마지막으로 위화감을 느낀 건 헤어진 당신 여자 친구

이름이 마미 씨라는 것을 알았을 때예요."

"이상하군요. 미호시 씨 앞에서 그녀 이름을 말한 적은 없었던 것 같은데요."

"하시만 나미코 씨가 따귀를 때린 이유를 들었을 때, 그녀가 나가면서 했던 말의 의미를 이해할 수 있었죠. 눈치채지 못하셨던가요? 내가 한 차례, 당신 앞에서 마미 씨, 라고 말했었는데."

남의 대화를 재현하는 게 특기인 나는 금세 곳곳에서 그 기억을 불러낼 수 있었다. 9월, 도라야 마미가 어떤 사정으로 탈레랑으로 찾아왔는지 해명하는 과정에서 바리스타는 그녀를 이렇게 지칭했었다. '상심한 마미 씨'라고.

단순한 착각이라고 쉽게 넘어가 줄 리가 없다. 두 번째 방문 때 비밀은 벌써 실밥이 터지기 시작한 것이다.

"하지만 그녀의 이름을 알게 된 것과 내가 누구냐는 것이 무슨 관련이 있죠?"

"이어서 마음에 걸린 것은 당신에게서 받은 메일 주소예요. 마미라는 이름이 한자로 '眞實'이라면 메일 주소에 있던 'truth'는 여자 친구 이름일 가능성이 크지요. 그러면 성씨와 생일을 영어로 바꿨을 뿐이라는 추리는 잘못된 것이고, 하이픈과 언더바를 구분해서 써둔 것도 단번에 수상쩍게 보이죠."

도베 나미코도 그렇게 불렀지만 '아오야마'는 내 성과 이름의 머리글자를 합친 별명 같은 것이다. 마침 커피 원두

브랜드와도 일치해서 나는 그걸 메일 주소로 썼다. 그리고 이 메일 주소로 바꿀 때 내 옆에는 도라야 마미가 있었다. 그녀가 하라는 대로 떨떠름하게 그녀의 이름도 거기에 끼워 넣은 것이다.

여자 친구 이름을 메일 주소에 넣는 딱한 녀석이라는 것을 이미 오래전부터 알고 있었는가. 얼굴이 화끈 달아오르는 가운데 나는 말을 이었다.

"하지만 내 본명을 알아내기에는 아직 단서가 너무 적어요. 역시 내가 깜빡 이름을 말해버린 순간을 놓치지 않은 건가요?"

"주점에서의 그 일 말인가요?"

그렇다, 나는 그녀 앞에서 딱 한 번 본명을 깜빡 말해버린 적이 있었다. 단둘이 갔던 다코야쿠시의 주점에서 점원이 내 이름을 물었을 때다. '아오노 야마토'라고 내뱉고는 그걸 '아오야마'의 한자 설명처럼 넘어가려고 했지만, 역시 통하지 않았던 모양이다. 하지만 그녀는 내 말에 고개를 끄덕이지 않았다.

"그때는 이미 이름을 포함해 당신이 누구인지, 많은 걸 알고 있었어요. 그러지 않고서는 쇼코가 고코로후토에서 당신을 발견하고 내게 전화해 줄 수 없었겠죠. 왜냐하면 사진 한 장 없었던 내가 당신의 생김새를 쇼코에게 알려줄 수는 없으니까요."

그 말을 듣고 깨달았다. 분명 나는 미호시 바리스타와 사진을 찍은 적이 없다. 그밖에 접점이라고는 탈레랑뿐이지만 안타깝게도 항상 손님 없이 텅 비어 있던 이 가게에 바리스타의 친구라는 여자가 온 적이 있었다면 내가 기억하지 못했을 리 없다.

"미호시에게서 당신 얘기를 듣고 내가 직접 찾아갔었어, 록온 카페에. 손님들로 북적거렸으니까 아마 나를 기억하지 못하겠지만."

띄엄띄엄 미즈야마 쇼코가 털어놓았다. 유감스럽게도 전혀 기억나지 않았지만, 내 생김새를 알아낸다는 점에서 그녀는 가장 확실한 수단을 활용한 셈이다.

고나이가 나를 만나러 온 경위에 대해 그녀가 말했을 때 가슴이 뜨끔했던 적이 있었는데 그건 내 지레짐작이 아니었다. 그 카페에 가기만 하면 언제든 나를 만날 수 있다고 그녀는 자신의 체험을 통해 이미 알고 있었다.

"커피 맛을 훔쳐갈 목적으로 나 자신을 애써 감춰온 건 인정해요. 하지만 이름도 그렇고 직업도 그렇고, 애초에 미호시 씨가 일방적으로 오해를 했었고, 처음에 나는 그 오해를 긍정하지도 않았어요. 이름뿐만 아니라 내가 대학생이라는 선입견까지. 근데 언제부터 자신의 그런 선입견을 의심하기 시작했지요? 무슨 계기라도 있었어요?"

"몇 가지가 있었지만, 가장 큰 것은 반드시 평일에 탈레랑에 왔다는 점이에요. 이건 평일에 시간 여유가 있었다기보다 주말에 시간이 없었다고 보는 게 타당하겠죠. 그런데도 당신 얘기를 들어보면 일요일에 자주 드나드는 곳이 있었어요. 시간이 없는 날에 가 있을 곳이라면 당연히 직장이죠."

고스다 리카의 '남자 친구'를 우연히 만난 것도 일요일이었다. 그 얘기를 들려주었을 때, 미호시 바리스타는 이미 내가 록온 카페 직원이라고 짐작하고 있었다는 얘기다. 참고로, 고나이를 만난 것도 일요일이지만 그건 고나이가 휴일을 이용해 찾아온 것이라 그녀는 이미 그 이전에 내 정체를 파악했다는 건 두말할 것도 없다.

"그렇다면 처음에 우리 가게 카드에 연락처를 적어준 것도 명함이 없어서가 아니라 동업자였기 때문에 선뜻 내주지 못했다고 상상할 수 있어요. 그리고 대개는 써주게 마련인 이름을 생략한 건 그 이름을 통해 자신의 정체가 밝혀질 우려가 있었기 때문이에요. 게다가 기타시라카와 집에서 이마데가와 길로 걸어 다닌다는 이야기, 당신은 그 옆의 대학을 강조하고 싶었는지도 모르지만, 나로서는 날마다 출퇴근하는 수단을 확인한 것에 지나지 않아요."

카페 직원이라는 게 판명되면 이름을 알아내는 것쯤은 간단하다. 그렇게 그녀는 내 본명을 알아낸 것이다.

항상 순발력 넘치는 통찰을 보여주는 그녀의 설명. 이제 궁금한 것은 모두 풀렸다. 지난 반년 동안의 수수께끼가 이토록 어이없는 것일 줄이야. 나는 장난스럽게 두 손을 번쩍 들었다.

"정말 대단해요. 감이나 운에 기댈 것도 없이 기리마 미호시 씨는 모든 걸 훤히 내다보는군요."

"……결국 부정하지 않으시는군요. 당신이 정말 다른 카페의 스파이였다니, 내가 뭔가 잘못 생각한 것이기를 간절히 바랐는데."

"그건 약간 틀린 말이에요. 록온 카페는 이번 일과 전혀 관련이 없으니까요. 모두 앞으로 독립해서 개업하기 위해 나 혼자 시작한 일이에요."

고개를 떨구고 목소리마저 기운이 없는 그녀를 보며 가슴이 얼얼하게 아팠지만 나는 아무렇지도 않은 척 피식 웃었다. 어떻든 록온 카페에 폐를 끼칠 수는 없다. 이건 나 개인의 문제다.

"목적을 위해서는 철두철미하게 타산적으로 되는 건가요? 잘못 짚으셨어요, 라는 말을 수없이 해왔지만, 나는 가장 큰 거짓은 한 번도 짚어내지 못했네요. 당신의 그 착한 모습, 친밀함, 모두 거짓말이었군요."

"거짓말이라니, 남 듣기 사나운 말씀을." 언젠가도 똑같은 말을 했었다. 그건 샤를을 만나러 왔을 때였다. 이런 때에도 추억이 틈새를 뚫고 되살아나려 한다. "미호시 씨의 착오를 악용한 면도 전혀 없지는 않지만, 내가 먼저 거짓말을 한 적은 거의 없었어요. 친밀해진 뒤에 커피 맛의 비결을 알아내려는 사람에게 마음대로 속아 넘어간 건 그쪽이죠."

"충분히 반성했다고 생각했는데, 4년 전의 일……."

아니, 안 돼. 고개 숙인 그녀의 눈에서 슬픈 반짝임이 굴러떨어졌다. 한발 앞서 미즈야마 쇼코가 달려가 그녀의 어깨를 껴안고 그 눈물을 닦아주었다.

"나의 어떤 점이 잘못이었는지, 어째서 남의 마음을 갖고 노는 사람이 되어버렸는지, 내 나름대로 필사적으로 고심해 가며 겨우 답을 찾아냈다고 생각했어요. 하지만 아직도 부족했던 모양이네요. 이제야 알 것 같아요. 내가 누군가에게 준 아픔이 얼마나 큰 것이었는지."

나를 쏘아보는 미즈야마 쇼코의 시선도, 나지막하게 목을 울리는 모카와 씨의 탄식도 나는 전혀 마음에 걸리지 않았다. 오로지 내 눈에 들어온 그녀의 말에, 몸짓에, 온 신경을 집중하고 있었다.

"정말 무서워지네요. 지금까지보다 훨씬 더. 누군가의 마음을 들여다보는 일이. 반성이 충분했다면, 누군가의 아픔을 제대로 상상했더라면, 일이 이렇게 되지는 않았겠지요. 그래요, 결심했어요, 앞으로 두 번 다시 누군가의 마음을 들여다보는 일은……."

"안 됩니다, 그건!"

그녀가 흠칫 어깨를 떠는 바람에 내가 큰소리를 냈다는

걸 알았다. 내 마음속을 들여다봐 주기를 간절히 원했던 내가 제멋대로 그녀를 꾸짖고 있었다.

"그래서는 의미가 없어요. 혹시 상대가 받아들인 나와, 내가 받아들인 상대가 동등한 존재가 되지 못했더라도, 마음의 문을 두드려주는 누군가를 간절히 원하는 사람이 너무 많아요. 미호시 씨는 그 문에 다가가서 들여다보면 됩니다. 그래도 두렵다면 자기 마음의 문을 열어주기를 원하는 상대에게라도 다가가야죠. 이제는 정말 괜찮으니까요. 그러지 않고서는 오늘의 이별이 아무 의미도 없어요!"

커피점 탈레랑의 조용한 실내에 내 목소리가 왕왕 울렸다. 그 잔향이 모두 사라지기 전에 바리스타는 몸을 돌려 안쪽 스태프실로 뛰어갔다. 평정심을 잃은 내 말을 차마 들어줄 수 없었던 걸까.

안타까움을 씻어내려고 나는 코로 숨을 내뱉었다. 너무 오래 서 있었던 모양이다. 내내 열려 있던 문을 나와 탈레랑에 등을 돌렸고, 이번에야말로 돌아보지 않았다. 관중들이 불러 세우는 소리도 무시한 채 닫아버린 문에 가로막혀 종소리는 마침내 울리기를 그쳤다.

밤의 작은 정원에 멍하니 떠오른 빨간 벽돌 길. 하나씩 디딜 때마다 하나씩 부서지는 듯한 착각이 들었다. 사라져간다. 등 뒤의 세계가 한 걸음씩 모래성처럼 무너진다. 벽돌 길을 건너면 그 앞에 유일한 '문'이 있다. 사고가 행동을 따라잡기 전에 그 터널을 얼른 뚫고 뛰어나가기로 했다. 이제 두 번 다시 이 터널을 지나올 일은 없다고 뼈저리게 느끼면서.

그렇지만 이별은 아직도 완성되지 않았다.

"잠깐만요!"

발을 멈춘 나 자신의 반사적 반응이 원망스러웠다. 결국 다시 뒤돌아보았다.

"이거 돌려드릴게요."

미호시 바리스타는 하얀 입김을 내쉬며 두 손을 내게 내밀었다. 유니폼에 웃옷도 걸치지 않고. 파르르 떨리는 그 손을 나는 바라보았다.

그것은 탈레랑을 소개하는 명함 크기의 카드였다. 정확히 반으로 접혀 있었다. 굳이 펴보지 않아도 거기에 무엇이 적혔는지 알고 있다. 처음 만난 날, 내가 커피값 대신 남긴 것이다.

"나한테는 이제 필요 없어요. 가게에 남아 있으면 거치적거릴 테니까 가져가세요."

"냉정하시군요. 그냥 없애버려도 될 텐데."

"냉정한 사람이 누구일까요. 앞으로 그 카드가 눈에 띌 때마다 오늘이 떠오를 거예요. 이렇게 분명하게 매듭짓지 않으면 점점 더 악순환에 빠지겠죠. 그걸 아신다면 얼른 넣어두세요."

나는 쓴웃음을 지으며 그 카드를 받아 다운재킷 호주머

니에 넣었다. 가게의 불빛이 역광이 되어 그녀의 얼굴은 보이지 않았다. 반대로 내 쓴웃음이 그대로 미소로 바뀌었다는 건 그녀에게 똑똑히 전달된 모양이다.

"이별을 아쉬워하는 내 꼴이 그렇게 우스워요?"

"아쉬워할 거 없어요, 미움받을 짓을 한 사람에게."

"네, 속일 거라면 그대로 끝까지 밀고 나가기를 바랐어요. 그랬으면 내 뇌가 당신의 거짓말을 간파하는 일도 없었겠죠. 그 점이 무척 얄밉네요."

"무엇을 미워할지는 미호시 씨의 자유예요. 하지만 아까도 말했듯이 내가 거짓말을 한 게 아니에요. 그쪽이 마음대로 속아 넘어갔죠."

"아뇨." 그녀는 단호히 고개를 저었다. "당신은 지독한 거짓말쟁이예요."

……그래요. 마음속으로 인정했다. 내가 생각하는 그 의미를 그녀는 알 리 없지만.

"모르는 게 더 나을 때도 있어요. 미호시 씨도, 그리고 분명 나도."

터널 쪽으로 다시 돌아섰다. 그 '문'이 잘라낸 어둠은 다른 어느 때보다 깊었다.

"다행이에요, 마지막으로 다시 만날 수 있어서. 당신이 내려준 커피를 마실 수 있어서. 이제 여한은 없습니다. 그럼, 이만."

대답은 없었다. 다만 그녀가 주저앉는 기척이 떠나려는 내 등 뒤로 전해졌다. 창문 너머로 상황을 지켜봤는지, 급하게 커피점 문이 열리는 소리가 들렸지만 그래도 나는 멈추지 않았다.

터널을 빠져나오자 원래의 세계가 펼쳐졌다. 나는 기억 속 지도에서 '문'을 완전히 삭제했다. 교토의 이런 번화가 귀퉁이에 비밀 정원 따위 존재할 리 없었던 것이다.

한 걸음 두 걸음, 가속을 붙여 도망치듯이 걸었다. 첫 번째 모퉁이를 돌아섰을 때, 그곳에 따분하게 서 있던 사람과 시선이 마주쳤다. 풀쩍 내 쪽으로 다가오자마자 한마디 던졌다.

"이제 후련해?"

49퍼센트가량의 웃음으로 응했다.

"무리한 부탁을 해서 미안해. 덕분에 분명하게 헤어질 수 있었어."

"됐어, 끝낼 일은 깨끗이 끝내야지. 안 그러면 나도 불안하니까."

카스케트 모자 차양 밑에서 올려다보는 눈은 그 말이 본심이라고 호소하고 있었다.

"그쪽은 어떻게 됐어?"

"그놈, 저기서 한참을 뻗어 있었어. 겨우 깨어나서 상황을 파악하자마자 꼬리를 말고 내빼더라고. 얼굴이 아주 하애졌더라. 그런 걸 전의 상실이라고 하나? 이제 걱정할 필요 없어. 그간 야마토를 괴롭힌 데 대한 복수야. 그놈은 이제 평생 벌벌 떨면서 살 거야."

신이 나서 잔혹한 말을 내뱉는 그녀의 가학성에 겨울 추위와는 또 다른 떨림이 몰려왔다. 깜빡 그놈이 가엾다는 생각이 들었을 정도다. 나는 니트 모자를 벗고 머리에 두른 붕대 틈새로 뒤통수를 긁었다.

"어쨌든 네 덕분에 잘 해결됐어. 정말 고맙다. 그나저나 이제 어디로 갈까?"

"둘만 있을 곳. 앞으로의 일을 상의하고 싶으니까."

"네 방으로 갈까? 여기서 가깝기도 하고."

"아냐, 너희 집으로 가자. 오랜만에 한잔하고 싶어, 야마토가 내리는 커피."

그렇게 말하더니 도라야 마미는 환한 웃음을 지으며 천진하게 내 팔짱을 꼈다.

6

─그 사건이 일어난 날.

여느 때처럼 록온 카페에서 근무를 마치고 집으로 가는 길에 나는 고나이 나미카즈의 습격을 받았다. 충격을 감지하자마자 정신을 잃었기 때문에 한창 폭행을 당했을 때의 기억은 없다. 눈을 떴을 때는 이미 병원에 실려 와 있었다. 뇌진

탕에 머리 상처는 봉합했고 갈비뼈에 금이 갔으니 일주일 동안 안정을 취하라는 진단에 따라 입원 수속을 했다. 그런 진단이 내려졌는데도 나는 경찰에 신고하지 않았다. 이 사건이 기리마 미호시에게 알려져서는 안 된다는 이유 하나로, 이번 부상을 단순히 '계단에서 떨어졌다'는 것으로 하기로 했다.

입원 생활이 시작되고 며칠 뒤, 어디서 정보를 들었는지—내가 며칠씩 결근하는 일은 거의 없기 때문에 아마도 록온 카페 사장에게서 소식을 들었을 것이다.—도라야 마미가 아름다운 꽃다발을 안고 병문안을 와주었다. 9월의 그 일 이후로 직접 만나는 건 처음이었다. 그래서 병실에 나타난 그녀를 보고 깜짝 놀랐고, '역시나' 하고 무릎을 쳤다. 그녀는 긴 머리를 싹둑 잘라 마침 기리마 미호시와 비슷한 길이의 보브 헤어가 되어 있었다.

미호시가 우리 집에 왔던 날, 내 방에 떨어진 머리카락 뭉치를 보고 나는 그게 도라야 마미의 짓이라는 것을 곧바로 알았다. 머리카락 색깔이며 길이도 그렇지만, 나와 사귀던 그녀라면 몰래 방의 복사 열쇠를 만들 기회가 얼마든지 있었기 때문이다. 아마도 그녀의 뛰어난 시력으로, 대학 구내 편의점에서 쇼핑하는 우리의 모습을 발견했을 것이다. 어떻게든 둘 사이를 갈라놓기로 마음먹고, 미리 길을 돌아 내 방에 침입했다. 그리고 자기 머리카락을 남겨 내가 다른 여자와도 사귀는 것처럼 꾸며놓고 서둘러 자리를 떴다. 쇼핑에서 돌아온 우리가 들었던 게 그때의 발소리였다.

나중에 곰 인형이 찢긴 것은 그녀 때문이 아니라는 게 밝혀졌지만, 그래도 내 집에 침입했던 사실은 달라지지 않는다고 나는 생각했다. 게다가 그토록 뭉텅 머리를 잘라냈으니 분명 헤어스타일을 바꿀 수밖에 없으리라는 것도. 병원에 찾아온 그녀의 헤어스타일이 내 그런 추리를 뒷받침했을 때, 그녀의 행동에서 적잖이 공포감을 느꼈다. 복사 열쇠를 아직도 갖고 있다면 섣불리 자극하지 않는 게 좋다고 판단했다.

일단 남의 눈에 띄지 않는 병원 면회실로 자리를 옮겼다. 그녀는 내 병세를 걱정하는 등, 얌전한 태도를 보인 뒤에 새삼 다시 만나자는 말을 꺼냈다. 그러기 위해서라면 무슨 일이든 하겠다고 애원까지 했다. 그런 약한 모습은 정말 보고 싶지 않았는데.

지금은 도저히 그런 생각을 할 여유가 없다고 그녀를 달랬다. 꽃다발만 받은 채, 그녀를 배웅하고 내 병실로 돌아가기로 했다. 복도에서 간호사들의 숙덕거림을 들은 것은 바로 그때였다.

사태의 심각성을 마주하고 나는 땅을 딛고 서 있기가 힘들었다. 내 몸의 상처라면 언젠가는 낫는다. 이런 아픔쯤은 별것도 아니다. 하지만 형체 없는 안도감에 빠진 탓에 일어난 비극 때문에 기리마 미호시는 오랜 시간과 고뇌를 거쳐 가까스로 재기한 참에 다시 크나큰 좌절감을 느꼈을 터였다.

그뿐만 아니라 이번에는 정말로 다시 일어설 수 없을지도 모른다. 나는 그녀를 만나러 갈 수 없었다. 그녀가 이 사건을 알게 해서도 안 되고, 그녀와 만나는 모습을 고나이에게 들켜서도 안 된다. 그건 아직 사라지지 않은 고나이의 위협에서 내가 그녀를 지켜줄 수 없다는 뜻이기도 했다.

그야말로 사방이 꽉 막힌 상태였다. 그런 때 친절한 간호사가 챙겨준 꽃다발을 통해 나는 기발한 계획을 떠올렸던 것이다.

즉시 발길을 돌려 아직 멀리 가지 않은 마미를 불러 세웠다. 사정을 자세히 들려주자, 그녀는 시원하게 협력을 약속해 주었다. 가학성이라는 특기를 가진 마미가 계획의 대부분을 짰고, 이어서 실행에 옮겨졌다.

나는 고나이 본인이 알려준 전화번호로 연락해서 우선 당장 기리마 미호시에게 위해가 가해지는 것을 방지하는 것과 함께, 그가 우리를 공격할 수밖에 없는 상황을 만들어냈다. '굳이 나올 거 없다'는 말을 들으면 더욱 가보고 싶어지는 인간 심리를 이용하자는 것은 마미의 아이디어였다.

전화가 성공적이었다고 판단한 우리는, 크리스마스이브를 기다려 다음 행동에 나섰다. 마미는 머리를 검게 염색하고 기리마 미호시가 즐겨 입을 만한 옷을 골라 입은 뒤 얼굴을 가리기 위해 큼직한 카스케트 모자를 뒤집어쓰고 미리 탈레랑에 가 있었다. 이윽고 오후 8시가 되자 나는 탈레랑에 가는 척하며 처마 밑 터널에 몸을 숨기고 기다렸다. 그리고 탈레랑에서 나온 마미와 합류하여 둘이 나란히 앞쪽 길로 걸어 나갔다.

반복이 전혀 허용되지 않는 계획은 아니지만, 그래도 고나이가 우리 예상대로 나타나 준 것은 큰 행운이었다. 고개를 푹 숙이고 걸어가면 키와 옷차림, 카스케트 모자 밖으로 삐져나온 머리칼까지 기리마 미호시와 너무 흡사해서 멀리서 보고 착각한 것도 당연했다. 나는 그런 마미와 보란 듯이 손을 맞잡고 걸어갔다. 잠시 뒤에 등 뒤로 덮쳐드는 기척이 감지되었다. 어릴 때부터 남자들을 상대로 유도 솜씨를 갈고닦았으니 절대로 실패할 리 없다고 단언했던 마미는, 극도로 긴장해 바짝 얼어붙은 나를 아랑곳하지 않고 아슬아슬한 순간까지 걸음을 멈추지 않았다. 마침내 고나이가 주먹을 치켜들었을 때, 마미는 허를 찌르는 업어치기 한판 공격을 성공시켰다. 조르기에 들어갈 것도 없이 고나이는 거품을 물고 기절해 버렸다. 하지만 그걸 확인하는 과정에서 자신의 얼굴을 들켜버린 것은 마미가 범한 유일한 실수였다.

이 계획의 주안점은 마미의 모습이 기리마 미호시와 똑 닮았다는 점을 살리는 데 있었다. 단순히 그녀가 미끼가 되어 고나이를 불러들이는 것뿐만 아니라 '기리마 미호시의 유도 실력에 도리어 크게 당했다'는 아픈 기억을 심어주어 앞으로 영원히 어떤 폭력도 쓰지 못하게 하자는 목적이었다.

그래서 고나이에게 "누구야, 이 여자!"라는 말을 듣게 된 상황에 대해 나는 마미를 나무랐다.

"걱정할 거 없어. 이 정도 응징으로는 성에 안 차거든. 내가 처음부터 따로 생각해 둔 게 있어."

그러더니 마미는 태연히 품속에서 종이를 꺼내 고나이의 가슴팍에 척 붙였다.

너의 추악한 꼬락서니는 모두 사진으로 기록해 두었다. 앞으로 네가 집착하는 여자나 그 주변 사람들에게 또다시 접촉을 꾀한다면 그 즉시 이 사진을 적합한 기관에 보내는 것과 동시에 인터넷에 뿌릴 것이다. 그 사진들은 최소한 10년은 세상 곳곳을 돌아다니게 된다.

"이, 이건?"

"야마토가 얘기해 준 간호사들의 수다에서 힌트를 얻었어. 이놈이 아주 그럴싸한 소리를 늘어놓았지만, 그냥 바람맞은 것에 잔뜩 삐져서 이 짓거리를 하는 거잖아. 그러지 않고서야 남의 마음을 여는 것뿐만 아니라 자신의 마음도 열어준 그녀를 괴롭힐 이유가 없어. 별것도 없는 주제에 자존심만 높아서 저를 차버린 여자를 용서하지 못한 거야. 이런 놈에게는 따끔한 응징으로 뭉개버리는 것보다 그 오만한 자존심을 돌이킬 수 없을 만큼 실추시키는 방법을 쓰는 게 훨씬 더 효과적이야."

가슴팍에 붙인 종이를 설명하면서 마미의 눈동자는 어둠 속에서도 형형하게 빛났다. 문득 바라보니, 대체 어디에 그런 걸 넣어왔는지 마미의 손에는 명칭도 용법도 도무지 짐작이 가지 않는 어떤 기구가 쥐어져 있었다.

"설마 정말로 사진을 찍을 생각은 아니지? 그, 그건 대체 어디에 쓰려고?"

"이런 사진 따위 갖고 싶지도 않지만, 이놈의 의식이 돌아왔을 때, 몸에 아무 위화감도 없으면 자칫 허풍이라고 의심할 수 있어. 이 계획은 그런 의심이 생기면 말짱 꽝이야. 아, 넌 잠깐 저쪽으로 돌아서 줄래?"

윙크하는 마미는 그야말로 어린애 같은 천진함이 가득했다. 하지만 나는 알고 있다. 어린아이는 지나치게 천진한 나머지 때로는 엄청난 잔혹성이나 가학성을 발휘하는 생물이라는 것을. 저거 봐, 킥킥거리면서 기구를 휘두르지 말라니까! 그 역겨운 기구를 흔들지 말라고!

크윽. 더 이상 견딜 수 없어서 나는 눈을 돌렸다. 그러자 그녀는 내 뒤에서 뭔가 부스럭부스럭부스럭…… 나는 귀를 막고, 그다음은, 더 이상 상상하고 싶지도 않습니다요…….

전면적인 협조, 라기보다 오히려 주모자로서의 포지션을 흔쾌히 승낙한 마미가 내게 제시한 교환 조건은 두말할 것도 없이 나와의 재결합, 그리고 기리마 미호시와의 절연이었다.

그야말로 단장의 심정이었지만, 다른 방법을 모색할 여

유는 없었다. 기리마 미호시가 재기할 기회를 빼앗기느니 차라리 나를 희생해서라도 그녀를 배반하는 남자를 충실히 연기하기로 했다. 그렇게 하면 이별에 따른 슬픔은 이윽고 분노와 경멸로 바뀔 것이고, 나아가 또 다른 만남을 찾는 원동력이 될 것이다.

고나이와는 아무 관련도 없는 이별의 이유를 준비한다면 그녀는 고나이의 그림자를 감지하는 일 없이 나와 헤어질 수 있다. 한동안 어두운 그림자가 머리를 스치더라도 앞으로 고나이가 일절 접근하지 않는다면 두려움도 점차 사그라질 터였다. 나는 다른 카페의 바리스타라는 내 입장과 그것을 여태껏 밝히지 못한 속사정을 충분히 살려서 커피 맛을 훔치기 위해 접근한 악당 역할을 철저히 연기했다.

―정말 바리스타의 두뇌는 어찌 그리도 총명하신지.

커피 맛이 변해서 이제 더 이상 오지 않겠다. 단지 그 말만으로 이토록 내 기대대로, 아니, 내 기대를 웃도는 추리를 해내실 줄이야.

반년에 걸쳐 내 정체를 감췄던 것은 동업자라는 게 알려지면 이런저런 번거로운 오해가 생길까 봐 걱정스러웠기 때문이다. 그래서 그녀의 오해를 풀지 못한 채 어영부영하는 사이에 정정할 타이밍을 놓쳤다. 그저 그것뿐인 일이었다. 중간에 적극적으로 나를 위장한 때도 있었지만, 어차피 그녀에게는 별 의미도 없는 소소한 장난이었다.

내가 유도한 대로 모두 해명해 줘서 참으로 다행이었다. 그러지 않았다면 나는 록온 카페의 명함을 슬쩍 흘리는 식으로 속이 뻔히 보이는 짓까지 했어야만 한다. 그녀가 강한 비난을 해준 덕분에 나는 자백이라는 형태로, 즉 그녀가 사실이라고 믿는 형태로, 커피 맛을 훔치는 게 원래의 목적이었다고 말할 수 있었다. 그것 자체가 거짓말이라는 건 총명한 그녀도 미처 알아차리지 못했을 것이다. 정말 때로는 모르는 게 더 좋은 일도 있는 법이다.

기리마 미호시가 어떻게든 예전의 재기 발랄한 그녀로 되돌아오기를 나는 소망했다.

그것이 내가 가장 간절히 바라는 일이고, 이 계획의 궁극적인 목표였다. 그래서 그녀가 이제는 마음의 문을 아예 닫아걸겠다는 뜻을 내비쳤을 때, 나는 크게 나무랄 수밖에 없었다. 나와 헤어질 당시 그녀의 표정을 떠올려 보면 내 소망은 이루어질 것 같다. 어쨌든 그녀를 다시 일어서게 할 방법, 이번 사건이 외부에 알려지는 일 없이 고나이의 위협을 떨쳐낼 방법은 이것밖에 없었으니까 내 판단은 옳았다는 얘기가 된다. 그렇다면 후회 따위는 없다. 지금도, 그리고 아마 앞으로도.

"하지만 야마토는 카페 일은 계속해야 하잖아. 그럼 기리마 미호시가 만나러 올 수도 있어. 여태 자신을 속였다는 걸 뻔히 알면서도 아직 미련이 남아 있다면 말이야."

집으로 향하는 버스 안에서 마미는 느닷없이 그런 말을 꺼냈다.

잠시 생각해 본 끝에 나는 한 차례 헛기침을 하고 마미에게 중대 발표를 했다.

"나, 실은 록온에서 독립할 생각이야."

마미의 눈이 둥그레졌다. "따로 카페를 개업하려고?"

"아직 준비는 미흡하지만, 사장과는 꽤 오래전부터 상의했던 일이야. 그러려고 록온에서 일을 시작했으니까."

고등학교를 졸업한 뒤 1년 동안, 내가 좋아하는 커피를 철저히 배워보자는 생각에 오사카 조리사 학교의 바리스타 양성 코스에 다녔다. 거기서 록온 카페의 사장을 만났다. 인기 카페의 경영자로서 강사직을 맡은 그는 강의 중에 학생들에게 '3년 동안 우리 카페에서 일하면 개업할 때 필요한 스킬이며 노하우를 모조리 습득할 수 있다'고 단언했다. 확신에 찬 그 말에 이끌려 나는 록온 카페의 직원 채용에 지원했다. 그렇게 교토로 거처를 옮겨 일하기 시작한 게 열아홉 살 때의 봄이었으니까 이번 겨울이 지나면 만 3년이 된다.

"시간은 좀 걸리겠지만, 이제부터 본격적인 준비에 뛰어들 생각이야. 교토에는 유명한 카페도 많고, 개업 자금도 만만치 않겠지. 그래서 아예 고향에 내려가 개업할 생각도 있어. 그렇게 되면 기리마 미호시가 찾아올 일도 없어."

"가장 중요한 자금은 어떻게 조달할 건데?"

"이래 봬도 저금해 둔 게 꽤 많아. 지난 3년 동안, 독립을 꿈꾸며 꼬박꼬박 모았거든. 절약을 위해 돈 드는 취미는 거들떠보지도 않았고, 대학생들 틈에 슬쩍 섞여도 별로 눈에 띄지 않으니까 집 근처 학생 식당을 자주 이용하기도 했어. 카페 개업 자금은 최하에서 최상까지 차이가 너무 커서 한마디로 얼마라고 말할 수는 없지만, 불과 수십만 엔으로 개업한 경우도 적지 않아. 비관적으로 생각하기 시작하면 아무 일도 안 돼. 부족한 건 아버지 어머니에게 통사정해서라도 어떻게든 마련해야지."

"나는 전혀 몰랐네? 오래전부터 그런 생각을 해왔다니."

버스가 정류장에 도착했다. 집까지 걸어가는 몇 분 동안 밖은 꽁꽁 얼어붙을 만큼 추웠다.

"오랜만에 가본다, 야마토네 집."

"그때 헤어진 뒤로 우리 집에 한 번도 안 왔어?"

"나도 지난 반년 동안 네 생각만 하면서 살지는 않았어. 그야 내가 기분파라서 변덕이 좀 심하기도 했지만, 남녀 사이란 원래 그런 거잖아. 괜히 어떻게든 시도하고 싶은 생각이 들 때도 있고 또 어떤 때는 에이, 이제 그만 됐다는 생각이 들기도 하고."

단순한 변덕으로 연인의 바람기를 의심하고 닦달하는 것까지 기분파의 범주에 넣는다면 도저히 당해낼 도리가 없다. 나는 어깨를 움츠리며 말했다.

"사실은 오랜만이 아니지, 우리 집에 가는 거?"

"무슨 얘기야?"

고개를 갸우뚱하는 얼굴에 은근슬쩍 얼버무리는 기색은 없었다.

"복사 열쇠, 갖고 있잖아."

"복사 열쇠? 없어, 그런 거."

이번에는 내가 고개를 갸웃거릴 차례였다. 집 계단을 올라가면서 머리카락 뭉치에 대해 물었다.

"그거 떨어뜨리고 간 거, 마미 아니었어? 지난번에 기리마 미호시가 우리 집에 왔던 날."

"아, 머리? 갑작스레 욱해서 잘랐지만, 참 내가 생각해도 바보 같은 짓이었어. 그 바람에 헤어스타일까지 바꿨잖아."

"역시 우리 집에 왔었네."

"야마토, 미안하지만 그건 전혀 잘못 짚었어." 어디선가 들은 듯한 대사다. 마미는 어이없다는 듯이 대답했다. "집 안에까지 들어가서 겨우 머리카락 뭉치를 남기고 오다니, 난 그렇게까지 바보는 아니야. 차라리 립스틱이나 액세서리처럼 좀 더 여자 냄새를 강하게 풍기는 것을 놓고 왔겠지. 게다가 반년 전에 헤어진 남자 친구의 집 열쇠를 들고 다니다니, 그게 더 이상한 일 아니야?"

듣고 보니 맞는 말이었다. 우리는 바깥 복도로 들어갔다.

"그럼 그 머리카락 뭉치는 어떻게……."

"이거야, 이거."

현관문 앞에 도착했을 때, 그녀는 문틈에 끼워진 석간신문을 뽑아 내 앞에 흔들었다.

"눈 오는 날에도 빠짐없이 비닐 봉투로 포장해서 배달해 줬네."

12월의 비 내리던 그날. 침대에 휘익 던졌다가 낱장으로 흩어졌던 석간신문.

"아하, 그런 거였구나."

"일단 여기 현관문 앞까지 앞질러 오기는 했는데, 내가 할 수 있는 게 아무것도 없더라고. 이미 얼굴을 다 아는 터에 야마토의 '숨겨둔 여자'인 척할 수도 없고. 어떡하나, 고민하고 있는데 석간신문이 눈에 띄더라. 비닐을 뜯고 거기에 머리를 뭉텅 잘라 끼워둔 참에 둘이 돌아오는 소리가 들리는 바람에 아슬아슬하게 도망친 거야."

힘이 쭉 빠졌다. 불법 침입자가 마미였다고 생각했기 때문에 나는 기리마 미호시에게도 '침입자'의 정체를 밝히지 않았다. 복사 열쇠를 가진 마미가 또 무슨 짓을 할지 몰라 어떻든 기리마 미호시부터 보호해야 한다고 생각했던 것이다. 설마 그 두려움조차 환상이었을 줄이야.

나 말고는 아무도 갖고 있지 않은 내 집 열쇠를 끼워 넣고 돌리면서 나는 쓴웃음을 지었다.

마지막까지 나는 허방만 짚는구나.

안에 들어가 전깃불과 난방 스위치를 켰다. 냉기 통조림 같은 실내가 따뜻해지려면 한참 시간이 걸리기 때문에 나는 겉옷을 벗지 않았다. 주방에 나가 주전자에 물을 받아 가스불에 올렸다. 찬장 위쪽에 줄줄이 늘어선 캐니스터 중 하나를 골라 방에서 기다리는 마미에게로 갔다.

"이 원두는 인도네시아 술라웨시섬의 '토라자' 고산지대가 원산지야. 제2차 세계대전 이후에 한때 생산이 쇠퇴하면서 거의 사라지다시피 했는데 일본 기업의 지원으로 부활했다는 에피소드가 있어. 마미의 성씨 '도라야'하고 발음도 비슷하고, 부활이라는 의미도 있어서 우리 둘 화해의 상징으로 이번에 새로 구해왔어. 이 원두로 지금 커피를 내려줄게."

나름대로 마미와 사이좋게 지내고 싶은 마음을 담아 준비한 것이었다. 그녀가 크게 기뻐해 줄 거라고 상상하면서.

하지만 그녀는 캐니스터의 원두를 살펴볼 생각도 없는지 그저 씨익 웃으며 말했다.

"뭐든 상관없어. 나는 커피 맛의 차이 같은 건 알지도 못해."

"……그래? 아까는 내가 내린 커피를 마시고 싶다고 했으면서."

"기리마 미호시는 반년씩이나 친하게 지냈는데도 한 번도 야마토가 내린 커피를 마셔본 적이 없잖아. 나는 이 집에 올 때마다 자기 커피를 마셨는데. 그럼 기리마 미호시는 야마토의 대체 뭘 알고 있었나 하고 생각하니까 왠지 재미있더라. 그래서 오늘 자기 커피를 꼭 마셔보고 싶었어."

그녀가 웃는다. 그 천진함. 그 가학성. 있는 그대로의 감정을 고스란히 드러내는 웃음.

사심이 없다는 것과 사심이 많다는 게 이토록 닮은 것일까. 어쩌면 단순히 승부욕이 강한 것뿐인가. 아니면 내가 내려주는 커피가 그런 복수심을 채우기 위한 도구일 뿐인가.

몸이 화끈거리는 느낌이었다. 난폭하게 캐니스터를 테이블에 내려놓고 말했다.

"응, 네 말이 맞아." 애써 빙긋 웃었다. "기리마 미호시는 나에 대해 아무것도 알지 못했어."

하지만 아마도 이게 정답일 것이다. 마미眞實와는 더 이상 진실을 다투고 싶지 않다. 되도록 사이좋게 지낼 수 있기를 진심으로 바라고 있다. 무엇보다 고나이 나미카즈가 섣부른 짓을 하지 못하게 봉쇄하기 위해서는 그녀의 협조가 꼭 필요하다. 그러니 지금은 예전에 그랬던 것처럼 내가 복종을 감수하기만 하면 된다.

물이 끓었다. 나는 주방에 돌아가 가스 불을 껐지만, 몸은 아직도 뜨거웠다. 왜 이럴까, 생각해 보니 아직도 두툼한 다운재킷을 입고 있었다. 실내도 따뜻해졌고 이제 슬슬 벗어야겠다고 생각하는데 방 쪽에서 낭랑한 목소리가 날아왔다.

"야마토, 휴대전화 번호부터 바꿔. 메일 주소도 바꿔야 하니까 뭐로 할지 생각해 봐야겠네."

아니, 그럴 필요는 없다. 다운재킷 호주머니에 넣어둔 것, 반년의 시간을 거쳐 다시 내게로 돌아온 물건이 퍼뜩 생각났다.

벗으려던 다운재킷의 호주머니를 뒤적였다. 손끝에 닿은 빳빳한 것을 꺼냈다. 커피점 탈레랑의 정보가 기재된 명함 크기의 카드.

일부러 돌려줄 것까지는 없었잖아…….

혼자 투덜거리며 반으로 접힌 그것을 발밑 쓰레기통에 던지려다가 나는 멈칫했다.

뭔가 다르다. 방금 내 눈은 분명하게 카드 뒷면에 뭔가 적힌 것을 포착했다. 오래전에 내 손으로 급히 갈겨쓴 그 숫자도 알파벳도 아닌, 전혀 다른 누군가의 글씨.

허겁지겁 카드를 펼쳐보았다.

그곳에 내 연락처는 없었다. 그 대신 적혀 있는 것은…… 메시지였다.

전체적으로 한쪽으로 기울어졌고 못생겼고 너무 작아서 읽기도 힘든 글씨. 분명 급하게 써 내려간 그 글씨는 기리마 미호시가 내게 전해준 석별의 메시지였다.

아오노 야마토 씨,

나를 지켜줘서 고마워요.

언젠가 다시 만난다면

그때는 당신이 내려준 커피를

꼭 마시게 해주세요.

언제까지나 그날을 기다릴 테니까.

기리마 미호시

나는 정말 바보였다.

저 총명한 기리마 미호시가 이런 치졸한 계획 따위, 간파하지 못했을 리가 없다.

그녀는 알고 있었다. 내가 고나이 나미카즈의 위협에서 그녀를 지켜주려던 것을. 그리고 그 보상으로 원치 않는 이별을 선택했다는 것을.

당신이 내려준 커피를 마시게 해달라고 기리마 미호시는 썼다. 내가 그녀에게로 드나든 목적이 커피 맛을 훔치기 위해서가 아니었다는 것까지 알고 있었다.

내가 그녀를 지켜준다고? 내가 그녀를 다시 일어서게 해준다고?

참으로 큰 착각이었다.

기리마 미호시는 기다릴 것이다. 이렇게 내게 메시지를 전한 이상, 그녀는 언제까지고 기다릴 것이다. 설령 그 계기가 '커피를 엄청 맛있게 마신다'는 정도의 일이었다고 해도 그녀는 오래도록 품어온 만감의 마음을 기울여 한 사람의 이성과 그 마음을 주고받으려 했으니까.

무릎을 꿇었다. 떨리는 손끝이 카드를 움켜쥐었다.

나는 어떻게도 해볼 수 없을 만큼 바보다. 혼자서는 아무것도 못 하는 주제에 위협을 약간 제거해 준 것 정도로 비극의 영웅 행세인가. 소중한 사람을 위해서라는 대의명분을 내세워 다른 이의 힘에 기대어 얼렁뚱땅 일을 마무리하고, 그다음에는 그쪽에 복종?

커피 맛을 지키겠다고? 그녀가 내리는 커피를 좋아한다고?

아니, 진실한 감정을 인정하고, 상실하고, 그리고 상처받는 것이 두려웠을 뿐이다. 단 한 번이라도 진심으로 상대의 마음속을 들여다보려 하지 않고, 주위에서 떠미는 대로 마냥 휩쓸리고, 단지 나 자신의 알량한 자존심을 지켜보려고 안달복달한 바보일 뿐이다.

나는 기리마 미호시를 지켜낸 게 아니었다. 위협에서 구해낸 줄 알았지만, 실상은 그 무엇보다도 꿋꿋이 지켜주어야 했던 그녀의 감정을 다른 사람도 아닌 내가 빼앗아 버린 것이다.

마음의 문이 열렸다. 둑을 뚫고 터져 나온 감정이 방울방울 떨어져 카드를 적셨다.

나는 떠올리고 있었다. 빙긋이 미소 짓는 모습을. 원두를 가는 것으로 각성하는 총명한 두뇌를. 자애 가득한 온화한 음성을. 그리고 저 신비하게 달콤한 커피의 맛……. 악마의 손가락질을 받아 지옥을 언뜻 보고 왔으나 여전히 천사처럼 순수하고, 그리고 어쩔 수 없을 만큼 달콤한 이 사랑을.

이제 새삼 문을 열어봤자 그곳으로 들어와 주기를 간절히 소망했던 사람은 이미 없다. 그래도 성스러운 밤에만 모습을 드러내는 침입자처럼, 문을 통하지 않고도 그녀는 날아와 내 마음의 텅 빈 안쪽을 가득 채웠다.

그녀의 마음 안에도 내가 조금쯤은 들어갈 수 있었을까.

에필로그

무탈하게 몇 달이 흘러갔다.

독립하겠노라고 호언장담한 것까지는 좋았으나, 한마디로 카페를 개업한다고 해도 거기까지 일을 진행시키자면 우선 점포 물건의 확보, 거래업자 선정, 콘셉트에 어울리는 설계에서부터 메뉴의 검토에 이르기까지, 통과해야 할 과제가 산더미 같았다. 도저히 하루아침에 될 일이 아니다. 자금을 조달하는 문제로 아버지 어머니에게 연락했을 때, 출자에 난색을 표하지는 않았지만, 어느 정도 구체적인 액수를 제시해주지 않으면 곤란하다는 지극히 당연한 대답이 돌아왔다. 록온 카페의 사장과 하나하나 상의하는 과정에서도 예상외로 일이 험난하다는 것을 새삼 통감했다.

뭔가 쑥 빠져나간 듯한 하루하루였다. 어디선가 또 다른 열정을 가져다 그 구멍을 메우는 것을 심리학 용어로 승화라고 한다던가. 틀림없이 그 자리에 있어야 할 것이 흔적도 없이 사라졌다는 점에서 역시나 승화라는 표현은 실감이 난다. 어쩌면 다른 액체가 되어 몸에서 스르륵 빠져나간 것뿐인지도 모르지만.

앞으로 걷게 될 험난한 길이 벌써부터 까마득해서 나는 카운터에 팔꿈치를 괴었다. 록온 카페 유니폼인 네이비 셔츠는 이렇게 바라보니 지난 3년 세월이 곳곳에 아로새겨져 거의 한계 상황까지 낡아 있었다.

한숨의 반동으로 콧숨을 들이쉬자, 가게 안에 퍼진 커피의 그윽한 향기가 다정하게 가슴속을 채웠다. 아직 오전 시간, 개점 직후의 텅 빈 매장에는 손님 한 사람에 스태프까지 모두 합해 겨우 세 명뿐이다.

"왜 그래, 바리스타. 시들한 얼굴을 하고?"

이 가게 오너께서 건네준 말이 느닷없어서 나는 잠시 멈칫했다.

"아뇨, 잠깐 뭘 좀 생각하느라."

"한숨 푹푹? 젊은 시절에는 뭐, 그것도 좋지. 하지만 지나치게 심각해져서 손님을 대할 때까지 뻣뻣해지면 안 돼. 어떤 장애물이든 대충 건너뛰고 손님에게는 편안함과 기쁨을 제공할 정도가 되어야지. 자네, 일류 커피점 직원이 되려면 아직 멀었어."

나도 요즘 절실히 느끼는 점이다. 참 좋은 말씀을 하시네,

라고 나름대로 감명을 받을 뻔했다. 그런데…….

"소통의 기술을 연마하는 데는 역시 여자와 데이트하는 게 최고여. 어때, 괜찮은 여자 몇 명 소개해 줄까?"

말이 엉뚱한 방향으로 새는 바람에 나는 미간을 한껏 찌푸렸다. "됐거든요."

"흠, 그래? 이미 마음속에 담아둔 사람이 있는 모양이네."

그야말로 김이 샌다는 말투여서 나는 차가운 웃음으로 대답을 대신했다. 이 양반이 내 사적인 감정까지 알아주실 리는 없지만, 마음속에 담아둔 사람은 이미…….

그때 탁, 하는 소리와 함께 얼음물이 담긴 컵이 내 눈앞에 나왔다. 그걸 가져온 여자분이 입을 열자마자 하시는 말씀.

"두 번 다시 오지 않겠다고 하시지 않았나요?"

으윽, 무서워. 한 번 방긋 웃어주는 법도 없네.

"네네, 그럴 생각이었죠. 여자 친구한테도 그러겠다고 맹세했고."

"그럼 어찌하여 이곳에?"

나는 아직 흉터가 남아 있는 뒤통수를 긁적였다. "걷어차였어요."

―수많은 우여곡절을 거쳐 이루어진 그 재결합의 결말은 너무도 어이없는 것이었다.

재결합 첫날 저녁부터 이미 예전에 사귀던 때와 똑같은

균열과 갈등이 들락날락했다. 그래도 나는 어떻게든 도라야 마미를 붙잡고 매달렸다. 마미를 놓치면 그자의 위협에 대한 견제력이 무너질 우려가 있었기 때문이다.

그런 내게 마미는 고개를 갸우뚱하며 말했다.

"나, 야마토하고 다시 사귀고 싶긴 했는데…… 아무래도 뭔가 잘못된 거 같아. 아마 약이 올랐었나 봐. 두 사람이 행복해 보이는 게."

"……뭐?"

"나미코에게서 얘기 들었을 때, 처음에는 아무렇지도 않았는데 점점 화가 뻗쳐서 괜히 훼방을 놓고 싶었거든. 편의점에서 두 사람을 봤을 때도 마찬가지야. 어쩌면 옆집 잔디는 유난히 푸르다는 심리가 작용했던 거겠지? 어쨌든 이번 일로 두 사람은 완전히 회복 불가능한 상태가 되었잖아. 커피 맛을 훔치러 왔던 스파이가 나중에 어떤 변명을 하든 다 쓸데없는 소리로 들릴 테니까. 그래, 난 아마 그게 목적이었던 거야. 두 사람이 갈라서고, 그 여자는 믿었던 사람에게 배신을 당하고. 그러면서 실컷 상처를 입었겠다 싶으니까 이제 나, 아주 흡족해진 거 같아."

에헤헤, 하고 혀를 쏙 내미는 마미를 바라보며 나는 벌어진 입이 다물어지지 않았다.

"그녀의 마음이 전혀 이해되지 않는 건 내가 천진하지 못하기 때문일까요? 뭐, 남녀 관계란 때로는 상호 보완적이라는 점을 고려하면, 그녀와 나의 인격이 정반대였다고 해도 이상할 건 없겠죠. 아무튼 더 이상 붙잡고 싶은 마음도 안 나더라고요."

하지만 도라야 마미는 한 가지 크게 잘못 짚은 것이 있었다. 나는 얼음물이 든 잔을 손에 들었다.

"그렇다고 당장 그 맹세를 깨요? 진짜로 말과 행동이 다른 분이시군요."

당혹스러움이 담긴 나지막한 목소리로 커피점 탈레랑 안을 채우고 바리스타는 내 쪽은 돌아볼 것도 없이 냉큼 카운터 안으로 들어갔다.

기리마 미호시가 웃지 않는다.

화가 나 있다. 그녀는 도라야 마미에 대한 나의 불성실을 비난하고 있다.

다시는 만날 수 없을 거라고 생각했는데, 꿈도 환상도 아닌 미호시 바리스타가 내 눈앞에 있다. 그녀가 화가 났건 말건 나는 아무리 참으려 해도 저절로 뺨이 헤실헤실 풀어지며 웃음이 번져버린다. 그녀가 내 앞에 있다는 것만으로도.

"그나저나 모카와 씨는 말투가 싹 바뀌었던데요?"

목소리를 낮춰 슬쩍 물어봤더니 바리스타는 한쪽 눈을 가늘게 뜨고 저쪽 구석을 노려보았다.

"젊고 예쁜 여자애가 또 속닥속닥한 모양이죠. 아줌마처럼 교토 말을 쓰는 것보다 표준어가 더 멋있다느니 뭐니."

"나한테 바리스타라고 하면서 오늘은 유난히 정중하게 대해주셨어요."

"아저씨도 나름대로 큰 충격을 받은 모양이에요. 당신이 동업자라는 걸 알고."

그게 사실이라면 조금 전의 그 호칭은 미운 소리였던가. 죄송한 마음이 고개를 쳐들었다.

"오늘은 아주 당당하게 정찰하러 오셨네요. 그 옷, 록온 카페 유니폼이죠?"

"네, 지금 일하러 가던 길이라서. 그나저나 커피 맛을 훔칠 의도가 없었다는 것쯤은 이미 다 알잖아요?"

바리스타는 일순 진지한 얼굴로 나를 바라보더니 천천히 핸드밀을 돌리기 시작했다.

"그래서 분명하게 말씀드렸었죠. 당신은 지독한 거짓말쟁이라고."

"그게 그런 얘기였어요? 나는 또 내 거짓말에 속아 넘어간 줄 알았는데."

"속아 넘어가지 않은 건 당신이 그때 나를 크게 나무랐기 때문이에요. 그게 아니었으면 그냥 다투다 헤어진 걸로 끝나버릴 뻔했어요."

"어떻게 거짓말이라는 걸 알았어요?"

"뭔가 좀 이상하다고 생각한 건 마미 씨가 우리 가게에 찾아왔을 때부터였어요."

그 점에 대해서는 마미와 나도 걱정했었다.

"카스케트 모자로 얼굴을 가렸는데, 그래도 다 알아봤군요."

"폐점 때까지 혼자 앉아 있었으니 아무래도 중간에 딱 감이 왔죠. 단순히 커피를 마시러 왔을 리는 없고, 대체 무슨 일인지 모르겠다고 쇼코하고도 얘기했었어요."

"쇼코 씨는 그때 무슨 일로 여기에 왔었어요?"

"그냥 우연히 놀러 왔어요. 크리스마스이브니까 혼자 외롭게 지내기 싫었겠죠."

이런 건 뭐라고 말해주기가 어렵다. 바리스타가 지금 친구의 처지를 걱정할 때인가.

"그러던 참에 내가 나타나 마구 엉뚱한 언동을 했으니 점점 더 심상치 않다고 생각했겠군요. 하지만 그때 내 정체를 폭로해 버린 걸 보면 그 뒤에 숨은 내 거짓말까지는 아직 파악을 못 했을 텐데요?"

"당신이 바리스타라는 게 밝혀진 뒤로 어쩌면 스파이일 거라는 의심은 항상 하고 있었어요. 하지만 하루하루 만나면서 인품도 알게 되고, 그러면서 지나친 의심이 아닐까 하는 생각이 들어서……. 그건 단지 내 희망 사항이기도 했죠. 당신이 커피 맛이 변했다면서 이별을 고했을 때는 솔직히 왜 이제야 그런 말을 하는지 의아했어요. 역시 스파이였다고 나무라면서도 뭔가 이상하다는 느낌을 떨쳐내지 못했죠."

"그러면 미호시 씨를 나무랐던 내 말 때문에 그 위화감이 결정타가 되었군요."

"이제는 정말 괜찮다……. 분명 그렇게 말씀하셨죠? 근거 없이 그런 말을 했다면 지극히 무책임한 소리예요. 하지만 내게는 그런 무책임한 말로 들리지 않았어요."

"정말 대단한 추리력이에요. 맞아요, 그건 명백히 내 실수였죠. 원래는 더 이상 어떤 위협도 없이 시간이 흘러가면 언젠가 두려움도 그 시간을 타고 사라진다는 얘기였는데……. 미호시 씨가 갑작스럽게 그런 말만 하지 않았어도 내 감정이 격해지지는 않았을 거예요."

"거기서 나도 겨우 눈치를 챘죠. 아, 이 사람이 나를 지켜줬구나 하고."

부끄럽습니다. 모든 것이 성공적이었다고 할 수 없는 만큼 더욱더.

나는 턱을 괴고 카운터 끝에서 한 장의 카드를 집어 들었다.

"진짜 답답하시다니까. 사실을 뻔히 다 알면서도 얼른 말하지 않으니까 내가 항상 부끄럽게 되잖아요. 이 카드만 해도 그래요, 왜 하필 여기에 메시지를 써서 보냅니까? 이런 우회적인 방법을 쓰니까 일이 점점 더 복잡해지죠. 읽지 않고 내버렸을 수도 있었다고요."

"그건……당신이 이별을 원한다는 게 뼈저리게 느껴져서."

드르륵이 멈췄다.

"그때 얘기하신 '괜찮다'가 누구에 대한 것인지 생각해 보면, 마미 씨가 맡은 역할은 협조자라는 것밖에 없어요. 그렇다면 당신이 이별을 선택한 이유도 상상하기 어렵지 않죠. 계속 열려 있는 가게 문 너머에서 마미 씨가 이쪽의 상황을 낱낱이 지켜볼 가능성도 있었어요. 그래서 그 메시지는 외부 사람은 알지 못하게, 그리고 당신도 되도록 그 자리에서는 알지 못하게 전해줄 필요가 있었어요. 물론 직접 연락하거나 만나러 갈 수 없을지도 모른다는 우려를 감안해서 생각해 낸 방법이에요."

"와아, 거기까지 생각해서……. 분명 그런 배려 덕분에 마미는 오산을 했고, 우리는 이렇게 그녀가 알지 못하는 곳에서 관계를 이어가게 됐으니까, 결과적으로 올바른 판단이었다고 해야겠군요. 하지만 뭐랄까, 지나치게 소극적이었어요."

"내가 거기서 당신을 어떻게 붙잡겠어요, 나 때문에 그런 끔찍한 일을 당했는데."

설마 그것까지 다 알고 있었는가. 나는 할 말을 잃었다. 언제까지고 감출 수 있다고는 생각하지 않았지만, 벌써 그 시점에 다 알고 있었다니.

"당신이 나를 지켜준 것을 알았을 때, 그 낯선 니트 모자가 갑자기 마음에 걸리더군요. 4년 전에 나도 머리를 공격당할 뻔했기 때문이에요. 확실하지는 않았지만, 혹시 부상당한 게 아닐까 하고 크게 걱정했어요. 차라리 이별을 선택하는 게 낫겠다, 라는 고민은 나만 했던 게 아니라 당신도 그런 고민을 한 끝에 이런 연극을 하는지도 모른다고 그제야 생각했어요."

힘겹게 말을 마친 뒤, 그녀의 손이 다시 움직였다. 드르륵 드르륵 드르륵, 리듬이 평소보다 어딘가 어색하다.

"그 일이 미호시 씨에게 알려지는 것만은 어떻게든 피하고 싶었는데. 똑같이 머리를 공격당할 뻔했다는 것까지는 몰랐어요. 어떻든 니트 모자로는 내 상처를 미처 감출 수가 없었군요."

"내가 끝까지 알지 못했다면 어땠을지, 상상만 해도 오싹해요. 그걸 알았기 때문에 나는 당신이 용서해 줄 때까지 마음껏 사죄할 수 있었어요. 이런 말투는 우습지만, 이제 안심하세요. 마침 잘 아는 어느 분에게서 당신 얘기를 듣고 어떤 일이 일어났는지 이제 다 아니까요. 그래도 나는 도망치지 않을 거예요. 상처 입지 않으려고 이별하는 것보다 당신에게 사죄하며 지내는 게 훨씬 더 소중하니까."

그런가. 4년 전에 끔찍한 일을 당한 건 그녀 자신이었다. 그런데 이번에는 나였다. 그 차이에서 그녀는, 앞으로 받을 상처를 두려워하는 것보다 우선 지금의 상처를 치유하기로 마음먹었다. 어쨌든 그녀가 두려움이나 죄책감 때문에 다시 문 너머로 도망치는 것만은 피할 수 있었다는 걸 알고 나는 얼마간 마음이 놓였다.

"마침 잘 아는 분이라는 게 혹시 우리 카페 사장님?"

"네, 계단에서 떨어졌다고 하기로 했다면서요? 곧바로 경찰에 신고했으면 좋았을 텐데."

"그러니까 그건 자칫 미호시 씨에게 알려질까 봐…… 아!"

엄청난 것이 생각났다. 그녀는 그런 내 머릿속을 벌써 읽어내고 고개를 끄덕였다.

"어떻게 할까요, 지금부터 신고해도 그리 늦지는 않은 거 같은데."

잠시 나는 망설이며 고민했다. 하지만 결국 조용히 고개를 저었다.

"그럴 것까지는 없어요. 우리가, 아니, 도라야 마미가 가한 응징이 아주 강력했거든요. 상당한 효과가 있을 겁니다. 경찰에서 혹시 진상을 파헤칠까 봐 겁도 나고."

그녀는 다시 고개를 끄덕였다.

"그럼 그 말을 믿어볼까요? 이렇게 건강을 회복하셨으니 나는 그걸로 충분해요."

드르르륵 소리가 한결 가벼워졌다. 이제 조금만 더 가면 된다.

"끝으로 한 가지. 왜 내 정체를 알았으면서도 줄곧 속아주는 척했지요?"

"본인이 감추고 싶어 하는데 그걸 억지로 파헤치면 멋이 없잖아요. 아마 동업자라서 그럴 거라고 대충 짐작했고, 게다가……."

"게다가?"

뒷말을 어물거리는 그녀의 뺨이 문득 발갛게 물들었다.

"당신과 점점 친해졌는데 그 얘기를 해버리면 다시는 오지 않을 것 같아서……."

혼자만의 생각이라는 건 실로 가볍고도 우스꽝스럽다. 잘 풀린 예가 없다.

잠시 뒤에 드르르륵 소리가 그쳤다. 그녀는 핸드밀의 서랍을 열어 향기를 맡고 황홀한 표정으로 말했다.

"이번에도 아주 잘 갈아졌어요."

"이걸로 또 한 건 해결했군요."

장단을 맞추듯 샤를이 발밑에서 야옹 울었다. 꼿꼿이 세운 꼬리가 대단원을 축복하기 위한 깃발처럼 흔들려서 너무도 사랑스러웠다.

"어디, 축배를 해볼까요, 마침 막 갈아낸 원두도 있고 하니. 그걸로 뜨거운 커피 한 잔 내려주시지요."

늦게나마 주문을 하자 미호시 바리스타는 새침하게 대꾸했다.

"아뇨, 안 되겠는데요."

……침묵이 몇 초, 뒤를 이어 야옹 하는 고양이 울음소리.

"저기요, 이래 봬도 나는 손님인데요."

"내가 내려주는 커피, 맛이 떨어졌다고 하셨잖아요?"

크윽. 그건 이별을 위한 핑계였던 걸로 해주시면 안 되나요.

"근데 그 지적이 정확했어요. 커피 맛, 아주 조금이지만 달콤함이 더해졌더라고요. 나는 아직 한참 미숙한 바리스타, 당신 발꿈치도 못 따라가요."

"에이, 괜히 과대평가하지 마시고……. 아니, 그보다 아직 내가 내린 커피는 마셔본 적도 없잖아요!"

"그러니 카드에 적어 보낸 약속, 꼭 지켜주세요. 나한테는 모범이 될 만한 한 잔의 커피가 필요하니까."

핏기가 싹 가셨다. 약속이란 쌍방의 동의하에 성립되는 것이지 일방적으로 밀어붙이면 약속이라고 할 수 없는 거 아닌가. 직업상 평소에 이런 일로 겁낸 적은 없지만, 누구보다 훌륭한 커피를 내려주시는 분께서 모범을 보이라는 말씀을 하시니, 이것 참.

어물어물하는 사이에 그녀는 앞치마를 벗고 언젠가 했던 대로 척척 가게 문 닫을 준비를 하고 있었다. 어리벙벙하고 있는 내게 하시는 말씀은.

"자아, 가시죠."

"가다니, 어디에?"

그러자 기리마 미호시는 웃었다. 오늘 내 앞에서 처음

으로 웃는다.

처음 만난 날 내 마음을 사로잡은 이후로, 헤아릴 수도 없을 만큼 보았던 그녀의 웃는 얼굴. 그래도 나는 지금 이 미소가 과거의 어느 순간보다 아름답게 느껴졌다. 그 웃음을 가져온 것은 분명, 오랜 시간 동안 그녀가 피해 왔던, 누구나 마음속에 가진 문을 누군가에게 활짝 열고 또한 활짝 열어주기를 간절히 원해본 사람만이 아는 그 달콤함 아닐까. 약간의 자뻑이 허락된다면, 응, 나는 그렇게 생각한다.

정말로 다행이다. 미호시 씨가 그 감정을 되찾을 수 있어서 정말로 다행이다.

"어디라니, 일하러 가신다면서요? 나도 좀 마셔보자구요, 당신이 내려준 커피. 괜찮죠, 야마토 씨?"

그렇긴 해도 이게 꼭 달콤한 것만은 아니네. 지금 당장 프랑스 백작에게 불만 신고를 접수하고 싶은 심정이다.

옮긴이의 말

몰입할 수밖에, 진한 커피와 함께

이 흥미로운 이야기를 읽을 때 가장 중요한 키워드는 다음 두 가지가 아닌가 싶다.

문^門과 커피.

이 문은 인간의 마음에 달린 문이다. 문 안쪽과 바깥쪽에서 열거나 닫고 혹은 열어주거나 닫아걸게 하는 상황에 더하여, 나의 문과 너의 문이라는 자타의 개념이 얽혀 들어간다. 타인의 문을 뒤틀린 자아로 난폭하게 두드리는 자가 있고, 그 문 앞에서 자신의 순수함과 현실적 계산에 대해 사려 깊게 살펴보며 기다리는 이도 있다. 종이와 자를 들고 도표로 정리해 보고 싶은 일상 속의 행복하거나 재미있거나 때로는 불행한 만남의 모델들이다. 그 옆으로 종이를 덧댄다면 인간과 인간의 접점에 대한 고찰로 무한히 확장이 가능하다.

그리고 이 작업에 필요한 것은 진한 커피다. 아니, 꼭 진하지 않아도 된다. 각자의 수용 능력과 취향에 따라 적절히, 다만 커피의 각성 효과가 가져다주는 몰입도와 이 이야기에서 건져 올리는 재미의 양이 비례하리라는 점은 틀림이 없다.

소설 한 편을 쓰는 데 들어가는 모든 에너지를 액체화하여 커피잔에 담는다면 과연 몇 잔이 나올까. 역시 종이와 자를 들고 원소 주기율표를 대조하며 물리화학적 분석과 종합을 거쳐 정확한 계산식을 만들고 싶어진다. 지능은 조직적으로 한 치의 오차도 없이 정확하게 맞물려 쉴 새 없이 회전한다. 아이큐가 지각변동을 일으키듯이 화살표의 머리를 쳐들고 날카롭게 뛰어오른다. 게다가 작가의 소요 에너지를 액체화한 이 커피의 맛은 심히 오묘한 맛이 날 것 같다……. 엉뚱한 상상이지만, 커피와 함께 이 책을 읽고 난 뒤에 일어난 현상이다. 이 책이 독자에게 도착하기까지 어떤 수많은 요소가 있었는지 더듬어봤더니 가장 먼저 떠오른 것이 작가의 수고에 대한 조직적 분석이었다.

'커피점 탈레랑의 사건 수첩' 시리즈 첫 권의 한국 출간은 당시에 일본 인터넷을 뒤적이다 어쩐지 눈이 가는 출판 뉴스를 발견한 데서 시작되었다. 보물 같은 책의 '문'을 열게 된 우연한 만남이었다. 하지만 우리의 미호시 바리스타는 이 '우연'이라는 말을 그리 좋아하지 않을 것 같다. 아마도 좋은 책, 재미있는 책, 잘 팔리는 책, 작가가 멋있는 책 등등 온갖 세속적인 소망으로 뾰족하게 벼려진 안테나를 세우고 있었기 때문에 필연적으로 인터넷 서핑에 걸려들 수밖에 없었는지도 모른다. 2012년 10월 27일 자, '일상의 수수께끼를 해명하는 소설'이라는 제목의 〈마이니치신문〉 기사였는데, 발췌하여 번역한 내용을 정리하면 다음과 같다.

'작가 오카자키 다쿠마의 데뷔작 《커피 전문점 탈레랑의 사건 수첩》이 이례적 속도로 팔리고 있다. 올해 8월에 발매된 이후로 증쇄를 거듭하여 11월 상순에는 발행 부수가 40만 부에 달했다.

제목은 '사건 수첩'이지만 누군가 사람이 죽어나가는 것은 아니다. 주인공 청년이 교토의 커피 전문점에서 오래도록 찾던 최상의 커피와 여성 바리스타를 만나면서 주위에서 일어나는 일상적인 '수수께끼'를 풀어나간다는 이야기다. 이를테면 카페를 찾은 여자 손님이 주인공의 모스그린 색 우산을 가져가고 정작 자신의 빨간 우산은 놓고 간 이유는 무엇인가, 라는 문제를 해명해 나간다.

작가는 "범죄에 수수께끼가 있는 것은 당연한 일이다. 하지만 수수께끼는 평소 생활 속에도 아주 많아서 그것을 어떻게 의식하느냐에 따라 세계관이 바뀐다"라고 일상에 잠재한 수수께끼의 매력을 말한다.

오카자키 다쿠마는 교토대학교 법학부 출신. 창조적인 일을 하고자 뮤지션을 목표로 취직 활동이나 대학원 진학 대신 음악 활동에 몰두했다. 졸업 후에 '음악으로 먹고살기에는 한계가 있다'고 생각하던 참에 미스터리 고전 명작을 샅샅이 탐독하면서 소설을 쓰게 되었다.

'이 미스터리가 대단하다!' 대상에 응모하여 최종심에 올랐다. 대상에는 이르지 못했지만 '꼭 출간하고 싶은 숨은 보물이었다'라고 편집자는 말한다. 대폭적인 수정을 거쳐 작가의 첫 작품으로서 출간되었다. 후쿠시마 서점의 한 담당자는 "데뷔작이 이렇게 잘 팔리는 것은 매우 드문 일이다. 사람이 죽어 나가는 일이 없고, 살벌한 분위기가 아닌 것이 인기의 비결인 것 같다. 작품 속에 커피에 대한 소소한 지식이 담겨 있어서 커피 애호가들은 즐겁게 읽을 수 있다"라고 말한다.'

대부분의 미스터리가 그려내게 되는 '특이한 잔혹함의 사례'를 과감히 버리고, 일상에서 발견되는 '평범하지만 의미 있는 사례'들을 선택해 오로지 수수께끼 풀이의 다양한 기법만을 놀랍도록 치밀하게 짜 넣었다. 독자는 커피의 각성 효과처럼 저절로 몰입할 수밖에 없다. 무엇보다 평범한 사람들이 하루하루 경험할 만한 서로에 대한 깊은 배려가 따듯하면서도 긴박하게 펼쳐진다는 게 가장 큰 장점이다.

문학의 근엄함과 미스터리의 상업성을 통합하고자 하는

시도도 소설 전반에서 엿볼 수 있다. 지식과 정보가 소수에게 편향되던 시절의 가치와 그것이 폭발하듯이 다수에게 스며든 새 시대의 가치는 다를 수밖에 없다. 변화를 민감하게 읽어내는 이 작가의 창고는 오래되어 좋은 옛것의 전통적 재료를 놀랍도록 축적하고, 그 근엄함은 짐짓 덜어낸 채 매우 가볍고도 진한 향이 나는 작품을 완성해 냈다. 뒷맛이 유쾌한 독서 경험을 안겨주는 비결이 아닐까 한다.

카운터 안에서 미호시 바리스타가 원두를 갈고, 누구보다 커피의 진가를 잘 아는 아오야마가 진을 치고 있는 교토의 숨은 커피점 탈레랑, 그곳에서 또 어떤 재미있는 사건들이 벌어질지, 다음 권을 기대해도 좋다.

커피점 탈레랑의 사건 수첩 1
다시 만난다면 당신이 내린 커피를

초판 1쇄 인쇄 2025년 11월 17일
초판 1쇄 발행 2025년 11월 26일

지은이	오카자키 다쿠마
옮긴이	양윤옥
책임편집	주소림
디자인	mykc
책임마케팅	최혜령, 박지수, 도우리, 양지환
마케팅	콘텐츠IP사업본부
해외사업팀	한승빈, 박고은
경영지원	백선희, 권영환, 이기경, 최민선
제작	재영P&B
교정·교열	서은미
펴낸이	서현동
펴낸곳	㈜오팬하우스
출판등록	2024년 5월 16일 제2024-000141호
주소	서울특별시 강남구 테헤란로 419, 11층 (삼성동, 강남파이낸스플라자)
이메일	info@ofh.co.kr

ⓒ오카자키 다쿠마
ISBN 979-11-94979-73-9 (04830)
ISBN 979-11-94979-72-2 (세트)

모모는 ㈜오팬하우스의 출판브랜드입니다.

* 이 책은 저작권법에 따라 보호받는 저작물이므로 무단전재와 무단복제를 금지하며, 이 책 내용의 전부 또는 일부를 이용하려면 반드시 저작권자와 ㈜오팬하우스의 서면동의를 받아야 합니다.

* 책값은 뒤표지에 표시되어 있습니다.

* 잘못된 책은 구입하신 서점에서 바꿔드립니다.